Fee Sachse

Wie der Hund, der eine Hyäne war

Impressum

1. Auflage: März 2010
Dresdner Buchverlag GbR, Bürgerstr. 20, 01127 Dresden •
www.dresdner-buchverlag.de

Urheberrecht am Text: Fee Sachse

Lektorat/Korrektorat: „Verlags- & Autorenservice" Peggy Salomo
Bürgerstr. 20, 01127 Dresden • www.lektorat-salomo.de

Coverbild: Skulpturen von Walter Moroder
Grafik/Layout: Dajana Mehner

ISBN: 978-3-941757-13-4

Preis: 17,90 EURO

Fee Sachse

Wie der Hund,
der eine Hyäne war

*Für Necla

einer richtig
liebenswerten Kollegin
ganz herzlich
Deine Fee

Bochum, den 02.05.2010*

Dank an Walter Moroder für die freundliche Unterstützung

Für
Hanni, Denise und Jürgen

Dein Herz hat anderswo zu tun ...

Ingeborg Bachmann

Kapitel I

Hört mich niemand? Warum ist denn da keiner? Hilfe! So helft mir doch!

Ich spüre, wie eine große Erschöpfung über mich kommt und die Welt um mich herum in tiefem Dunkel versinkt.

„Halt! Bleibt doch stehen! Geht doch nicht so schnell! Wo wollt ihr denn hin? Wartet! Ich habe euch was zu sagen!", rufe ich, doch die Gestalten – Teilnehmern einer Prozession ähnelnd – gehen schweigend und ohne mich wahrzunehmen an mir vorüber.

Ich sehe eine junge Frau mit kinnlangen blonden Haaren in knappen Shorts. Sie trägt ein eng über dem Busen geschnürtes T-Shirt und eine ausgebeulte riesige Ledertasche hängt ihr schwer über der Schulter. Auf ihren grünen Stöckelschuhen hastet sie an mir vorbei. Ihrem Gang haftet etwas Provozierendes an. Sie raucht eine Zigarette. Ich kann ihr Gesicht genau sehen, so nah kommt sie an mir vorbei. Ein großes Gesicht mit olivfarbenen Augen und einer hübschen Nase. Der Mund ist etwas zu schmal und zu rot geschminkt.

„Ulla!", rufe ich. „Ulla, warte! Bleib doch stehen!", schreie ich noch einmal und versuche, ihren Arm zu fassen. Doch ich stoße mit der Hand gegen eine Glasscheibe.

Ich hämmere mit aller Kraft dagegen, doch Ulla hört mich nicht. Sie läuft zielstrebig weiter – auf einen Mann zu, der aus einer anderen Richtung plötzlich für mich sichtbar wird. Ein Mann mit massigem Körper, einer Halbglatze und Bart. Eine glimmende Zigarette im Mundwinkel. Das Gepäck, das er bei sich hat, scheint schwer zu sein. Er trägt einen schwarzen Pilotenkoffer in der einen Hand und zieht mit der anderen einen kleinen Rollwagen, der mit zwei unterschiedlich großen Reisekoffern beladen ist, hinter sich her. Sein schwarzes Sakko, die Hose und sein schwarzes Seidenhemd sehen zerknittert aus. Der Mann schwitzt entsetzlich.

Die junge Frau läuft schnell auf ihn zu. Der Mann stellt seine Koffer neben sich ab. Er greift in die Jackentasche und zieht ein weißes Tuch hervor. Er wischt sich den Schweiß von der Stirn. Beinahe gleichzeitig zündet er sich eine neue Zigarette an der alten an. Dabei redet er mit eindringlichen Gesten auf die Frau ein.
Ich hämmere wieder gegen das Glas und rufe: „He! Hallo, Richard! Hört ihr denn nicht? Ulla, hier bin ich! Schaut doch mal rüber zu mir! Ich bin's, Caroline! Hier!" Ich reiße meine Arme hoch und winke.
Keine Reaktion. Sie bemerken mich einfach nicht. Sie sind durch diese Glasscheibe von mir getrennt. Ich kann sie sehen, doch sie können mich nicht wahrnehmen.
Ich rufe noch einmal so laut ich kann: „Ulla, weißt du denn nicht, dass du es warst, die alles, was damals geschehen ist, erst ins Rollen gebracht hat? Vielleicht hast du es nicht mit Absicht getan, aber wer weiß das schon mit Gewissheit!"
Gewissheit – dieses Wort hat seinen Sinn für mich verloren seit jenem Nachmittag kurz nach dem rätselhaften Verschwinden von Mona.
Eine kleine, zierlich wirkende schwarzhaarige Frau läuft dicht an mir vorüber. Ihr schönes Gesicht mit den hohen Wangenknochen wird dominiert von einem breiten ausdrucksvollen Mund. Ihre dunklen Augen haben einen melancholischen Ausdruck. Sie trägt eine weite graue Hose und ein streng geschnittenes Männersakko, das ihr zu groß ist.
Ich versuche nach ihr zu greifen, doch meine Handflächen prallen wieder mit Wucht gegen das Glas. Ich trommele mit den Fäusten gegen die Scheibe. Nichts passiert auf der anderen Seite.
„Panzerglas! Das muss Panzerglas sein!", sage ich laut zu mir selbst.
In was für einem Film bin ich hier? Das sind Menschen, die ich gut kenne, das weiß ich genau. Ich kann mich nur im Moment

nicht an alle Details erinnern. Dort drüben erkenne ich so viele bekannte Gesichter.

Ich sehe gerade noch, wie die Schwarzhaarige ein riesiges Bündel schmutziger Wäsche vom Boden aufhebt und damit fortgeht. Der massige Mann und Ulla sind verschwunden. An ihrem Platz steht nun ein junger Mann in einem abgewetzten schwarzen Frack. Er hockt sich an den Flügel, der im Hintergrund steht. Der Mann spielt Schumann, das kann ich deutlich hören. Seine blonden Haare reichen ihm fransig und dünn bis auf die Schultern. Aus dem Dunkel taucht ein schmächtiger Junge mit rot leuchtenden Pickeln im Gesicht auf. Auch den kenne ich. Aber woher nur? Ich sehe, wie er sich mit einem Schwamm das Gesicht porzellanfarben schminkt, eine weiße Uniformjacke anzieht und sich danach sorgfältig Pomade ins Haar streicht. Er holt einen Kamm aus der Hosentasche und zieht sich einen exakt geraden Scheitel. Danach legt er eine Schallplatte auf den Plattenspieler neben sich und ein blechern klingender Marsch ertönt. Der Junge beginnt zu dirigieren. Er tut dies jedoch nicht wie ein Dirigent, sondern mit zackigen Bewegungen wie ein General.

Ich kenne das Bild. Ich sah es schon einmal irgendwo. In einem Film? Im Theater vielleicht?

Wie aus dem Nichts erscheinen plötzlich drei Gestalten, die meine Aufmerksamkeit sofort auf sich ziehen. Sie haben einander untergehakt. Die Art, wie sie gehen, erscheint mir seltsam. Bei ihrem Näherkommen bemerke ich, dass jeder der drei an das Fußgelenk des anderen gefesselt ist. Dadurch entsteht eine Schaukelbewegung. Gemeinsam schwanken sie im gleichen Takt – zuerst nach rechts und dann nach links.

Diese Personen kenne ich! Ganz sicher! Ich erkenne den massigen Mann mit dem Bart wieder. An seiner rechten Seite geht eine kleine zierliche junge Frau. Ihre wirren strohblonden Haare, die in verschiedene Richtungen vom Kopf abstehenden, sehen irgendwie lustig aus. An der linken Seite des Mannes hat sich eine etwas ältere Frau mit sehr kurz geschorenen Haaren untergehakt. Die drei reden angeregt miteinander. Sie lachen auch, doch es ist ein trauriges Lachen. Sie sind anders als die anderen, die ich dort sehe. Sie scheinen separat auf irgendeine seltsame Weise. Eine Art Luftblase umgibt sie. Ich sehe, wie die anderen Personen versuchen, Kontakt zu den dreien aufzunehmen – doch vergebens. Es gelingt ihnen nicht, nahe genug an sie heranzukommen. Sie prallen an der Luftblase ab. Nur eine Person – eben jene kleine schwarzhaarige Frau – ist zu ihnen in die Luftblase hineingelassen worden. Der Massige hat sie blitzschnell hereingezogen, das habe ich ganz genau beobachtet. Die beiden anderen Frauen haben es gar nicht bemerkt, denn das Ganze dauerte nicht länger als nur diese eine Sekunde. Ich sehe, wie die Luftblase sich hinter ihr schließt. Mona ist drinnen!

„Sie müssen aufwachen! Hallo! Können Sie mich hören? Hören Sie mich? Können Sie verstehen, was ich sage? Aufwachen!", höre ich plötzlich die Stimme eines Mannes.
Ja, ja! Schrei doch nicht so, du Blödmann! Ich kann hören. Verstehen kann ich Sie schon, nur bewegen kann ich mich nicht! Ich kann noch nicht einmal meine Augen öffnen! Ich will jetzt auch nicht gestört werden, verstehen Sie das? Ich bin dabei, mich zu erinnern an für mich wichtige Begebenheiten, Dinge, Orte, Menschen. Für Sie haben sie keine Bedeutung, aber für mich, für mein Leben. Doch ich habe Probleme damit, verstehen Sie? Mir wollen die Namen nicht mehr einfallen. Auch die Orte habe ich wohl vergessen. Also, lassen Sie mich in Ruhe! Ich kann nichts tun! Kann mich nicht bewegen, nicht sprechen, gar nichts! Was wollen Sie also von mir? Und wer sind Sie eigentlich? Wieso sind Sie nicht auch hinter dem Glas? Mein Gott, wo bin ich nur? Was tue ich hier? Lasst mich in Ruhe nachdenken! Ich will jetzt nicht aufwachen müssen! Nein! Sie können es sich sparen, an mir herumzurütteln! Ich will jetzt nicht gestört werden, verstehen Sie?

Manchmal dringen Stimmen in mein Bewusstsein. Dann erscheint es mir so, als ob sich der milchige Nebel, der mich umgibt, für einen kurzen Augenblick lichten würde.

„Die Frau ist immer noch nicht ansprechbar. Ich habe mich heute Morgen ausführlich mit ihr beschäftigt. Im Augenblick glaube ich nicht, dass wir viel für sie tun können. Ich denke, wir müssen die nächsten Tage abwarten", sagte der neben dem Bett der Patientin von Zimmer 624 stehende Arzt. Dabei blickte er ein wenig hilflos auf seine weißen Sandalen.
„Lassen Sie mal gut sein, lieber Kollege! Sie haben ja alles medizinisch Mögliche getan. Im Moment können wir eben nur hoffen, dass die Medikamente anschlagen und sie bald wieder ansprechbar sein wird." Damit legte Oberarzt Wiegand seinem jüngeren Kollegen kurz die Hand auf die Schulter. „Sie haben das schon gut im Griff, lieber Westhoff." Danach verließ er das Krankenzimmer.
Dr. Westhoff blieb noch einen Augenblick und schaute besorgt auf seine Patientin, die leblos in den Kissen lag, dann verließ auch er den Raum. Er schloss die Tür hinter sich und ging zu seinem Arztzimmer.
Auf dem Weg fiel ihm der Zettel wieder ein, den er immer noch in seiner Kitteltasche hatte. Er hatte ihn vorhin, als er das Zimmer seiner Patientin betreten hatte, auf dem Boden vor ihrem Bett liegen sehen und ihn gedankenverloren eingesteckt. Jetzt fragte er sich, wie der Zettel überhaupt dorthin gekommen sein mochte. Wahrscheinlich war er aus ihren Sachen gefallen, als man sie in der vergangenen Nacht in diesen Raum gebracht hatte.
Er öffnete die Tür zu seinem Zimmer und setzte sich an den Schreibtisch. Er nahm den Zettel heraus und begann zu lesen:

Vergessen wie –
alles neu was –
Leben rinnt davon
ich bin einsam
kann nicht vergessen

kann nur noch leben
leben wie –
bin heute wie verloren
verlorene Zeit – gefrorene Zeit
verloren – wieso
bin unvollständig
Hände zittern – das bisschen Leben zerrinnt
Angst – wieder, wieder diese Angst
ich dachte, du wärst gegangen, Angst!
warum bleibst du bei mir
geh weg, du hast nichts mehr zu tun in meinem Leben!
dein Name, sag mir deinen Namen
ich will singen, singen von dir
doch nur Schreie kommen aus meiner Kehle – stumm, stumm!

Tagebucheintragung
Kingston, 11. November 1993

Gerade angekommen, frage ich mich, ob es das Paradies tatsächlich gibt. Oder gibt es nur unsere Vorstellungen davon? Vollkommene Blütenpracht ringsum, exotische Vögel, gleißend helles Sonnenlicht, Palmen, tropisches Klima – sind all dies nicht nur Imaginationen vom Paradiesischen? In Deutschland, diesem kalten, technisierten Land, da träume ich von einem Ort wie diesem. Ich merke, wie ich zunehmend unzufriedener werde hier im Paradies. Doch es zieht mich auch nicht zurück. Wohin auch? Manchmal wünsche ich mir, ein Eremit zu sein, der jedoch nicht einsam ist.
Das Paradies, ist es für immer verloren gegangen? War es jemals da? Oder finden wir es nur tief verborgen in uns selbst? Liegt es hinter den hohen Mauern des Vergessens? Ist es unwiederbringlich versunken im unendlichen Ozean unserer Menschwerdung?
Eine große Leere ist in mir. Ich bin traurig an einem Ort, der so schön ist, dass es beinahe wehtut. Wenn ich ehrlich zu mir selbst bin, dann sind es nicht die Bilder, die ich jeden Tag sehe,

nicht die Menschen, die bitterarm sind. Es sind auch nicht die Kinder, die kaum eine Zukunft haben. Es ist nicht die Gewalt auf den Straßen in der Nacht. Es sind auch nicht die armseligen Wellblechhütten, die mich traurig machen. Es ist diese für mich ganz unverständliche Art von Lebensfreude, die ich täglich sehe, wenn ich durch diese Straßen ohne Zukunft fahre.

An dieser Stelle endete das Geschriebene.
Westhoff betrachtete die mit blauer Tinte verfassten Zeilen, dann faltete er den Zettel wieder sorgfältig zusammen. Es überkam ihn ein unangenehmes Gefühl, etwas Unrechtes getan zu haben, und er beschloss, den Zettel so schnell wie möglich wieder zurückzubringen.
Er stand auf und im selben Moment klingelte das Telefon auf seinem Schreibtisch. Er nahm den Hörer ab. „Westhoff?"
Am anderen Ende hörte er die Stimme seiner Freundin Inga.
„Ja. Hallo, Liebes! Na, wie geht es dir? Ich habe leider nicht viel Zeit. Gibt es etwas Wichtiges?" Ohne auf eine Antwort zu warten, fuhr er fort: „Wenn du wüsstest, was hier wieder los war diese Nacht! Ich bin ziemlich kaputt. Dieser Scheißdienst heute Nacht! Weißt du, wieder so ein Besoffener mit einer riesigen Platzwunde am Kopf – und natürlich aggressiv bis zur Hutschnur! Grässlich! Glaub mir, für heute reicht es mir, ehrlich! Echt, immer diese Penner! Ich ..."
Weiter kam er nicht, denn nun unterbrach Inga seinen Redefluss. „Was sagst du? Wer hat angerufen? ... Kenne ich nicht! ... Wer soll das sein? ... Ach so, der Mann deiner alten Freundin Caroline. Ja, okay. Verstehe. Na und? Du hast aber doch gar keinen Kontakt mehr zu ihr. ... Wie, sie wird vermisst? Was heißt das? Und was sollst du da machen? Hast du nicht mal erzählt, sie lebt in Frankreich? ... Ist ja klar, Schatz, dass du dir Sorgen machst, aber da muss sich doch erst einmal ihr Mann drum kümmern, oder? Hast du ihm denn gesagt, dass du nichts von ihr gehört hast? ... Ja, ja, Kleines, das glaube ich dir. Nun beruhige dich! Mach dir mal keine zu großen Sorgen, die wird schon wieder auftauchen. Bestimmt. ... Ja, da bin ich ganz sicher,

Inga. Und dann laden wir sie irgendwann mal zu uns ein, damit ich sie auch einmal kennen lerne." Westhoff trat von einem Fuß auf den anderen. „Inga, du, ich muss jetzt leider aufhören. Der Piepser geht. Also, mach dir nicht so viele Sorgen, ja? Lass uns später noch mal telefonieren! Ich muss jetzt wirklich! ... Ich dich auch. Kuss und bis dann!"
Schnell legte Westhoff den Hörer auf und verließ das Zimmer. Der Piepser ertönte noch einmal und nun rannte er den endlosen Flur entlang Richtung Notaufnahme.

Kapitel II

Diese Dunkelheit! Woher kommt nur diese schreckliche Finsternis? Ich will wieder etwas sehen können! Warum macht denn niemand das Licht an? Bitte, lasst mich doch nicht in dieser Dunkelheit hier liegen! Wo ist denn dieser Mann? Der hat doch irgendetwas an den Jalousien verändert, sodass kein Licht mehr hereinkommen kann! Ich habe Durst! Ist denn hier niemand, der sich mal um mich kümmert? Müde! Ich bin immer so müde! Vielleicht wird mir das Warten nicht so lang, wenn ich noch ein wenig schlafe ... Doch dann merke ich vielleicht nicht, wenn jemand kommt und mir etwas zu trinken bringt ... Ich muss wach bleiben! Wach bleiben!

Da seid ihr ja wieder! Bleibt stehen! Redet doch mit mir! Du! Ja, du! Lauf nicht so an mir vorbei! Hörst du? Jetzt erkenne ich dich wieder! Weißt du, erst wollte mir dein Name nicht einfallen, ich hatte ihn vergessen. Doch nun, nun erinnere ich mich wieder. Ich hab gesehen, was passiert ist! Ja, schau nicht so unschuldig! Ich habe genau beobachtet, wie du hineingegangen bist in ihre kleine Welt! Wie der Massige dich zu sich gezogen hat! Nur die beiden Frauen, die haben erst nichts bemerkt. Erinnerst du dich, Mona? Du hast mir mal eine eigenartige Geschichte erzählt, weißt du noch? Wir sind zu einem Gastspiel nach Jamaika gefahren. Du erzähltest mir von deinem Vater. Heute weiß ich natürlich, dass es eigentlich etwas ganz anderes war, was du mir an diesem Morgen beim Frühstück im Hotel hattest sagen wollen, nur das begriff ich erst viel später. Ich erinnere mich jetzt ganz genau ...

Drückende Schwüle weckte mich an diesem Morgen – trotz der Klimaanlage war es heiß in unserem Zimmer. Ich teilte es mir mit Mona. Ich sehe das Zimmer noch genau vor mir: zwei getrennte Betten, dazwischen ein Nachttisch. Darauf stand ein klobiges graues Telefon. Daneben ein von Zigarettenstummeln überquellender Aschenbecher, ein Stapel Bücher und mein Notizbuch. Die Tür zum Badezimmer war nur angelehnt, doch es schien niemand drin zu sein. Das Bett neben meinem war zerwühlt, aber leer. Eine der lindgrün gestrichenen Türen des Wandschranks stand offen. Das Zimmer lag im Halbdunkel, nur ein schmaler Streifen faden Morgenlichts fiel durch die schräg gestellten Holzlamellen der Balkontür-Jalousie hinein. Es musste noch ziemlich früh sein, denn es waren kaum Geräusche, zum Beispiel Autohupen oder das Geplätscher des Pools, zu hören. Ganz still war es um diese Uhrzeit im „Courtleigh Hotel" mitten im Herzen von New Kingston/Jamaika. Und ich fragte mich, während ich mir ganz gegen meine Gewohnheit vor dem Frühstück eine Zigarette anzündete, wo meine Mitbewohnerin so früh am Morgen wohl sein könnte.
Eigentlich hasste ich es, auf nüchternen Magen zu rauchen. Ich konnte allein den Geruch von Zigaretten vor dem Frühstück nicht ausstehen. Doch an diesem Morgen rauchte ich mit großem Vergnügen.
Ich zog den Rauch tief in meine Lungen und blies ihn in kleinen bläulichen Ringen wieder aus. Ich fühlte mich rundherum einfach gut. Ich hatte das Gefühl, etwas Besonderes zu sein:

eine erfolgreiche Schauspielerin, die am Abend zuvor bejubelt und mit einem Preis ausgezeichnet worden war. Das Ensemble war eigens nach Kingston gekommen, um den begehrten *Karibischen Kulturpreis* für die beste Theaterproduktion des Jahres entgegenzunehmen. Und nun würden wir dieses Stück eine Woche en suite spielen – im altehrwürdigen *Ward Theatre*, das mit seiner hellblau und weiß gestrichenen und stuckverzierten Fassade einer riesigen Zuckerbäckertorte glich.

Und heute Morgen rauchte ich sogar vor dem Frühstück in meinem Bett. „Wie eine richtig Große", hätte Richard bestimmt zu mir gesagt, hätte er mich so sehen können an diesem Morgen. Ich hatte mir zwei Kissen in den Rücken geschoben und dachte darüber nach, mir das Frühstück aufs Zimmer zu bestellen. Doch allein die Vorstellung, das vortreffliche Frühstücksbuffet zu verpassen, ließ mich anders entscheiden. Zwischen den Sachen, die überall kreuz und quer im Zimmer verstreut lagen, fand ich meine Armbanduhr. Es war gerade 7.30 Uhr.

Mit einem Satz sprang ich aus dem Bett und ging unter die Dusche, trug nur wenig Make-up auf und zog mich luftig an, denn es würde nicht lange dauern, bis es unerträglich heiß werden würde. Doch als ich die Tür meines Zimmers öffnete, kam mir eine angenehm kühle Morgenluft entgegen.

Alle Hotelzimmer befanden sich unter einem großen Holzdach. Die Gänge zu den Zimmern waren zu einem Atrium hin offen. Mein Blick fiel auf die exotischen Pflanzen und hohen Palmen, die den Innenhof zu einer grünen Oase machten. Ich ging einen langen Gang entlang und eine hölzerne Treppe hinunter in die Empfangshalle. Sie war luftig und großzügig gestaltet. Pastellfarbene bequeme Sofas standen in kleinen Gruppen zusammen. Die Halle hatte keine Seitenwände, sondern war lediglich überdacht. An den Außenseiten hingen riesige grüne Stoffrollos, die wie Schiffssegel heruntergelassen werden konnten. Sie schützten gegen die Wärme und gegen die heftigen, aber meist kurzen

Regengüsse, die Kingston dann oftmals mit ihren unglaublichen Wassermassen zu ertränken drohten.
Ich ging weiter durch die Halle und betrat den Frühstücksraum. Mein Blick fiel auf den Pool. Noch schwamm niemand darin. Der Duft von frischem Kaffee und gebratener Leber stiegt mir in die Nase. Ich hatte großen Hunger.
Der Frühstücksraum war beinahe menschenleer. An einem großen runden Tisch, der für das Ensemble reserviert war, entdeckte ich Mona, meine langjährige Schauspielkollegin und Zimmergenossin, die ich zuvor schon vermisst hatte.
Mona war ungefähr Ende dreißig, eine kleine, hübsche Frau mit großen dunklen, ausdrucksvollen Augen. Die hohen Wangenknochen verliehen ihr etwas Slawisches. Doch das Auffälligste in ihrem Gesicht war zweifellos der breite sinnliche Mund. Die pechschwarz gefärbten Haare trug sie schulterlang und glatt. Ihre Figur wirkte beinahe ein wenig maskulin, dennoch hatte sie eine erotische Ausstrahlung. Tief greifende Gespräche konnte man nach meinem Empfinden mit ihr selten führen, aber darauf legte ich auch keinen Wert. Eine gewisse Bereicherung des Ensembles stellte sie durch ihren Hang zum übertrieben Dramatischen dar. Ihre Neigung, Gefühlsregungen zu überzeichnen, hatte nahezu stummfilmhaften Charakter – und das gefiel dem Regisseur Winzer. Im Grunde genommen schwieg sie die meiste Zeit und jeder im Ensemble hatte sich an ihr Schweigen gewöhnt. Falls es doch vorkam, dass sie zu einem Thema etwas beisteuerte, dann passierte es schon mal, dass das Gesagte überhört wurde, denn Mona neigte leider dazu, ziemlich umständlich zu formulieren. Und dann hörte ihr eben keiner mehr zu – außer Richard!
„Morgen, Mona! Ich habe mich schon gewundert, wo du bist!"
Sie legte ihr Buch zur Seite und sah mich an. „Ich konnte nicht mehr schlafen. Außerdem will ich doch die Tage hier auskosten."
„Mir geht es genauso", sagte ich und bestellte mir einen Milchkaffee bei dem noch etwas müde dreinblickenden Kellner.

„Gibt es Akki heute Morgen?", fragte ich ihn.
„Yes, Ma'am!", gab er wohlerzogen zur Antwort.
„Okay, dann hole ich mir welches am Buffet", antwortete ich mir selbst, ohne weiter auf den Kellner zu achten.
Die Speisen, die dort aufgebaut waren, hätten mir zu Hause sicherlich kein Vergnügen bereitet. Doch hier auf Jamaika konnte ich sogar warme Leber zum Frühstück essen. Und an diesem Morgen aß ich Akki mit Salzfisch.
Akki ist eine karibische Spezialität und schmeckt – richtig zubereitet – wirklich köstlich. Akki hat die Form eines Granatapfels. Ist der Reifezustand erreicht, dann platzen die Früchte auf und im Inneren befindet sich der essbare Teil, der Ähnlichkeit mit einer Knoblauchzehe hat. Das Besondere aber liegt in der fachgerechten Zubereitung. Man erzählte mir, dass der Verzehr bei nicht ordnungsgemäßer Verarbeitung durchaus tödlich enden könne. Auch dass man davon high werde, sei nicht ausgeschlossen. Man habe auch schon von Leuten gehört, die angeblich rosarote Krokodile gesehen hätten. In einem guten Hotel wie dem „Courtleigh" jedoch konnte man sicher davon ausgehen, dass sowohl die eine als auch die andere Variante nicht vorkommen würde. Also lud ich mir meinen Teller voll. Dazu eine gute Portion Salzfisch, warme Croissants und Calalu. Das ist ein Gemüse, das unserem Brokkoli ähnlich ist.
So beladen kehrte ich zu Mona zurück.
„Isst du denn gar nichts?", fragte ich sie und goss mir eine Tasse Milchkaffee ein.
„Habe schon gefrühstückt. Vielleicht nehme ich später noch etwas", antwortete Mona knapp.
„Davon habe ich geträumt, seit wir das letzte Mal hier waren", sagte ich, während ich mit großem Appetit aß.
„Ich kann nichts Besonderes daran finden", bemerkte Mona und wendete sich demonstrativ wieder ihrer Lektüre zu.
Ich sah sie an und fragte sie gerade heraus, warum sie einen so

deprimierten Eindruck mache. Wir wären schließlich auf Jamaika, hätten diesen wundervollen Preis gewonnen und überhaupt sei die ganze Atmosphäre doch sehr entspannt.
Ich hatte noch nicht zu Ende gesprochen, da sprudelten die Worte schon wie ein lange angestauter Sturzbach aus ihr heraus. Sie redete über ihr Leben, dass sie sich endlich befreien müsse, dass sie sich von keinem Mann mehr wie ein Dienstmädchen behandeln lassen würde und dass sie endlich damit Schluss machen würde, sich bevormunden zu lassen. Dass kein Mann es mehr wagen sollte, sie wie einen Putzlappen zu behandeln. Sie hätte davon ein für alle Mal die Schnauze voll.
Ich begriff nicht, was diesen Ausbruch hervorgerufen hatte, hörte jedoch geduldig zu, denn ich fühlte mich ein wenig schuldig. Schließlich hatte ich sie auf ihren Gemütszustand angesprochen. Einen kurzen Moment dachte ich: *Vielleicht hat sie ja eine Portion Akki gegessen? Möglicherweise hat der Koch gewechselt und die Geschichte mit den Krokodilen stimmt womöglich doch?* Was hatte ich nur getan, fragte ich mich, als der Redefluss kein Ende nehmen wollte.
„Weißt du, Caroline, wer mein absoluter Traummann ist?", fragte sie und ihr Blick hatte etwas ausgesprochen Irres an sich.
„Nein", erwiderte ich zögernd. „Weiß ich nicht", fügte ich schnell hinzu.
„Du wirst es nicht glauben!" Sie schaute mich eindringlich aus diesen dunklen Augen an.
Nun sag es schon endlich, dachte ich bei mir. *Ich werde es schon verkraften, selbst wenn es Robert de Niro sein sollte.*
Nach einem endlos langen Schweigen gab sie endlich ihr Geheimnis preis: „Mein Vater! Es ist mein Vater!"
Das war allerdings ein Schlag. Damit hatte ich in der Tat nicht gerechnet. Für einen Moment war ich wirklich sprachlos. Um Zeit zu gewinnen, goss ich mir eine weitere Tasse Kaffee ein und dachte, dass ich noch nie jemandem begegnet war, der so unver-

blümt die Liebe zu seinem eigenen Vater zugegeben hatte. Ich musste mir eingestehen, dass ich das ausgesprochen interessant fand, sonst konnte man doch immer nur über solche Phänomene lesen. Heute musste mein Glückstag sein! Ich hatte die Chance, einem Menschen mit einem quasi entgegengesetzten Ödipuskomplex gegenüberzusitzen. Ich fragte mich, ob ich dieser Aufgabe wirklich gewachsen war – doch ich hatte keine Zeit, länger darüber nachzudenken, denn plötzlich fing Mona zu weinen an. Tränen liefen ihr über das Gesicht. Sie tat mir plötzlich wirklich leid und ich versuchte, sie zu trösten. Doch das verstärkte ihr Weinen nur noch mehr.

„Komm", sagte ich etwas unbeholfen, „ich werde dir mal einen Kaffee bestellen. Der beruhigt die Nerven."

Caro, du bist wirklich zu blöd, dachte ich im selben Moment. *Kaffee ist bestimmt nicht das geeignete Beruhigungsmittel – sowieso nicht und insbesondere nicht bei einem Weinkrampf dieser Art.* Doch ich ließ mir nichts anmerken und holte ihr eine Tasse Espresso.

Als ich zurückkam, hatte Mona sich bereits wieder gefasst – und nun fuhr sie fort, die Schönheit ihres Vaters zu beschreiben. Unwillkürlich kam mir das Bild dieses Mannes ins Gedächtnis. Einige Male war ich Monas Vater nach Vorstellungen im Theater begegnet, doch ihre Begeisterung konnte ich wirklich nicht teilen. Seit wann war Lothar de Maizière das Schönheitsideal einer Frau in den besten Jahren? Na bitte!

Während ich noch darüber nachdachte, hörte ich sie sagen, dass ihr Vater eben nie bemerkt hätte, wie sehr sie ihn doch liebte und verehrte, und dass er früher, als sie noch klein war, nur in der dritten Person über sie gesprochen hätte. Bei Tisch zum Beispiel oder wenn ihm an ihr etwas nicht gepasst hatte. Dann hätte er zu ihrer Mutter gesagt: „Sage der Puppi, dass sie die Schule nun wirklich endlich ernst nehmen soll! Denn wenn sie so weitermacht, dann wird sie niemals im Leben etwas erreichen. Sie soll sich endlich mal vor Augen führen, dass das Leben nicht nur aus Vergnügungen besteht. Der Mensch muss kämpfen und Leistung bringen in diesem Leben. Dass sie die Praxis einmal übernehmen wird, das habe ich mir ja schon lange abgeschminkt. Diese Hoffnung habe ich aufgegeben. Aber dieser Schlendrian geht so nicht mehr weiter! Sag ihr das bitte eindringlich, Mimmi!"

„In dieser Art redete er einfach über mich hinweg, so, als wäre ich gar nicht da. Kannst du dir das vorstellen? Als wäre ich Luft!", sagte Mona, indem sie die Augen zu schmalen Schlitzen zusammenkniff.

„Bitte, Mona, wer ist denn Puppi?", fragte ich vorsichtig, ohne auf das einzugehen, was sie mir gerade beschrieben hatte.

Mona schaute mich an und verzog den Mund zu einem gequälten Lächeln. „Ich natürlich! Alle in meiner Familie nannten mich Puppi."

„Das ist doch wohl ein Scherz, Mona?! Das ist jetzt nicht dein Ernst?!", erwiderte ich und konnte mir ein Lachen kaum verkneifen, entgegnete aber so ernsthaft ich eben konnte: „Das ist wohl der blödsinnigste Kosename, den ich mir für dich vorstellen kann! Du siehst zwar sehr gut aus, keine Frage, aber eine Puppi bist du nun wirklich nicht!"

„Na und? Es war aber eben so!", gab sie mir schnippisch zur Antwort und fügte knapp hinzu, dass sie natürlich sehr lange schon niemand mehr so nennen dürfe. Sie habe es jedem in der Familie strikt untersagt.

„Das kann ich mehr als gut verstehen", antwortete ich.

Und wieder liefen die Tränen.

Was hatte ich nun wieder gesagt?

„Bitte entschuldige, Mona! Ich wollte dich nicht verletzen", sagte ich und mir kam es vor, als brodelte da ordentlich etwas unter der Oberfläche. „Wie stellst du dir denn eine ideale Beziehung vor?", fragte ich sie zaghaft.

Mona schwieg lange und schnäuzte sich ausgiebig die Nase.

„Eine ideale Beziehung? Ach Gott, ich denke, so etwas gibt es überhaupt nicht. Eine Art von Annäherung vielleicht, mehr nicht. Aber entscheidend für mich wäre die absolute Gleichberechtigung in der Beziehung. Für mich ist es inzwischen unabdingbar geworden, nicht immer nur die Gebende zu sein. Überhaupt werde ich nur noch einen Mann wollen, der mich als Frau hundertprozentig ernst nimmt, für den ich nicht nur ein Weibchen bin! Ich will wichtig sein! Verstehst du, was ich meine? Ich will endlich ernst genommen werden! Im Übrigen glaube ich, *den* Mann wird es für mich in diesem Leben wohl nicht mehr geben ..."

„Aber du sagtest doch, dein Vater wäre ideal. Oder habe ich dich vorhin falsch verstanden?", erwiderte ich vorsichtig.

„Schon. Aber der ist ja auch jemand, der mich eben nie ernst genommen hat. Ich meinte, wenn ein Mann so wäre wie er und mich akzeptieren würde, wie ich bin, vor allem aber meine Stärken erkennen würde und so weiter – das wäre *DER MANN*! Verstehst du? Das meinte ich." Mona beugte sich über den Tisch zu mir herüber und für den Bruchteil einer Sekunde glaubte ich so etwas wie Hass in ihren Augen zu entdecken. Doch dann lehnte sie sich zurück und sagte mit harter Stimme: „Ich will keinen neuen Übervater mehr haben! Nie wieder! Keinen verdammten Übervater, der mir sagt, was ich zu tun oder zu lassen habe! Der mich ständig bevormundet und kontrollieren will. Dem meine eigene Befindlichkeit scheißegal ist. Der immer nur seinen Stiefel durchzieht, egal, ob ich mit meinen Vorstellungen dabei auf der Strecke bleibe!" Sie redete sich in Rage und wurde zunehmend lauter. „Und dem ich alles recht machen muss und es doch nie schaffen werde! Das alles will ich nicht mehr! Mir ist es auch so egal, ob ich reich und berühmt werde! Ich will mein eigenes selbstbestimmtes Leben führen! Hörst du, Caro?" Nun schossen ihr Tränen in die Augen und mit stockender Stimme flüsterte sie: „Caroline, bitte entschuldige – aber ich sollte jetzt besser nicht weitersprechen. Bitte entschuldige! Ich denke, ich gehe aufs Zimmer. Sei nicht böse! Ich wollte das nicht! Ich … ich muss mich beruhigen!" Damit stand sie abrupt auf und verließ ohne ein weiteres Wort den Frühstücksraum.

Ich sah ihr einigermaßen verdutzt nach. Ich hatte eine ganze Menge Schauspieler kennen gelernt in den letzten Jahren und fast alle waren irgendwie überdreht – ich ebenfalls. Doch so etwas hatte ich noch nicht erlebt. Ich konnte mir beim besten Willen keinen Reim darauf machen, was Mona mir eigentlich hatte sagen wollen, zumal sie nie jemand gewesen war, der sein Herz auf der Zunge trug.

Ich hatte auch nicht mehr allzu viel Gelegenheit, länger über dieses seltsame Gespräch nachzudenken, denn schon einige Zeit später kamen nach und nach die anderen Kollegen zum Frühstück.

Mona erschien ebenfalls eine halbe Stunde später wieder. Sie hatte sich zurechtgemacht. Ihre Augen sahen nicht mehr verweint aus und es schien mir, als hätte unser Gespräch überhaupt niemals stattgefunden. Mir fiel lediglich auf, dass sie an diesem Morgen nicht wie gewöhnlich in unmittelbarer Nähe Richards Platz nahm, sondern sich beinahe demonstrativ an den äußersten Rand des Tisches setzte. Richard sprach sie auch mit keinem Wort an. Ich glaube, sie hatten sich noch nicht einmal einen guten Morgen gewünscht.

Diese Begebenheit liegt nun schon einige Jahre zurück und ich hätte sie beinahe vergessen, wenn ich dich nicht hinter dieser Glasscheibe entdeckt hätte!

Nach und nach fallen mir solche Dinge wieder ein. Ich bin älter geworden, habe Abstand gewonnen. Vielleicht kannst du mich ja doch hören? Ich will, dass du mir jetzt zuhörst, verdammt noch mal! Ich will, dass du erfährst, wie ich dich empfunden habe all die Jahre! Ich erinnere mich noch genau an deinen ersten Besuch bei uns im Theater, Mona. Nun bleib stehen und hör zu, was ich dir zu sagen habe! Das bist du mir schuldig!

Die Proben zu „Othello" hatten bereits seit einiger Zeit begonnen. Ich war als Desdemona besetzt. Einen Othello hatten wir gerade durch Krankheit verloren – wenn man denn fortgeschrittenen Alkoholismus als Krankheit begreift – und Richard tat sich schwer damit, die Rolle selbst zu übernehmen. Jedoch weniger, weil ihm die Doppelbelastung Regie und Hauptrolle zu anstrengend gewesen wäre, es lag wohl vorwiegend daran, dass wir schon einmal ein Shakespeare-Paar gespielt hatten und nun beide eigentlich keine Lust mehr hatten, es wieder tun zu müssen. Außerdem wäre es für die Inszenierung sowieso besser gewesen, ein Paar zu finden, zwischen dem es im Idealfall sogar wirklich ein wenig knistern würde. Bei uns knisterte es im Augenblick zwar des Öfteren, aber doch eher aus anderen Gründen als aus blankem Verlangen. Es war also klar, dass dringend etwas passieren musste – und wie sooft geschah auch etwas Unerwartetes.
Sven, unser Dramaturg, hatte für Richard einen Termin mit Will Reichenberg, unserem Bühnenbildner, vereinbart, um die Einzelheiten für das Bühnenbild zu besprechen. Reichenberg empfing Richard und Sven mit den Worten: „Kommt rein! Kommt rein, ihr Lieben! Ich habe eine Überraschung für euch! Ich habe jemanden eingeladen, jemanden, der eventuell die Kostüme machen könnte." Und mit leiser Stimme zu Richard gewandt: „Weißt du, Richard, es ist eine Künstlerin, die wirklich arm dran ist. Sie sitzt den lieben langen Tag in einer eiskalten Fabrikhalle und webt sich die Finger blutig. Sie könnte ein bisschen Geld gut gebrauchen. Und dazu ist sie auch noch außerordentlich begabt. Sie webt wunderschöne Gewänder aus Seide, manchmal sogar nur aus Papier. Ist das nicht spannend?"
Richard sah Will skeptisch an.
„Seht mal, dort an der Wand hängt eines ihrer letzten Objekte! Sie sind doch recht gut, oder? Richard, was sagst du?" Ohne jedoch auf Richards Antwort zu warten, fügte Will hinzu: „Ihr

Name ist Mona Gunwald. Sie ist die Freundin eines guten Freundes von mir. Richard, du hast beide schon kennen gelernt – beim Italiener. Erinnerst du dich? An meinem letzten Geburtstag. Wir haben dort zusammen gegessen!" Dabei ging er Richard und Sven voraus und öffnete eine große weiße Flügeltür, die in einen spärlich eingerichteten ballsaalähnlichen Raum führte. „Nun kommt doch bitte! Schnell, schnell!", rief er mit seiner hohen Fistelstimme.
In der Mitte des Raumes saß eine Frau auf einem Stuhl. Sie wirkte ein wenig verloren. Ihre schulterlangen pechschwarzen Haare hatte sie mit einem breiten Stirnband straff nach hinten gebunden. Sie trug eine weite graue Männerhose und darüber einen langen olivenfarbenen dünnen Baumwollmantel. Neben ihrem Stuhl lag ein ziemlich kräftiger schwarzer Hund, der die Eintretenden sofort schwanzwedelnd begrüßte.
„Mach schön wieder Platz, Lämmlein!", sagte die Frau mit sanfter rauchiger Stimme, wobei sie mit ihrem Zeigefinger neben ihren Stuhl wies.
Der Hund gehorchte aufs Wort.
Will stellte ihr Richard und Sven rasch vor. Er machte nicht viel Aufhebens, zumal sie sich schließlich schon einmal begegnet waren.
Will hatte wie immer wenig Zeit und bald waren die wichtigsten Punkte, die das Bühnenbild betrafen, geklärt. Man verabredete sich für die nächste Woche im Theater zur Bauprobe.
„Na, dann geht noch schön mit der lieben Mona und dem dicken Pavarotti einen Kaffee trinken und besprecht ganz in Ruhe, ob ihr Mona bei euch gebrauchen könnt oder nicht! So, ihr Lieben, bis nächste Woche dann! Ihr findet ja selbst hinaus …" Mit diesen Worten und einer kurzen Handbewegung bereits im Gehen war Will auch schon wieder verschwunden.
Richard gefielen seine Ideen zum Bühnenbild und er war froh, dass alles so schnell und zu seiner Zufriedenheit geregelt war,

denn eigentlich wollte er jetzt auf dem schnellsten Weg in irgendein nettes Café und diese attraktive Frau näher kennen lernen.
Das Ergebnis des Cafébesuchs bekamen wir, die Schauspieler, bereits am nächsten Tag präsentiert: Mona erschien im Theater. Diesmal war sie von Kopf bis Fuß in verwaschenes Schwarz gekleidet, eine Hundeleine lässig um den Hals gehängt. Unter einem Arm schleppte sie einen Sack Hundefutter der Marke „Happy Dog" und mit der anderen Hand jonglierte sie einen großen tönernen Fressnapf, dazu trug sie über der rechten Schulter eine ausgebeulte, prall gefüllte gelbe IKEA-Tasche. So beladen betrat sie – ohne anzuklopfen – ausgerechnet meine Garderobe! Mit leiser dunkler Stimme raunte sie: „Hallo, ich bin Mona!"
„Das macht fast gar nichts", erwiderte ich grob. Allein die Tatsache, ohne anzuklopfen ausgerechnet in meine Garderobe zu kommen, hatte mich bereits ziemlich geärgert. Trotzdem ging ich auf sie zu und gab ihr die Hand. „Ich bin Caroline. Wie kann ich dir denn behilflich sein?", fragte ich scheinheilig, denn Richard hatte mir natürlich gesagt, dass er Mona bereits engagiert hatte. „Sie wird die Kostüme für Othello machen", hatte er mit fester Stimme gesagt. „Ich glaube nämlich, dass die richtig gut ist", fügte er noch knapp hinzu, ohne mich nach meiner Meinung überhaupt gefragt zu haben. Schon allein aus diesem Grund bereitete es mir nun Vergnügen, sie auflaufen zu lassen.
Ich möchte keinen Hehl daraus machen, dass ich von Zeit zu Zeit ziemlich unausstehlich sein konnte – sowohl zu Kollegen als auch im Allgemeinen zu Menschen, die ich – aus welchen Gründen auch immer – nicht leiden konnte. Und diese Person, die immer noch im Türrahmen meiner Garderobe stand, mochte ich vom ersten Augenblick an nicht. Die gleiche Aversion hatte ich schon bei unserem ersten Zusammentreffen anlässlich des Geburtstags von Will im letzten Jahr.
Jetzt hätte ich nach Gründen suchen können, tief unten in meinem Inneren. Manche hätten sagen können, ich konnte sie nicht

leiden, weil sie hübscher war als ich oder weil sie etwas außergewöhnlich Erotisches an sich hatte. Ach nein, damit konnte ich bisher leben. Ich war, so glaubte ich zumindest, ziemlich gefestigt, was solche Dinge anbetraf, denn es gab nun einmal ständig attraktive Kolleginnen im Ensemble. Das gehört zu unserem Beruf. Außerdem, wenn ich auf jede neue Kollegin eifersüchtig gewesen wäre, hätte ich viel zu tun gehabt.
Nein, hier war etwas anders. Diese Frau ließ einfach alle Warnlampen bei mir aufleuchten. Sie strahlte etwas aus, was ich am wenigsten bei Menschen leiden konnte, etwas, was ich geradezu verabscheute: eine gewisse Unterwürfigkeit. Sie hatte eine Art, sich selbst in den Hintergrund zu stellen und gerade dadurch aufzufallen.
Aber ich möchte den Dingen nicht vorgreifen …
Wir begannen also mit den Proben. Sie waren an diesem Tag ungewöhnlich kurz angesetzt gewesen. Schon nach knapp drei Stunden versammelten sich alle Schauspieler in einer der großen Garderoben, um Richards Kritik zu hören. Jemand hatte Kaffee gekocht und es roch ausgesprochen gut. Richards Assistentin hatte eine große Platte mit Brötchen aus der Kantine geholt und endlich durfte auch wieder geraucht werden! Nach ungefähr einer Stunde Kritik eröffnete Richard uns, dass wir nun ein neues Mitglied begrüßen dürften. „Das ist Mona Gunwald. Sie wird die Kostüme für Othello und Desdemona machen", sagte er und zündete sich – wie meist – die neue Zigarette an der vorherigen an. Doch plötzlich hielt er inne und sagte zwischen den Zähnen hindurch: „Mir kommt da gerade so eine Idee …" Dabei schaute er Mona nachdenklich an, um sie nach einiger Zeit zu fragen: „Hast du schon mal Theater gespielt, Mona?"
Mir fiel auf, wie sanft er ihren Namen aussprach. Er sagte nicht „Mona", sondern „Mooonaaa"! Dabei blickte er sie erwartungsvoll mit hochgezogenen Augenbrauen an.
Sie erwiderte seinen Blick lange und schwieg. Dann senkte sie

den Kopf, atmete tief durch und raunte ein „Nein!" in den Raum. Durch die sehr lange Bedenkzeit, die zwischen Richards Frage und Monas Antwort gelegen hatte, hatte eigentlich kaum jemand ihre Antwort gehört. Man war damit beschäftigt, sich noch einmal Kaffee nachzugießen oder sich eines der letzten Brötchen einzuverleiben. Einige machten sich Notizen zu der vorangegangenen Kritik in ihre Textbücher.

In diese Stille hinein fragte Ulla unbefangen: „Ich habe nicht verstanden, was sie gesagt hat, Richard."

„Das macht nichts, Maybach! Ich hab es ja verstanden, das reicht!", antwortete Richard für mich unerwartet schroff. Und mit sanfter Stimme an Mona gerichtet: „Also, hättest du denn Lust, es mal zu versuchen?" Ohne jedoch Monas Antwort abzuwarten, erhob er sich und sagte, dass sich alle noch einmal auf der Probebühne einfinden sollten. „Wir machen eine Improvisation mit Mooonaaaa."

Mürrisches Raunen erfüllte den Raum, denn eigentlich waren alle schon irgendwie auf dem Sprung nach Hause. Aber es half nichts.

„Beeilt euch bitte!", rief Richard in die Runde – und zu Mona gewandt: „Ich zeig dir in der Zwischenzeit die Bühne, dass du schon mal einen Eindruck bekommst."

Im Hinausgehen drehte Richard sich noch einmal um und rief: „Jemand kümmert sich bitte darum, dass der Eiserne noch mal hochgefahren wird! Ulla, mach du das schnell! Und sag auch gleich Bescheid, dass wir danach die Probebühne noch mal für etwa eine Stunde brauchen!" Mit diesen Worten waren Richard und Mona auch schon in Richtung Bühne verschwunden.

„Der spinnt doch! Jetzt kann ich mich wieder mit dem Rummeling herumärgern, der garantiert keine Lust mehr hat, kurz vor Feierabend den Eisernen hoch- und wieder runterzufahren, nur um der Dame für fünf Minuten den Zuschauerraum zu zeigen!", schimpfte Ulla vor sich hin. „Es ist schließlich Montag-

nachmittag und heute ist keine Vorstellung! Die Bühnenarbeiter haben gleich Feierabend. Was glaubt Richard eigentlich, wer ich bin? Sein persönlicher Laufbursche? Sein Fußabtreter? Die kann doch auch bis morgen warten! Morgen ist schließlich Bauprobe, da hat sie genug Zeit, sich die Bühne anzusehen! Stundenlang kann sie da rumgehen und sich alles ansehen! Meinetwegen! So toll ist es ja nun auch wieder nicht, oder?"
„Lass mal! Ich geh runter und regele das mit Rummeling, Ulla! Kein Problem!", sagte ich.
Ulla war sichtlich erleichtert. „Danke, Caro. Das ist lieb von dir!"
„Wenn Richard es eben für nötig hält, soll er seinen Willen bekommen, oder?" Damit verließ ich die Garderobe und bereitete mich auf einen mittelschweren Kampf mit unserem Bühnenmeister vor.
Zu meinem Erstaunen hatte ich kein Problem mit ihm. Ich fand ihn wie sooft im Keller unter der Bühne in seiner Werkstatt vor. Dort arbeitete er alte Möbel auf, die er später dann an Antiquitätenhändler aus der Umgebung verkaufte. Darüber hatte man aber striktes Stillschweigen zu bewahren, denn als Bühnenmeister war er schließlich städtischer Beamter!
Kurz und gut: Richard bekam seinen Willen. Er präsentierte Mona die Bühne und den Zuschauerraum in vollem Licht.
Sie schritt – beinahe weihevoll, so wie eine Traumwandlerin – die Bühne von einem Ende zum anderen ab, schaute mit ehrfurchtsvollem Blick in den Schnürboden, betrachtete interessiert die Dutzenden Züge in der Seitengasse, um dann für einige Zeit ganz still an der Rampe stehen zu bleiben. Dort blickte sie mit ein wenig nach hinten geneigtem Kopf und sehr geraden Schultern in den leeren Zuschauerraum mit seinen Logen und den 850 mit rotem Samt bezogenen Plätzen.
Plötzlich ertönte die Glocke und der Eiserne Vorhang senkte sich langsam herab. Ich hörte, wie Richard rief: „Mooonaaa, dann komm jetzt! Wir wollen mit der Impro beginnen!"

Mittlerweile hatten sich die Schauspieler auf der Probebühne im ersten Stock versammelt und einen Halbkreis gebildet, der eine genügend große Fläche frei ließ, auf der nun die Improvisation stattfinden sollte. Improvisationen waren stets beliebt – wenn es nur einen selbst nicht traf! Man hatte so die Möglichkeit, aus sicherer Distanz zu beobachten, wie sich die anderen anstrengten, möglichst gekonnt über die Runden zu kommen. Zum Glück war man ja selbst nicht an der Reihe. Und trotzdem dachte jeder insgeheim, dass er gerade diese Improvisation, bei der er nicht selbst beteiligt gewesen war, weitaus besser und expressiver hätte machen können.

Mona bekam nun die Aufgabe, einen alten Mann, ein junges Mädchen und eine Hure darzustellen. Ich musste innerlich zugeben, sie schlug sich tapfer, wobei das junge unbeschwerte Mädchen ihr nicht besonders gut gelang. Hier wirkte sie doch ein wenig verkrampft. Doch als Ausbeute ihrer allerersten Improvisation die Rolle des Brabantio und der Bianca angeboten zu bekommen, das fand ich schon beachtlich. Ein gewisses Talent und ein Gespür für Situationen konnte ich ihr nicht absprechen, doch dass Richard bereit war, zwei so unterschiedliche Rollen einem Laien anzuvertrauen, das empfand ich als mehr als gewagt, um es mal vorsichtig zu formulieren.

Nachdem man sich nach einer Stunde Improvisation nun wieder um den großen Tisch in der Garderobe versammelt hatte, kam für mich so etwas wie ein Schlüsselerlebnis, das ich in all den folgenden Jahren nie vergessen habe.

Richard fragte in die Runde: „Also, Leute, wie seht ihr das? Sollten wir Mona diese Chance geben? Sagt bitte eure Meinung ganz ehrlich und ohne jeden Vorbehalt!"

Fabian rief als Erster gefällig grinsend in die Runde: „Ja, ja! Sie hat das doch recht gut gemeistert, finde ich. Wirklich!"

„Also ich könnte mir das schon irgendwie vorstellen", näselte Ulla und zündete sich gelassen eine Zigarette an.

Die übrigen Urteile fielen ähnlich aus. Ich verschwand erst einmal auf die Toilette, doch das hatte mich natürlich nicht davor bewahrt, ebenfalls mein Urteil abgeben zu müssen. Denn kaum zurück, fragte Richard: „Und du, Caroline? Jetzt, da du uns die Ehre deiner Anwesenheit gibst, wie ist denn deine Meinung? Deine ist die ausschlaggebende, das ist ja klar, das weißt du." Ich hätte Richard würgen können. *Du Blödmann*, dachte ich bei mir. *Du weißt, wie ich das sehe. Du kennst mich doch!* Aber da ich meinen Beruf sehr ernst nahm, konnte ich nur wahrheitsgemäß sagen: „Wir gehen ein nicht zu kalkulierendes Risiko ein, Richard. Mona ist schließlich eine Anfängerin." Ich griff nach meinen Zigaretten und versuchte, ein wenig Zeit zu schinden. Richard begann mit den Fingern zu knacken. Er wusste, wie ich das hasste.

Also fuhr ich fort: „Da sind schon ein gewisses Potenzial und ein Talent zu erkennen, aber das Risiko, eine Anfängerin mit zwei Rollen zu besetzen, müssten wir eben sehr genau ausloten. Ich spreche mich nicht grundsätzlich dagegen aus. Nein, das nicht – aber gerade bei dieser Produktion habe ich meine Bedenken. Wir können es mit Mona gern in einer der nächsten Produktionen versuchen, aber vielleicht nicht gerade bei einem Shakespeare, Richard!"

Plötzlich herrschte absolute Stille. Richard schaute mich an und verzog keine Miene. „Sprich weiter, Caro! Du weißt, du bist immer die letzte entscheidende Instanz. Ich allerdings fand es sehr gut, was Mona da gemacht hat. Alle anderen haben das auch so gesehen. Zumal es Monas erste Impro überhaupt war, das solltest du nicht vergessen, liebe Caroline", sagte er mit einem unüberhörbar bissigen Unterton.

„Nun, Richard, was soll's? Wenn du dir so sicher bist? An mir soll es nicht scheitern. Nur sollten wir sehr kritisch hinsehen, auch in Anbetracht der relativ knappen Zeit, die uns noch bleibt!" Ich hatte einfach keine Lust mehr, noch länger gegen den Strom zu schwimmen, zumal ich mir sicher war, Richards Entscheidung war längst gefallen. Also gab ich nach. „Meinetwegen. Von mir aus. Lass es uns versuchen, Richard. Du bist der Regisseur. Du trägst das Risiko. Du musst schließlich deinen Kopf hinhalten, nicht ich!", fügte ich – ohne ihn jedoch auch nur eines Blickes zu würdigen – hinzu.

„So ist es, liebe Caro! Aber ich danke dir trotzdem für deine ernsthafte Beurteilung!" Und zu Mona gewandt: „Nun ja, jetzt hast du alle Meinungen gehört, auch die ganz kritische meiner hochgeschätzten, lieben Caroline, die für mich natürlich immer die wichtigste Instanz ist und bleiben wird. Nur in deinem Fall, liebe Mona, muss ich Carolines Meinung einmal ignorieren. Ich sage euch auch, warum. Weil gerade das Theater nun eben nicht immer den sicheren und unbedenklichen Weg gehen darf! In der Kunst ist zwei und zwei nicht immer vier!" Dabei warf er mir einen derart überheblichen, gönnerhaften Blick zu, dass ich ihn am liebsten auf der Stelle erwürgt hätte. „Aber was sagst du selbst dazu, Mona?", fragte Richard und nahm, indem er sich nur auf den Füßen sitzend auf seinen Stuhl hockte, die für ihn typische Sitzposition ein.

Alle sahen Mona an. Ein langes Schweigen erfüllte den Raum. Doch plötzlich und unvermittelt begann sie zu weinen. Sie schluchzte und nach einiger Zeit sagte sie mit tränenerstickter Stimme: „Wenn ihr mich haben wollt … Wenn ich wirklich bleiben darf …" Und gefolgt von einem tiefen Seufzen: „Ja, dann bin ich bereit! Gerne! Ach, so gerne!"

Ich rutschte etwas unbehaglich auf meinem Stuhl hin und her. Ulla fingerte an ihrem Notizblock herum, knickte eine Ecke um und strich sie gleich darauf wieder gerade. Andere schauten betreten zu Boden. Irgendjemand legte Mona tröstend die Hand auf die Schulter.

Doch sie fuhr unbeeindruckt fort: „Ich wäre überglücklich, wenn ich auch nur eure Garderoben putzen dürfte! Ich wäre glücklich,

einfach nur hier sein zu dürfen!" Wieder heftiges Schluchzen. „Denn so wie ich euch heute alle gesehen habe, habe ich gespürt, dass ich genau hierher gehöre!" Und nach einem langen Seufzer fügte sie hinzu: „Am liebsten würde ich mich hier im Theater einschließen lassen und es nie, niemals wieder verlassen! Wenn ihr mich wollt, dann bleibe ich! Ich bin so glücklich! Danke! Ich danke euch allen von Herzen!"
Das Weinen hatte nun endlich aufgehört und ich glaube, alle waren erleichtert, als Richard diese Situation mit einem knappen „Also dann ... Das wäre dann wohl auch ausreichend geklärt!" beendete. Er drehte sich zu einem unserer Bühnenhelfer um und fragte: „So, Wastel, wie sieht das morgen mit der Bauprobe aus? Ab wann können die Schauspieler die Rampe betreten? Was sagt der Bühnenmeister? Hält sie schon, so wie sie jetzt gebaut ist?"
Erleichterung machte sich breit, als Wastel – sein richtiger Name war eigentlich Wolfgang, doch er wurde von allen eben nur *Wastel* genannt – in der ihm eigenen Art sehr umständlich und ausladend über die Rampe, die später bis in die Mitte des Zuschauerraums ragen sollte, zu sprechen begann. Ich hörte seinen Ausführungen nicht zu, sondern dachte über den soeben erlebten „Gefühlsausbruch" nach. Ich empfand ihn eigentlich nur als unangenehm und peinlich. Mir war es suspekt, wie jemand, der gerade mal ein paar Stunden im Theater war, die Menschen nicht kannte und vor allem noch überhaupt nicht abschätzen konnte, was auf ihn zukommen würde, derart endgültige Aussagen treffen konnte.
Auf der Fahrt nach Hause machte ich meinem Unmut über dieses billige Schauspiel lautstark Luft. „Die ist ja nicht ganz richtig im Kopf, Richard! Das kann doch nicht dein Ernst sein, so einer gleich zwei Rollen zu geben! Gut, die Rollen sind klein – aber immerhin. Es ist eine wichtige Produktion. Wir spielen nicht irgendein Stück. Es ist schließlich *Othello*! Die spinnt ja! Ich hab schon ganz schön bekloppte Leute kommen und gehen

sehen, aber die übertrifft einfach alles!", schimpfte ich bis fast vor unsere Haustür.

„Ich sage, wir werden es versuchen mit Mona! Das Theater braucht Extremisten! Ich habe das vorhin ernst gemeint, Caro: Im Theater ist nicht alles nur schwarz oder weiß", war Richards einziger Kommentar, der für diesen Moment auch keinen Widerspruch zuließ. Und damit war für ihn das Thema erst einmal erledigt.

Die folgenden Wochen sollten für mich die reinste Hölle werden. Ich spürte die Gefahr, die von Mona ausging. Immer mehr zog sie Richard auf ihre Seite. Sie tat das nicht laut oder aufdringlich. Sie gab ihm uneingeschränkte Bewunderung – und das war der Schlüssel zu einem Mann wie Richard. Sie zeigte ihm ihre unverhohlene Bewunderung in jeder Geste, in jedem ihrer Blicke.

Einen Othello hatten wir noch immer nicht gefunden und Richard unternahm auch keine großen Anstrengungen mehr, einen zu finden. Ich ahnte seinen Plan, jedoch so leicht würde ich es ihm nicht machen. Deshalb zögerte ich noch eine Weile damit, meine Rolle der Desdemona abzugeben. Ich suchte nach einem geeigneten Augenblick. Ich wusste, worum es ging, doch ein klein wenig wollte auch ich meine Macht erproben. Und vor allem wollte ich meine selbstlose Geste des Verzichts auf die Hauptrolle richtig auskosten können, denn es war schon keine leichte Entscheidung, freiwillig auf diese Rolle zu verzichten. Doch mir war klar, Richard spielte das Spiel. *Mal sehen*, sagte ich mir, *wer die besseren Nerven hat.* Er wollte Mona für die Rolle seiner Desdemona! Othello und Desdemona – Richard und Mona. Ideal! Alles passte auf einmal so ideal zusammen. Die knisternde Spannung zwischen den beiden. Mona verkörperte die Kindfrau, die Richard in Desdemona sah, und das Knistern der Verliebtheit von Othello und Desdemona, alles war plötzlich

im Überfluss da. Wie aus heiterem Himmel fügte sich eins zum anderen – auf dem Theater, aber eben leider auch in der Realität. Mir war sehr bewusst, dass ich zu diesem Zeitpunkt keine Chance hatte, einzugreifen. Jetzt war erst einmal das Stück wichtiger. Die Erwartungen, die man an uns hatte, waren sehr hoch. Wir standen alle unter Druck – und ich wahrscheinlich am meisten. Ich stand vor der Entscheidung, meine Eifersucht auf Mona ohne Rücksicht auszuleben und damit die gesamte Produktion zu gefährden oder nach einer Möglichkeit zu suchen, später – nach der Premiere – zu handeln.
Ich entschied mich für Letzteres. Eine Fehlentscheidung, wie sich später zeigen würde … In dieser druckvollen Situation glaubte ich jedoch, die richtige Wahl getroffen zu haben, denn ich entschied nicht nur für mich allein, sondern gleichzeitig auch für die gesamte Mannschaft, die an Othello mitarbeitete, denn eines wusste ich genau: Ohne mich würde die Produktion nicht laufen können. Aber ich nahm mir die Freiheit, den Zeitpunkt meines Rücktritts selbst zu bestimmen.
Und ich ließ mir Zeit. Ich wartete erst einmal ab.
Bald waren die Proben festgefahren, alles schien auf eine dramatische Weise ins Stocken zu geraten. Und genau an diesem Punkt gab ich meine Entscheidung bekannt.
Ich erntete natürlich Beifall für meine Selbstlosigkeit, für die unglaubliche Kollegialität und so weiter und so weiter. Ich hatte einen kleinen Sieg erkämpft. Nur für mich. Ich war großmütig gewesen, großmütig gegenüber einer Frau, die auf dem besten Wege war, mir meinen Mann zu nehmen.

In den nun folgenden Wochen nahm ich zehn Kilo ab. Die Rolle der Emilia fiel mir zwar leicht, aber ich konnte es kaum ertragen, Mona und Richard gemeinsam auf der Bühne zu sehen. Die Liebesszenen waren das Schlimmste für mich. Ich hatte jeden Tag rasende Kopfschmerzen und glaubte, das alles nicht mehr bis

zur Premiere durchstehen zu können. Albträume rissen mich fast jede Nacht aus dem Schlaf, dazu die ständigen Streitereien mit Richard. Die Eifersuchtsszenen, die ich ihm nach jeder Probe machte, ließen unser Leben zur Hölle werden.
Und endlich kam die Premiere.
Sie war ein großer Erfolg und wir ernteten viel Lob und sehr gute Kritiken – auch Mona. Sie bekam für ihre Darstellung der Desdemona sogar ziemlich gute Beurteilungen – bis auf ein paar „Kleinigkeiten". Zum Beispiel, dass sie stimmlich als zu leise empfunden wurde. Ich hatte Richard während der Proben oft genug darauf hingewiesen, doch er ließ keinerlei Kritik an Mona zu. Er sagte, dass er sie genau so haben wolle. Basta! *Gut*, dachte ich, *du bist der Regisseur. Du musst wissen, was du tust. Aber seit wann zählt meine Meinung so wenig?*
Immer öfter fuhr Richard nach den Vorstellungen den Weg vom Theater nach Hause nicht mehr mit mir, so wie früher, sondern meist unter einem Vorwand allein mit Mona. Immer öfter gab es dann sogar noch einen Grund, sie mit in unsere Wohnung zu bringen. Ich war dem Wahnsinn nahe. Ich schrie, ich tobte. Ich stellte Ultimaten. Entweder sie oder ich. Richard geriet zusehends in Bedrängnis. Er musste eine Lösung für das Problem finden. Immer häufiger warf ich ihm vor, dass er ein Verhältnis mit Mona hätte. Er solle es endlich zugeben und die Konsequenzen ziehen und gehen. Er bestritt die Vorwürfe jedoch energisch. Es gäbe kein Verhältnis zwischen ihm und Mona. Niemals. Nur die reine Kunst verbände sie. Eine neue Muse sei in sein künstlerisches Leben getreten. Mona wäre für ihn die Inspiration, die er für sein Theater dringend gebraucht hätte!
Und sie? Sie ließen unsere täglichen Streitereien offensichtlich völlig kalt. Sie war ganz dienende Muse. Sie servierte Richard den Kaffee, rührte bedächtig Zucker in seine Tasse, zündete ihm seine Zigaretten an.
Ich hätte sie am liebsten auf der Stelle erwürgt, doch der Bann-

kreis, den Richard bald um sie gezogen hatte, verhinderte, dass man überhaupt an sie herankam. Sie war sehr erfolgreich gewesen als Desdemona. Hatte eben gute Kritiken bekommen und niemand erfuhr jemals, dass sie eine blutige Anfängerin gewesen war. Richard baute sie blitzschnell als seine neue theatralische Entdeckung auf. Er machte sie unantastbar für jeden.
Und sie? Sie gab sich souverän, so, als ginge sie unsere Misere nichts an, als hätte es mit ihr nicht das Geringste zu tun. Sie war die reine, die dienende Muse, auserwählt durch den Meister selbst. Sie wurde von jeglicher Kritik ausgenommen. Sie wurde geschont von jedem. Richard hatte es so angeordnet.
Die anderen Kollegen reagierten mit Unverständnis, manche auch mit ärgerlichen Worten, doch man hielt sich eben an Richards Anweisungen. Die meisten Kollegen schimpften über Monas Sonderstellung – aber stets nur hinter vorgehaltener Hand. Denn wer so offensichtlich protegiert wird, hat wenig Freunde. Nicht im Theater. Das war mein einziger Trost in dieser grausamen Zeit. Ich hatte die Kollegen auf meiner Seite. Ich ließ mir meine Niederlage nicht anmerken. Ich blieb stolz und das, was ich immer war: die rechte Hand des Regisseurs. Ich verteidigte seine Linie, wie immer sie mir persönlich auch zuwiderlief. Ich wollte nicht noch mehr an Boden verlieren.
Nachts schmiedete ich Pläne, wie ich Mona aus unserem Leben verbannen könnte – für immer. Ich glaube, ich habe sie in dieser Zeit an die hundert Mal zum Teufel gewünscht. Doch was hat eine Frau, die verletzt ist und betrogen wird, in der Hand? Doch nur ihre Enttäuschung. Und ich glaube, ich fühlte sogar zum ersten Mal in meinem Leben so etwas wie Hass.
Inga hielt sich zu dieser Zeit aus all dem heraus. Sie vergrub sich immer mehr in ihrem Studium und kümmerte sich liebevoll um unsere Tochter Franzi, während ich im Theater war. Ich redete mir ein, dass der richtige Zeitpunkt, ja, meine Stunde, noch kommen würde!

So verging die Zeit. Wir machten ein Stück nach dem anderen und bald war es alltäglich und normal geworden, dass Mona – behutsam durch Richard in die Wege geleitet – ständiger Gast in unserem Haus war. Immer mehr drängte sie sich in unsere Familie hinein. Mit kleinen und größeren Hilfsdiensten. Und immer mit ihrer unendlichen Verehrung für Richard, dieser Droge für einen Mann wie ihn. Richard nährte sich schon seit jeher von der Bewunderung, die Menschen ihm entgegengebracht hatten. Er lief künstlerisch wie auch privat auf Hochtouren, wenn er nur die Bewunderung und uneingeschränkte Loyalität der Menschen um sich herum spürte. Und nun war eine Frau in sein Leben getreten, die ihm das Gefühl gab, ausschließlich dafür zu leben, ihn zu bewundern und zu unterstützen, was immer er auch tat. So verließ sie den Mann, mit dem sie jahrelang zusammengelebt hatte, ohne auch nur mit der Wimper zu zucken. Sie radierte ihn einfach aus ihrem Leben aus – von einem Tag auf den anderen. Und das kalt lächelnd, ohne die geringsten Skrupel. Er flüchtete in eine andere Stadt. Genauso verfuhr Mona mit ihrer Webkunst, der sie mit solcher Inbrunst einmal nachgegangen war und für die sie, nach eigenen Aussagen, gelitten hatte in einer kalten und feuchten Fabrikhalle. Diese Kunst wurde nun von einem Tag zum anderen für null und nichtig erklärt. Sie hatte ein neues, ein interessanteres Feld gefunden. Aber nicht etwa das Theater war es, für das sie sich nun aufopfern wollte, nein, sie wollte von nun an nur noch dafür leben, einem Mann zu dienen. Die Verherrlichung der Person des Regisseurs Richard Winzer hatte sie sich zu ihrer neuen und allumfassenden Lebensaufgabe gemacht.
Und Richard sonnte sich in dieser Rolle. Er stieg empor. Wie Phönix. Doch ich sah ihn fallen. Tief, sehr tief. Aber ich hatte kein Mittel, den Wahnsinn zu stoppen. Ich war gefangen und so wartete ich mehr oder weniger hilflos auf meine Stunde.
Inzwischen hatten Othello und Desdemona begonnen, ihr grausames Spiel zu spielen …

Mona war nun schon seit mehr als einem Jahr Richards ständige Begleiterin. Er ging beinahe keinen Schritt mehr ohne sie. Und sie lebte seit einem halben Jahr bei uns! Er hatte ihr sein Arbeitszimmer zur Verfügung gestellt. Dort hatte sie sich mit Sack und Pack und ihrem Hund eingerichtet. Sie war einfach immer anwesend in unserem Leben. Ich hatte versucht, meine Eifersucht und den Hass, den ich in mir spürte, in konstruktive Arbeit umzuwandeln. Bei Gott, ich schaffte es nur mit größter Mühe! Richard ließ keine Sekunde locker. Immer weiter zog er Mona auch in unser Familienleben hinein. Bald hatten wir keinen Abend mehr für uns allein. Mona war da und blieb. Und sie entwickelte eine Selbstgefälligkeit, die für Inga und mich kaum mehr zu ertragen war. Und falls wir es tatsächlich einmal wagten, Bemerkungen zu machen, die in irgendeiner Weise gegen Mona gerichtet waren, mussten wir uns schwere Vorwürfe deswegen gefallen lassen. Dann hatten wir uns zu rechtfertigen, warum wir diesen selbstlosen Menschen derart grundlos angreifen würden. Wieso wir ihr nicht mehr Zuneigung entgegenbrächten. Und dass er allein durch ihre Gegenwart die Inspiration, die er für seine künstlerische Arbeit brauche, bekäme. Dass wir für die Hilfe und Unterstützung, die Mona uns im Überfluss zukommen ließe, doch ein wenig mehr Dankbarkeit zeigen müssten.
Diese Auseinandersetzungen schien Mona sichtlich zu genießen. Dann saß sie in unserem Wohnzimmer mit ihrer kurzen schwarzen Zigarettenspitze und rauchte und rauchte. Oder sie aß Berge von Mandarinen. Ich wünschte ihr die Pest an den Hals!
Sie bekam sie in Form einer Allergie gegen Mandarinen, die ihr einen Ausschlag am ganzen Körper bescherte. Ihre Augen waren eine Woche lang gerötet und sie sah aus wie ein Kaninchen. Ich dankte meinem Schöpfer. Ein Mal hatte er Mitleid mit mir gehabt. Ein kleiner Triumph, aber immerhin. In dieser Woche ging es mir erstaunlich gut.

Wieder war es eine dieser unzähligen Nächte, in denen ich Albträume hatte. Ich warf mich von einer Seite auf die andere, machte das Licht über meinem Bett an, um noch etwas zu lesen, legte jedoch das Buch schon nach ein paar Seiten auf den Nachttisch zurück und knipste das Licht wieder aus. Meine Gedanken drehten sich wie ein Karussell – schneller und schneller. Ich glaubte, verrückt zu werden. Alle Geräusche im Zimmer schwollen zu einer unerträglichen Lautstärke an. Die Bettdecke raschelte bei jeder Bewegung, sodass ich glaubte, ich läge unter einem riesigen Berg Seidenpapier. Mein Herz begann zu rasen. Angstgefühle überfielen mich. Schweiß rann mir den Hals entlang. Ich musste aufstehen! Raus aus dem Bett! Vielleicht war Inga noch wach? Ich musste mit jemandem reden. Ich wusste nicht warum, aber ich machte kein Licht im Zimmer, sondern stand im Dunkeln auf und öffnete leise meine Zimmertür.
In der Küche sah ich einen schwachen Lichtschein. *Das wird Inga sein, die sich noch ein Glas Milch warm macht*, dachte ich, als ich an der angelehnten Küchentür ankam. Wie durch einen Filter hörte ich gedämpfte Stimmen. Ich blieb vor der Tür stehen. Es war nicht Ingas Stimme. Ich hörte Richard etwas sagen, was ich nicht verstand. Dann vernahm ich Monas leise Stimme: „Ich konnte nicht schlafen. Weißt du, Richard, manchmal denke ich, ich liebe dich so sehr, dass ich mir wünschte, du wärest tot!"
Einen Augenblick war es totenstill. Instinktiv entfernte ich mich ein wenig von der Tür, doch das, was ich eben mitanhören musste, traf mich wie ein zentnerschwerer Eisenhammer in den Magen. Ich glaubte, mich nicht mehr auf meinen Beinen halten zu können. Ich schwankte. *Nur weg von hier*, dachte ich.
Im selben Moment öffnete sich die Küchentür und Mona kam wie von unsichtbarer Hand geworfen herausgeflogen und landete unsanft auf dem Flurfußboden.
„Sag so etwas nie wieder zu mir! Hörst du? Nie wieder!" Richard erschien in der Tür und stand im nächsten Augenblick über

Mona gebeugt da. Sein Atem ging schwer, seine Augen waren nur noch enge Schlitze, als er sie ein Stück zu sich hochzog. „Du hast nicht das Recht, so etwas zu sagen! SIE wollte mich auch töten, weil sie mich angeblich so geliebt hat! In die Backröhre hat sie meinen Kopf gelegt. Verstehst du? Aus Liebe! Den Kopf in die Backröhre gesteckt! Aus Liebe! Ihr eigenes Kind umbringen, das wollte sie! Aus Liebe!"
Richard war sichtlich erregt, seine Stimme klang bedrohlich, aber dennoch extrem leise. Ich zitterte. Ich wollte unter keinen Umständen entdeckt werden. Ich versuchte, meinen Atem ruhig zu halten, und ich blieb in der Dunkelheit des Flures verborgen. „Entschuldige, ich wollte dir nicht wehtun! Ich wusste doch nicht …", stammelte Mona, dabei presste sie eine Hand an den linken Rippenbogen. Sie versuchte, auf die Beine zu kommen, doch sie hatte Schmerzen, das konnte ich von meinem Versteck aus sehen.
Plötzlich löste Richard seine bis dahin bedrohliche Haltung und half ihr auf. „Geh morgen unauffällig zum Arzt! Vielleicht ist ja was geprellt. Pass nur auf, dass hier keiner etwas merkt! Du weißt, Caroline ist uns auf der Spur. Wir müssen vorsichtig sein, hörst du?", sagte er jetzt mit sanfter Stimme. Er hielt sie ganz dicht an sich gepresst. „Verzeih mir! Ich wollte dir nicht wehtun. Ich liebe dich sehr. Ich werde dich glücklich und berühmt machen, das verspreche ich dir!" Dann küsste er sie flüchtig auf den Mund, ließ sie los und ging den langen Flur entlang. „Schlaf schön, Monachen, Süßes!", hörte ich ihn noch leise sagen, dann schloss er die Schlafzimmertür hinter sich – die Tür zu jenem Zimmer, in dem seine Frau Inga schlief.
Ich hatte mich immer noch keinen Zentimeter bewegt. Ich stand da wie versteinert. Teilnahmslos sah ich zu, wie Mona sich zu ihrem Zimmer schleppte. Offensichtlich hatte sie ziemliche Schmerzen. Ich konnte keinen klaren Gedanken fassen. Ich war unfreiwillig Zeugin einer Auseinandersetzung zweier Lieben-

der geworden – und einer der beiden Liebenden war zufällig auch mein Mann und der Vater meiner Tochter. Ich hatte endlich den Beweis! Ich hatte es mit eigenen Ohren gehört, mit eigenen Augen gesehen! Ich glaubte, hysterisch werden zu müssen. Ich dachte, jeden Augenblick losschreien zu müssen: *Ihr Schweine! Wie könnt ihr uns das antun! Ihr Lügner! Ihr Betrüger!* Doch ich verhielt mich ruhig, biss mir in die geballte Faust und wartete, bis Mona in ihrem Zimmer verschwunden war.
Danach schlich ich in mein Zimmer zurück. Dort legte ich mich auf mein Bett und konnte nicht mehr aufhören zu weinen. Tränen rannen über mein Gesicht und liefen mir den Hals hinunter bis in den Nacken.

Ich schreckte auf. Was war passiert? Ich setzte mich hin, knipste das Licht neben meinem Bett an und versuchte mich zu orientieren. Hatte ich nur geträumt?
Dann stand ich mit zitternden Knien auf. Mir war so entsetzlich kalt. Als ich die Tür zum Flur öffnete, war alles dunkel und ruhig. Ich ging in Richtung Küche. Kein Licht brannte. Niemand war da. Alle schliefen. Ich ging den Flur entlang und lauschte aufmerksam nach irgendeinem Geräusch, doch ich vernahm nichts. Es war totenstill in der ganzen Wohnung. *Ich werde verrückt*, dachte ich auf dem Weg zurück in mein Zimmer. *Bestimmt werde ich jetzt verrückt! Solche Träume haben bestimmt nur Irre!*
Erschöpft legte ich mich wieder auf mein Bett. Mir wurde plötzlich schwindelig und Wasser sammelte sich auf meiner Zunge. Ich rannte zur Toilette, um mich zu übergeben. Ich kotzte und kotzte, ich konnte einfach nicht mehr aufhören.

Erinnerst du dich wieder? Mona! Ja? Und nun bist du gefangen hinter dieser Wand! He, wo bist du? Plötzlich kann ich dich nirgends mehr sehen! Dafür kommt ein Wesen geradewegs auf mich zugelaufen. Was ist das?

Mählein! Halt! Ach, Mählein, komm her! Drück die Nase an die Scheibe! Ja, komm her, du alte Töle! Du Hund, du hässliches Ding! Wie kommst du hierher? Du kannst doch gar nicht mehr da sein! Wie hast du das nun wieder angestellt? Du bist doch gestorben – schon vor Jahren! Du weißt, wir beide hatten immer so ein gespaltenes Verhältnis zueinander. Du hast mir immer alles, an dem ich gehangen habe, kaputt gemacht. Meine schöne, weiche grüne Lederjacke. Ich hing sehr an ihr, sie war aus besseren Zeiten. Sie hatte einmal sehr viel Geld gekostet, so viel, wie ich später lange nicht mehr in Händen hatte. Und du, du kommst einfach daher mit deinem wackeligen Gang, diesem typischen Hyänengang, den Hintern runter – man kennt das aus dem Zoo oder dem Fernsehen. Und dann – in einem unbeobachteten Augenblick – hast du sie einfach zerkaut. Zerlegtest sie genüsslich in viele, viele kleine Fetzen. Oder erinnerst du dich noch an mein blaues französisches Bett? Ich bekam es geschenkt von meiner Mutter, die mich nicht länger auf einer Matratze auf dem Boden hatte liegen sehen können. Und du? Was hast du gemacht? Mit einem lässigen Satz lagst du oben auf meinem Bett, dem neuen. Hast sicherlich erst einmal voller Wonne dein Hinterteil geschleckt. Sehr ausgiebig, wie ich dich kenne. Und dann wirst du so ganz nebenbei deine unheimlich langen, großen, spitzen und kräftigen Eckzähne in den Stoff geschlagen haben. Hast vielleicht noch ein, zwei, drei Mal daran gezogen, den Kopf dabei geschüttelt und – ratsch! Damit war dann auch das Bett beinahe dahin. Doch ich habe dich erwischt. Dieses eine Mal, da habe ich dich erwischt, bevor du dein Werk vollenden konntest! Ich habe unter Tränen versucht, den zerfledderten Bezug zu nähen, so gut ich eben konnte. Doch es ist nur Flickwerk geblieben. Schau mich nicht so an mit deinen müden Augen, du alte krumme Königin! Ich mochte dich nie wirklich gern, doch ich hatte immer eine gewisse Achtung vor dir. Du strahltest etwas Edles aus in all deiner Hässlichkeit. Du hattest Ähnlichkeit mit Anubis, dem

ägyptischen Totengott. Nur glaube ich nicht, dass Anubis, dieses Schattenwesen, hätte es ihn denn leibhaftig gegeben, es gewagt hätte, sich auch noch – als Krönung sozusagen – an der Polsterung meines Porsches zu vergreifen. Doch du machtest selbst davor nicht halt! Du hast sie zerkaut, die gesamte Rückbank! In einer unbeobachteten Stunde, als du allein im Wagen hattest warten müssen. Und nun war auch sie ramponiert, meine allerletzte Bastion gegen die drohend heraufziehende Durststrecke meines Lebens!
Da trottest du hin. Du hast mich lange begleitet – und ich habe dir verziehen. Mach's gut, altes Mählein! Gute alte, treue Hyäne!

Kapitel III

Die machen Menschenversuche mit mir! Ich halluziniere! Hilfe, ich spreche mit toten Tieren! Und mit Menschen, die ich seit Jahren nicht mehr gesehen habe! Ich habe Drogen verabreicht bekommen, da bin ich mir ganz sicher!
Wahrscheinlich hat man mich entführt und unter Drogen gesetzt. Ich muss mich doch an irgendein Detail erinnern können?! Wie bin ich hierher gekommen? Und wo ist *hier* eigentlich? Ich werde jetzt auf der Stelle ganz laut schreien, bis jemand kommt und mir erklärt, was das alles zu bedeuten hat!
Aha, gar nicht nötig, da ist wieder dieser junge Mann! Ich werde ihn jetzt einfach fragen.
Was ist mit mir passiert? Hallo, Sie! Geben Sie mir auf der Stelle eine Antwort!
Wieso reagiert der denn nicht? Hört der mich etwa auch nicht, so wie die anderen hinter der Glaswand? Ich werde verrückt! Ich will sofort mit jemandem reden!
Was macht der denn nun wieder? Der macht doch irgendetwas an meinem Arm! Spritzt der mir etwas? Ich fühle aber gar nichts.

Mein Gott, wo bin ich nur? Was machen die nur mit mir? Hilfe! Warum hilft mir denn niemand?

Dr. Westhoff überprüfte den Venenzugang seiner Patientin. Alles war in Ordnung. Die nötigen Infusionen liefen. Mehr konnte er im Moment nicht für sie tun. Er war ratlos. Keine seiner Bemühungen hatte bislang zum Erfolg geführt. Die Frau verharrte weiter in diesem starren Zustand. Manchmal jedoch kam es ihm vor, als bewegten sich ihre Lider. Doch das hatte er sich wohl nur eingebildet und es war weiter nichts als das Licht, das durch die Jalousien direkt auf ihr Gesicht fiel.
Er sah auf sie herunter. Sie lag immer noch regungslos da. Die blonden Haare lagen wie ein Kranz um ihren Kopf herum. Sie war eigentlich recht hübsch. Nicht mehr jung. Er schätzte sie auf Ende dreißig. Was sie wohl erlebt hatte?
Als sie eingeliefert wurde, war sie von Kopf bis Fuß mit Lehm beschmiert gewesen. Ihre Kleidung, das Haar und sogar ihre Reisetasche, die man ihr beim Transport mit auf die Trage gelegt hatte.
Die Polizeibeamten gaben an, dass das Auto der Frau von der Fahrbahn abgekommen und die Böschung eines Flusses hinuntergestürzt sei. Die Frau sei aus dem Wagen herausgeschleudert und am Uferrand leblos liegend von einem jungen Paar vorgefunden worden, aber sie sei wie durch ein Wunder äußerlich unverletzt geblieben.
Er hatte in dieser Nacht einen Notfall nach dem nächsten gehabt und es deshalb der Ambulanzschwester überlassen, sich die näheren Umstände berichten zu lassen. Dann untersuchte er die Frau, konnte aber keine Verletzungen feststellen – nur dass sie eben auf nichts reagierte. Sie stand seiner Meinung nach unter Schock.
Er hatte sie später zur Beobachtung in ein Zimmer auf seiner Station verlegen lassen. So stand er nun da und streichelte ihre gebräunte Hand.
Es bleibt mir wohl nichts anderes übrig, als abzuwarten, wie sich ihr Zustand entwickelt, dachte Westhoff. Und plötzlich fiel

ihm der Zettel wieder ein, den er immer noch bei sich trug. *Ach, du lieber Himmel, sagte er zu sich, ich muss ihn zurücklegen!* Er ging hinüber zu dem weißen schmucklosen Kleiderschrank und öffnete die Tür. Dort fiel sein Blick auf eine Reisetasche in der hintersten Ecke. Der Reißverschluss war zur Hälfte geöffnet. Für einen kurzen Moment zögerte er, die Tasche näher zu untersuchen, denn es konnte jeden Augenblick jemand ins Zimmer kommen und ihn in den Sachen einer Patientin herumschnüffeln sehen. Egal, dachte er. Vielleicht fand er ja irgendwelche Anhaltspunkte, die ihm weiterhalfen, etwas über die Frau zu erfahren.

Ihm fiel auf, dass es sich nicht um eine billige Reisetasche handelte. Sie war aus weichem braunem Leder. Teures Leder. Mit einem ovalen Prägestempel an der Vorderseite. Er zog den Reißverschluss ganz auf. Obenauf lagen drei Briefumschläge, die von einem pinkfarbenen Haargummi zusammengehalten wurden. Er nahm die Umschläge vorsichtig heraus, entfernte das Gummiband und betrachtete nach und nach jedes einzelne Kuvert. Die Handschriften auf allen waren identisch. Eine Frauenhandschrift. Jedoch war es nicht dieselbe wie auf dem Zettel.

Der Zettel, schoss es ihm in den Kopf. Er wollte ihn doch zurücklegen! Behutsam schob er ihn in eine der Seitentaschen. Dann untersuchte er flüchtig den restlichen Inhalt der Tasche, doch außer ein paar Kleidungsstücken befanden sich beim raschen Durchsehen nur noch ein Schminkbeutel und ein zerfleddertes Taschenbuch von Philipp Roth darin. Ihm war nicht wohl bei der Sache, deshalb legte er die Briefe erst einmal wieder zurück. Und gerade als er die Tasche wieder in den Schrank schob, hatte er das merkwürdige Gefühl, beobachtet zu werden. Er drehte sich um – doch außer ihm und der regungslosen Patientin war niemand im Zimmer.

Westhoff bekam eine Gänsehaut, die ihm unangenehm den Rücken hinunterlief – doch vielleicht war es gerade dieses eigenartige Kribbeln, welches ihn dazu veranlasste, die Reisetasche nochmals hervorzuholen. Er hob sie aus dem Schrank, ging zur

Zimmertür und schloss ab. Dann stellte er die Tasche auf den kleinen weißen Tisch, der sich in einer Ecke des Zimmers befand, und er begann nun, sich den Inhalt genauer anzusehen. Als er schließlich alles vor sich ausgebreitet hatte, bemerkte er auf dem Boden der Tasche eine rote Mappe. Als er diese herausgenommen hatte, stellte er fest, dass sie einer Zeichenmappe ähnelte. Er streifte das Gummiband ab und im selben Augenblick fiel ein Stapel computergeschriebener Blätter vor ihm zu Boden.
„Verdammte Scheiße!", fluchte er, während er – auf dem Boden kriechend – die verstreuten Zettel einsammelte. Einige der Seiten waren wenigstens nummeriert, sodass er sie wieder ordnen konnte.
„Ich kann unmöglich in diesem Zimmer bleiben und in fremder Leute Unterlagen lesen", sagte er kopfschüttelnd zu sich selbst, während er die Seiten wieder zu einem Stapel zusammenfügte. Einem seltsamen Impuls folgend, entschied er aber dennoch, sowohl die Briefe als auch die rote Mappe mit sich zu nehmen. Dann verstaute er den restlichen Inhalt wieder in der Tasche, stellte sie an ihren Platz und beschloss, erst einmal zurück an seine Arbeit zu gehen. Später nach Dienstschluss würde er sich die Briefe und die Mappe genauer ansehen.
Und ohne sich noch einmal umzusehen, verließ er das Zimmer.

Was hat der denn da gerade gemacht? Ich konnte es nicht sehen! Hat der vielleicht in meinen Sachen herumgeschnüffelt? Was fällt diesem Typen ein? Warum bin ich denn immer so schläfrig? Nein, ich will nicht schon wieder einschlafen! Ich will nicht wieder und wieder an diese Dinge denken! Wieso kann ich meine Gedanken einfach nicht mehr ordnen? Alle Ereignisse wirbeln durcheinander! Meine Erinnerungen erscheinen mir so ungeordnet. Immer wieder muss ich an die Jahre mit Richard und Inga denken, an unsere gemeinsame Zeit! An unsere Zeit im Theater mit all den Menschen um uns herum. Und an diese Mona! Eigentlich wollte ich das alles doch endgültig vergessen! Aber vielleicht sollte ich die Zeit eben nutzen, Ordnung zu schaffen in meinen Gedanken ... Etwas anderes kann ich im Augenblick wohl sowieso nicht tun ...

Die erste Begegnung mit Mona. Wo war das noch? Moment, Moment! Ich muss mich konzentrieren! Gleich hab ich es ... Es fällt mir gleich wieder ein ...
In einer Pizzeria war es. Richtig! Es war an einem Nachmittag im Spätherbst. Und das Jahr? Welches Jahr war das? Ist ja auch egal ... Hauptsache, ich erinnere mich überhaupt!
Richard und ich begegneten Mona zum ersten Mal, als Will Reichenberg uns zu seinem Lieblingsitaliener eingeladen hatte. Ja, ich bin mir sicher. Mona war mit ihrem Lebensgefährten, irgendeinem Stadtrat, ebenfalls eingeladen gewesen. Will hatte nämlich Geburtstag, es uns gegenüber aber mit keinem Wort erwähnt. Er stand an der Tür, als wir hereinkamen. „Schön, dass ihr kommen konntet! Und das Töchterchen habt ihr auch mitgebracht! Wie entzückend! Das freut mich sehr!", sagte er mit einem breiten Lächeln und tätschelte Franziskas Wange. „Kommt! Kommt, ihr Lieben, nehmt dort Platz!" Er wies auf einen großen runden Tisch mit rot-weiß karierter Tischdecke. Dort saßen bereits einige andere Gäste. Will stellte uns mit den Worten vor: „Begrüßt bitte meinen Lieblingsregisseur Richard Winzer mit seiner charmanten Lebensgefährtin Caroline und ihrer netten kleine Tochter Franziska. Sie haben extra für mich heute die Proben zu ihrem neuen Stück unterbrochen, um mit mir meinen Geburtstag zu feiern." Alle nickten beinahe im Gleichtakt. „Und das ist mein Freund Klaus Schneider – Klaus ist Stadtrat hier – mit seiner lieben Freundin Mona!" Damit deutete er auf eine kleine schwarzhaarige Frau. Dann fügte er hinzu: „Beide besonders liebe Freunde von mir."
Auch sie lächelten uns freundlich zu und wir nahmen neben ihnen Platz. Nun hatten wir eher beiläufig erfahren, dass Will

Geburtstag hatte. Er legte keinen großen Wert darauf, seine Geburtstage den eingeladenen Gästen vorher bekannt zu geben. Vielleicht, um ungewollten Geschenken oder steifer Förmlichkeit von vornherein aus dem Weg zu gehen? Und so verbrachten wir ein angenehmes spätes Mittagessen in entspannter Atmosphäre.

Mir fiel auf, dass die Frau neben mir zur Unterhaltung, die durchaus locker und unverkrampft war, kaum einen Satz beisteuerte. Sie saß nur da und schwieg. Ich beobachtete sie aus dem Augenwinkel, wie sie unentwegt den neben ihr liegenden Hund streichelte, sich von Zeit zu Zeit eine Zigarette anzündete und weiter beharrlich schwieg. Ich betrachtete ihre Kleidung. Sie trug eine sehr weite Männerhose, dazu ein T-Shirt mit tiefem V-Ausschnitt, darüber einen langen Leinenmantel mit schönen großen, runden Hornknöpfen. Alles in einem Schwarz, das einen eher verwaschenen Eindruck machte. Selbst der Hund war schwarz, jedoch makellos und glänzend.

Da wir über den Grund der Einladung vorher nicht informiert worden waren, hatten wir Franziska mitgebracht. Doch sie benahm sich erfreulicherweise gut – was sie nicht zwangsläufig tat. Aber sie war zu beschäftigt damit, die Aufmerksamkeit des Hundes zu erwecken, und nach einiger Zeit schaffte sie es sogar, die Frau in ein kleines Gespräch über ihn zu verwickeln. So erfuhr sie, dass der Hund Pavarotti hieße und lammfromm wäre – und dass die Frau es eigentlich nicht leiden konnte, wenn ihr Hund von jedem angefasst würde.

„Du darfst ihn aber ruhig ein wenig streicheln, wenn du magst. Du scheinst dich mit Hunden auszukennen", sagte die Frau neben mir in gönnerhaftem Ton.

Franzi strahlte über alle vier Backen. Endlich hatte sie ihr Ziel erreicht. Somit war sie für den Rest des Nachmittags nur noch mit dem Hund beschäftigt und langweilte sich kein bisschen. Er wurde ausgiebig betatscht und geschmust. Und sie amüsierte sich köstlich über seinen komischen Namen. Franzi begegnete eben in ihrem jungen Leben zum ersten Mal einem Hund, der Pavarotti hieß und der ihr so schnell ans Herz gewachsen war. Über diese Begegnung mit Mona lässt sich weiter nichts Erwähnenswertes sagen, außer dass ich sie merkwürdig fand. Für mein Empfinden hatte ihre Reserviertheit etwas Gespieltes. Erst viel später wurde mir klar, dass ihr Schweigen nicht wirklich ein Ausdruck von Arroganz oder Unnahbarkeit war, sondern damit zu tun hatte, dass sie über weite Strecken einfach ungebildet war und diese Tatsache mit Schweigen zu verbergen suchte. Dazu kam nachher eine nervtötende Bedeutsamkeit, die Mona in beinahe alles legte, zu dem sie sich äußerte. Inga und ich gerieten in den nun unaufhaltsam auf uns zu kommenden fünf langen Jahren sehr oft an den Punkt, es kaum mehr ertragen zu können. Aber so weit waren wir noch nicht an diesem Nachmittag ...

Kapitel IV

An die nächste Begegnung mit Mona erinnere ich mich genauer. Wieder war es Will, dem wir diese Einladung zu verdanken hatten. Will Reichenbach, ein Mann Ende fünfzig, Innenarchitekt und Bühnenbildner, ein großer hagerer Mann, der stets ein von Hand gestricktes Wollkäppchen auf dem Kopf trug und der mit ungewöhnlich spleenigen Ideen emsig unterwegs war. So hatte er eine Art Spieltheorie für Erwachsene entwickelt, die auf den Ideen eines niederländischen Architekten basierte. Diese Theorie beinhaltete auch das eigenhändige Schlachten von Tieren, Forellen zum Beispiel.
Eine kleine, erlesene Fangemeinde, die sich um ihn scharte, soll tatsächlich derartige Rituale bei Festen, die er regelmäßig zu geben pflegte, auch munter praktiziert haben, berichtete Richard schmunzelnd, während er mir mit einer Einladung vor der Nase

herumwedelte. Und so kamen auch wir zu dem zweifelhaften Vergnügen, an einem Reichenbach'schen Fest teilnehmen zu dürfen. Allerdings hatte ich mich vorher vergewissert, dass ich keiner Forelle würde auf den Kopf schlagen müssen. Und trotzdem blieb mir kaum ein Ereignis in so peinlicher Erinnerung wie das „Fest zur Grundsteinlegung einer Öko-Kathedrale".

Es fand in einer alten, riesig großen und zudem erbärmlich kalten Fabrikhalle statt, die als einziges Gebäude auf einem ehemaligen Industriegelände erhalten geblieben war. Richard hatte zwei Ensemblemitglieder gebeten, uns zu begleiten. Ulla Maybach und Fabian Hiller hatten sich spontan angeboten, denn wie ja bekannt ist, sind Schauspieler beständig damit beschäftigt, möglichst bei keinem wichtigen Anlass zu fehlen – und schon gar nicht, wenn eine stattliche Zahl wichtiger Kulturleute erwartet wurde. Man konnte ja nie wissen ...

Also machten wir uns auf den Weg. Die Fahrt zu dieser Fabrikhalle führte durch verwaiste Gegenden, vorbei an mit Graffiti besprühten Abbruchhäusern, die wie verfaulte Zähne aus übel riechenden Müllbergen herausragten, in denen Kinder spielten, über eine stillgelegte Bahnlinie, die mit Gras bewachsen ins Nichts zu führen schien. Die Sonne ging langsam hinter rostroten Ziegelschornsteinen unter und ließ sie wie eine bedrohlich düstere Phalanx am Horizont erscheinen. Riesenhaft große, dampfende Havanna-Zigarren mitten im Ruhrgebiet.

Wir folgten den provisorisch an Laternenpfählen angebrachten Pappschildern, die uns zu einem weit geöffneten rostigen Fabriktor führten. Richard parkte den Wagen und wir gingen zu Fuß zum Eingang. Dort empfing uns eine Abordnung von sechs Damen mittleren Alters. Drei der Frauen trugen so etwas wie Einheitsfrisuren – den charakteristischen Pagenkopf der kulturell interessierten Akademiker-Ehefrau. Aber diesen nicht etwa in modisch gefärbtem Braun mit einem leichtsinnigen Touch ins Rötliche. Das wäre denn doch zu vulgär gewesen. Es waren grau-weiße Pagenschöpfe mit exakt geschnittenen Konturen, lediglich durchzogen von ein paar dunklen Strähnen – den vermutlich letzten Überbleibseln längst vergangener jugendlicher Tage. Diese Frauen begrüßten uns mit konstant sanftem Lächeln. Die anderen Begrüßungsdamen waren angetan mit verschiedenfarbigen Stoffschärpen, die sie quer über den Oberkörper gelegt hatten und mit großer Würde trugen. Jeder von uns bekam ebenfalls eine solche Schärpe umgelegt – jeweils in einer anderen Farbe, versteht sich. Richard bekam eine rote, Ulla eine blaue, Fabian eine grüne und ich eine weiße. Nun wurden wir von zwei überirdisch verklärt lächelnden Damen zum nächsten Kontrollpunkt eskortiert.

Dort angekommen, untersuchte man uns ausführlich auf unseren Eigenduft hin. Ich hatte *Giorgio Beverly Hills* benutzt, was mit unverhohlenem Naserümpfen zur Kenntnis genommen wurde.

Wieso eigentlich? Ich benutzte eben kein eigenhändig hergestelltes Parfüm aus dem Bioladen!

Nacheinander wurden wir also eingehend beschnuppert und berochen. Nach einer kurzen Beratung ordnete man uns jeweils einen Duft zu, indem unsere Handgelenke und Ohren mit eigenartig riechenden öligen Essenzen betupft wurden. Am Ende der Prozedur geleiteten uns andere Gäste, die ab diesem Zeitpunkt „Spieler" genannt wurden, in die eigentliche Festhalle – die *Kathedrale*, wie sie nun bezeichnet wurde.

Die Halle hatte annähernd die Ausmaße eines Fußballfeldes. Tische und Bänke waren entlang einer Fensterfront aufgestellt. Die letzten Sonnenstrahlen tauchten den Raum in ein sakrales Licht. Der Übergang zur herannahenden Dunkelheit wurde durch die Entzündung Hunderter weißer Kerzen unmerklich vollzogen. Ein sehr schöner Effekt und ein beeindruckender Augenblick, wie wir zugeben mussten. Klassische Musik erklang, als alle Kerzen entzündet waren – und in diesem Moment wäre ich beinahe bereit gewesen, mich auf diesen Abend einzulassen.

Doch was passierte nun?
Die klassische Musik brach unvermittelt ab und man wurde aufgefordert, an der langen Tafel Platz zu nehmen. *Nun gut*, dachte ich, *nun wird man uns sicherlich ein Getränk oder gar etwas zu essen reichen.* Doch weit gefehlt!
Kaum hatte man sich niedergelassen, zogen Musikanten mit mittelalterlichen Instrumenten in geordneter Formation in den Saal ein, gefolgt von einer Frau in einem ebenso mittelalterlichen Rock und einer weißen Spitzenbluse, artig zugeknöpft bis zum Hals.
„Das ist die Mondin!", flüsterte Richard in mein Ohr und ich sah ihn ungläubig an. „Die Lebensgefährtin von Will. Er nennt sie die *Mondin*", fügte er schmunzelnd hinzu.
Mir fiel sofort auf, dass diese Mondin eine weiße Schärpe trug – genau wie ich. Die Musikanten nahmen am Rand Platz und die Frau im Rock forderte nun alle Spieler mit weißen Schärpen auf, sich flugs in der Mitte des Saales einzufinden.
Ich machte keinerlei Anstalten, mich von meinem eben erst in Besitz genommenen Platz zu erheben, bis ich jedoch bemerkte, wie mir die gegenübersitzenden Tischnachbarn durch auffordernde Gesten bedeuteten, dass auch ich nach vorne zu gehen hätte. Ich warf Richard, der grinsend neben mir saß, einen hilflosen Blick zu, aber auch er signalisierte mir: *Nur munter auf, du Weißschärpe! Man wartet auf dich!*
Ich sah keine Chance zur Flucht und so blieb mir keine andere Wahl, als mich zu den bereits Wartenden zu gesellen. Natürlich tat ich dies nicht, ohne Richard beim Verlassen des Tisches einen nicht gerade sanften Tritt gegen sein Schienbein zu verpassen. Ich hasste diesen Abend, obwohl er gerade erst angefangen hatte. Die einzige Genugtuung verspürte ich, als mir klar wurde, dass es über kurz oder lang auch die Blau-, Grün- und Gelbschärpen auf irgendeine Weise treffen würde. Dessen war ich mir auf meinem Weg zu den Wartenden sicher.

Kaum angekommen im Kreise der Weißschärpen, setzte die Musik ein und ein fröhlicher Ringelreihen begann. Mal rechts, mal links herum. Dann knicksen vor dem Hintermann und drehen mit der Vorderfrau. Die Kommandos kamen von der Frau im Rock. Ich hätte sie würgen können!
Aber bald kam meine große Stunde. Schon völlig außer Atem hörte ich, wie auch die andersfarbigen Schärpenträger in den munteren Kreis beordert wurden. Und weiter ging das zweifelhafte Tanzvergnügen! Und beugt die Knie und hüpft in die Höhe! Und dann das Ganze noch einmal mit wechselnden Partnern! Irgendwann ergab es sich durch eine mir unverständliche Symmetrie, dass ich Richard als Tanzpartner an meiner Seite hatte. Und gemeinsam schritten wir nun zu endlich einmal angenehm langsamer Musik im Kreise einher. Das Ganze glich einem Menuett.
„Wenn uns jemand beobachtet, der nicht zu diesen Wahnsinnigen hier gehört, der erklärt uns doch auf der Stelle für verrückt! Für vollkommen durchgeknallt, oder?", konnte ich Richard gerade noch zuzischeln, als er bereits wieder am Arm einer anderen Schärpe würdevoll davonschritt.
Endlich – nach ungefähr einer Stunde –, ich glaubte, auch bei den anderen Tänzern eine gewisse Unlust aufkommen zu spüren, entließ man uns in Ehren zurück auf unsere harten Holzbänke. Ziemlich außer Atem nahmen alle Beteiligten wieder Platz an der Tafel. Zur allgemeinen Freude gab es einen Becher Wein oder wahlweise auch eiskaltes Wasser. Doch etwas Essbares war weit und breit nicht zu sehen. Keine Teller! Nirgends Besteck!
Doch es blieb kaum Zeit, länger darüber nachzudenken, da Will Reichenbach, unser Gastgeber und Initiator dieses „weihevollen Abends", sich erhob und eine Rede hielt. Er sprach ausführlich über die tieferen Hintergründe dieser Zusammenkunft, über die Wichtigkeit ökologischen Denkens in der heutigen Zeit, welche besondere Verantwortung gerade uns Künstlern zukäme usw. Und natürlich redete er über den Homo sapiens, über das Spiel

im Alltag, welche Lust im Spiel doch zu finden sei, dass jeder Mensch, also eben auch der Erwachsene, wieder zum Spiel zurückfinden müsse – obwohl wir heute Abend keine Forellen zu töten hätten. Dass er aber bei seinen Festen eigentlich immer großen Wert darauf lege, dass gerade die Erfahrung des eigenhändig geschlachteten Tieres für den spielenden Menschen unabdingbar sei.

Ich glaubte, meinen Ohren nicht zu trauen. Doch es war kein Traum, sondern nun schon beinahe dreistündige quälende Realität – und das ohne einen Bissen im Magen. Dazu noch die gruselige Vorstellung, nur um Haaresbreite davongekommen zu sein, selbst Hand an eine Forelle oder ein anderes Tier legen zu müssen. Doch an diesem Punkt wäre für mich der Gruppenzwang zu Ende gewesen. Ich weiß Bescheid über Sinnentleerung im Alltag. Ich weiß, dass die wenigsten Menschen heute noch den direkten Zusammenhang von Leben und Arbeit sehen oder gar praktizieren können. All das weiß ich! Ich will aber keine Tiere mit bloßen Händen erwürgen oder sonst wie umbringen! Ich will so etwas einfach nicht machen müssen! Dafür gibt es Metzger. Die haben das gelernt. Das ist ihr Job. Ich bin Schauspielerin. Ich kann mir das schon bildlich vorstellen. Das reicht, verdammt!

Ich merkte, wie ich immer wütender wurde. Gott sei Dank endete Wills Rede gerade noch rechtzeitig, bevor ich endgültig ausfällig zu werden drohte, mit den Worten: „Nun lasst uns, liebe Freunde, bevor wir den Grundstein zu unserer Öko-Kathedrale legen, ein festliches Mahl einnehmen, zu dem ich euch von ganzem Herzen einladen möchte!"

Ich war erleichtert – nicht, weil man uns nun endlich etwas zu essen gab, das war schon beinahe egal, sondern dass ich es geschafft hatte, Wills Ansprache ohne unflätige Bemerkungen zu überstehen.

Im Gegensatz zu mir schien Richard sich außerordentlich zu amüsieren. Abgesehen vielleicht von den paar kleineren Peinlichkeiten beim Tanzen gefiel ihm der Abend sichtlich. Als das Nächste aber über uns hereinbrach, konnte auch Richard nur unter Aufbietung aller ihm zur Verfügung stehenden Kräfte einen seiner gefürchteten Lachkrämpfe gerade noch so abwenden, denn wenn ein Winzer'scher Lachkrampf einmal anfing, war er kaum mehr zu stoppen und steckte erfahrungsgemäß die meisten der Anwesenden unweigerlich mit an. Und das in einer Halle wie dieser – mit der Akustik! Der Gedanke allein ließ mir den Angstschweiß auf die Stirn treten.

Richard kämpfte tapfer, das war unübersehbar, als sich eben jene Frau, besagte Mondin, würdevoll erhob, ein Stück Papier in den vor Erregung zitternden Händen haltend. Kleine, hektische rote Flecken zeigten sich auf ihren Wangen und breiteten sich blitzschnell über den Hals hinab aus, um dann irgendwo in ihrem Stehkragen zu verschwinden. Und sie begann mit bebender Stimme zu rezitieren:

Wir sitzen wohl zusammen heut!
Gar viele, viele nette Leut,
sie sind gekommen von nah und fern,
um einzuweihen diese Stätte.

Der Öko-Dom ist unser Ziel,
dafür zu streiten, ist uns nicht zu viel.
Gar Hunderte von Kerzen brennen,
wie unsre Herzen lodern sie.

Der Will kam auf solch wundervollen Einfall,
so preist ihn hoch als Vater der Idee!
So nehmt an nun Speis und Trank,
dass dann zur mitternächt'gen Stunde
wir ziehen könn' zum Wiesengrunde.

*Dort legen wir den Grundstein dann
zum schönen neuen Öko-Dom.
Er soll dann sein in aller Munde
und gebt davon auch allen Kunde!*

Damit verbeugte sie sich brav und nahm erschöpft wieder neben Will Platz, der sie leidenschaftslos, aber herzlich tätschelte.
Ich war außerordentlich gespannt, wie die Anwesenden auf diese Darbietung reagieren würden. Die über hundert geladenen Gäste, darunter einige Lokalpolitiker, Kunstprofessoren, Dozenten, der Vorsitzende des Künstlerbundes, einige Schauspieler sowie Mitglieder der Düsseldorfer Kunstszene, spendeten wie wild Applaus. Diesen Moment nutzte Richard. Blitzschnell holte er ein Taschentuch hervor und schnäuzte sich die Nase, gefolgt von ein paar Gurgellauten. Ich bemerkte, wie Ulla plötzlich dringend etwas aus ihrer Handtasche, die unter dem Tisch stand, benötigte und fast gänzlich unter dem Tisch verschwand.
„Das kann doch nicht wahr sein! Träume ich das? Die applaudieren wirklich alle zu diesem Mist! Wie blöde muss man eigentlich sein, um in dieser Gesellschaft anerkannt zu werden?"
„Noch viel blöder", antwortete Richard knapp mit hochrotem Gesicht, das er immer noch hinter seinem Taschentuch zu verbergen suchte.
Da mich mittlerweile die Neugier gepackt hatte, zu erfahren, wie das Spektakel wohl enden würde, drängte ich nicht mehr darauf, endlich nach Hause fahren zu wollen, sondern ich verspeiste ohne zu murren und brav wie alle anderen auch die uns nun dargereichte Honigmelone. So lernten wir, wie unnötig doch Geschirr oder gar Besteck sein kann, hat man nur eine Honigmelone zur Hand! Denn nach dem Verzehr der halben Melone, die man mit Hilfe eines kleinen Stückes der Schale auszuschaben hatte, wurde die nun leere Schale als Teller für den nachfolgenden Salat benutzt. Das war angewandte Ökologie! Zum Glück

hatte man wenigstens nicht auf Papierservietten verzichtet, sodass man nicht gezwungen war, den Rest des Abends mit klebrigen Fingern herumzulaufen.

„Liebe Zelebrierende, verehrte Teilnehmer der Grundsteinlegung, liebe Freunde!", ertönte Wills Stimme nach einiger Zeit. „Lasst uns nun zu dieser fortgeschrittenen Stunde die feierliche Weihung unseres Öko-Doms mit dem Akt der Grundsteinlegung begehen! Hierfür bitte ich euch, eure Melonenschalen in einer weihevollen Prozession hinauszutragen und an dem Ort zu versenken, auf dem später das Fundament des Domes errichtet werden wird. Ich bitte nun alle Festteilnehmer, sich zu erheben und die Prozession beginnen zu lassen!" Damit schwenkte er die Melonenschale zur Demonstration über seinem Kopf hin und her.

„Jetzt geht er aber ab!", hörte ich Fabian sagen, der dem Abend nahezu sprachlos beigewohnt hatte.

Alle Anwesenden erhoben sich von ihren Plätzen und die Prozession nahm ihren Weg nach draußen. Es war klirrend kalt und bis auf eine Laterne, die müde vor sich hin funzelte, war es auch noch stockfinster auf dem Vorplatz. Ich zog den Mantel enger an meinen Körper, wickelte den Schal mehrmals um den Hals und griff nach Richards Hand. „Gib mir bitte deine Hand! Ich kann nichts sehen!", sagte ich zu ihm. Richard war – wie meist – einige Schritte vorausgegangen. Ich erwischte soeben noch den Zipfel seiner Jacke und hielt ihn fest. Dann hakte ich mich fest bei ihm unter und gemeinsam folgten wir schweigend dem Aufmarsch.

Zur Beleuchtung des Platzes hatte man nun ein großes Feuer entzündet. Die Flammen loderten hoch. Die Funken sprühten in den dunklen Nachthimmel. Gespenstisch huschten lange Schatten vorbei. „Die haben tatsächlich einen Scheiterhaufen errichtet! Das hat was Bedrohliches, findest du nicht?", sagte ich leise und nah an seinem Ohr: „Beinahe schon etwas Faschistoides!"

Das Feuer erleuchtete den Platz, sodass ein ungefähr zwei Meter tiefes Loch sichtbar wurde, in das nun jeder Festteilnehmer seine Melonenhälfte warf. Ich bemerkte, dass ich meine vergessen hatte. „Richard?", wisperte ich. „Ich hab die Melone wohl an der Garderobe liegen lassen …"
Richard grinste. „Ich habe meine gar nicht erst mitgenommen."
Wir stellten uns ein wenig abseits auf, aber noch so, dass wir alles gut beobachten konnten. Jeder warf nach und nach seine Melonenschale in das Loch. Manche taten dies mit einer gewissen Konzentration, andere wohl der Kälte wegen ohne größere Emotionalität. Jedoch erwähnenswert wurde dieses bizarre Ritual von einer kleinen schwarzhaarigen Frau zelebriert, die gehüllt war in einen bodenlangen olivfarbenen dünnen Mantel, der für die Jahreszeit augenscheinlich ungeeignet war. So blieb sie offensichtlich zitternd und mit rot gefrorenen Händen einige Minuten in weihevoller Andacht vor dem Loch stehen, um dann endlich auch ihre Schale zu denen zu werfen, die bereits in wilder Unordnung dort lagen.
Nachdem alle Melonenreste versenkt waren, bis auf Richards und meine, ging die Veranstaltung mit einer kurzen Ansprache eines SPD-Stadtrates zum Ende.
Der Schlussredner war jener Mann, den uns Will Reichenberg vor etwa zwei Wochen in der Pizzeria vorgestellt hatte und der der Lebensgefährte der Schwarzhaarigen war. Ich erkannte sie wieder. Es war die Stumme mit dem Hund! Als ich Richard anstieß, um ihm diese Entdeckung mitzuteilen, ruhte sein Blick bereits auf ihrem Gesicht.
Ich betrachtete die Frau, wie sie so dastand im Schein des lodernden Feuers. Irgendetwas störte mich an ihrem Anblick. Für mich strahlte sie so etwas Unterwürfiges aus.
„Das ist doch die Freundin von diesem Stadtrat Schneider? Erinnerst du dich, Richard?" Ich zupfte ungeduldig an seinem Ärmel. „Zu Wills Geburtstagsessen beim Italiener waren die doch

auch dabei. Die Frau – wie hieß sie noch gleich? Irgendwas mit M ... Na, ist ja auch egal! Auf jeden Fall hat sie doch kaum ein Wort gesprochen, nur fortwährend ihren Hund gestreichelt. Und Franzi fand den doch so süß. Richard, du musst dich doch daran erinnern ..."
„Ach, wirklich? Glaubst du, die ist das? Mir ist sie nicht so im Gedächtnis geblieben." Dabei blickte Richard suchend in die Runde, so, als könne er niemanden erkennen, auf den mein Hinweis hätte zutreffen können.
Ich hatte plötzlich keine Lust mehr, noch länger darüber zu reden, und ich drängte zum Aufbruch. „Ist ja auch egal. Lasst uns endlich nach Hause fahren!", sagte ich ungeduldig. „Es ist gleich zwei Uhr und mir ist kalt. Ich will nur noch in mein Bett!"
Auch Ulla und Fabian, die sich inzwischen zu uns gesellt hatten, nickten im Gleichtakt. „Oh ja, nach Haus! Nach Haus!", riefen beide wie aus einem Mund, wobei sie die Zwerge aus *Schneewittchen* nachahmten.
Schweigend liefen wir gemeinsam in Richtung Parkplatz. Ich drückte mich davor, mich von Will zu verabschieden, und ich gab vor, noch dringend auf die Toilette zu müssen.
„Also gut, dann geht ihr schon mal zum Auto! Ich verabschiede mich rasch in eurem Namen und komme dann nach", sagte Richard bereits im Weggehen.
Ich schaute ihm nach, wie er schnellen Schrittes davoneilte.
„Sollen wir auf dich warten oder kommst du nach?" Ulla trat frierend von einem Fuß auf den anderen.
„Ist nicht nötig. Geht schon mal! Ich komme nach." Damit drehte ich mich um und lief in Richtung Toilette.
Wieso hatte Richard behauptet, sich kaum an diese Frau erinnern zu können? Sein Gedächtnis war normalerweise immer recht gut, dachte ich bei mir und betrat das Toilettengebäude. Kaum war ich eingetreten, fiel die Tür auch schon krachend hinter mir ins Schloss. Ich fuhr zusammen. Es war stockdunkel.

Vorsichtig tastete ich die Wand ab, doch ich fühlte nur nasse, kalte Mauern. Dann ertastete ich den Lichtschalter, aber der ließ sich nicht bewegen. Mich überkam ein unangenehmes Gefühl und ich begann zu zittern und glaubte, zwei rot glühende, funkelnde Augen in meinem Rücken zu spüren. Schnell trat ich einen Schritt zurück, riss die Tür auf und stürzte hinaus.
Draußen angekommen, klapperten meine Zähne aufeinander. Ich schlug den Kragen meines Mantels hoch und rannte los – über den menschenleeren Hof Richtung Parkplatz. Nur die alte Gaslaterne tauchte den Vorplatz in ein dämmriges Licht. Ich rannte, so schnell ich nur konnte. *Nur noch ein paar Meter*, dachte ich und mein Herz klopfte mir bis zum Hals.
Keuchend bog ich um die Ecke und konnte gerade noch in einiger Entfernung erkennen, wie Richard sich von einer kleinen, zierlichen Gestalt mit schwarzen Haaren und einem langen, wehenden Mantel verabschiedete. Will konnte es nicht gewesen sein, der war bestimmt einen Kopf größer als Richard.
Ich rannte weiter zu unserem Wagen. Dort angekommen, riss ich die Beifahrertür auf und hechtete hinein.
„Was ist denn mit dir los? Wirst du verfolgt?" Fabian grinste mir entgegen.
„Quatsch! Ich sehe nur im Dunkeln nicht so gut", keuchte ich. „Und da hab ich halt ein wenig Angst bekommen, so allein über das dunkle Gelände zu gehen. Frauenängste eben, verstehst du?", fügte ich verärgert hinzu.
Nun war auch Richard ins Auto gestiegen. Ich sah ihn an. Doch er achtete nicht darauf, sondern ließ den Motor an und fuhr ohne ein Wort zu sagen los.
„Was hat er noch so gesagt?", fragte ich nach einiger Zeit.
„Wer?", antwortete er knapp.
„Na, der Reichenberg. Du wolltest dich doch in unserem Namen verabschieden, oder?" Dabei ließ ich ihn nicht aus den Augen.
Lapidar gab Richard zur Antwort, dass er ihn gesucht, aber leider

nicht gefunden hätte. Aber den Präsidenten des hiesigen Künstlerbundes, den hätte er schon mal zur Premiere von *Othello* eingeladen. Und überhaupt wäre der Abend von großer Wichtigkeit gewesen, auch wenn wir das alles wieder nicht verstanden hätten. Aber wir sollten ihn mal machen lassen. Wir hätten uns jetzt nur noch mit unseren Rollen zu beschäftigen und die Politik denen zu überlassen, die etwas davon verstünden.

„Oh, wir danken dir für die aufmunternden und warmherzigen Worte ans dumme Fußvolk – zumal nach so einem durchgeknallten Abend!", ertönte Ullas beleidigte Stimme aus dem Fond.

„Ich weiß nicht, was du willst, Ulla! Das war doch ein super Event. Also mir hat es total Spaß gemacht – vor allem zu sehen, dass Leute, von denen man annehmen sollte, dass sie einigermaßen richtig im Kopf sind, jeden Mist mitmachen, wenn es darauf ankommt, oder?" Fabian redete sich in Rage und nach einiger Zeit hörte ich den beiden nicht mehr zu, sondern wandte mich an Richard: „Das muss dann wohl ein Zwerg gewesen sein ..."

„Wen meinst du?", fragte er, indem er die Augenbrauen hochzog.

„Na, der Präsident des Künstlerbundes", erwiderte ich spitz. „Vielleicht tritt er ja nebenberuflich noch bei *Roncalli* auf ...", zischelte ich.

Richard überhörte meine Spitze und trat aufs Gas – und so brausten wir mit allem, was der alte Mercedes noch zu geben hatte, durch die menschenleere Nacht nach Hause.

Die Fahrt kam mir unendlich lang vor und inzwischen war es still geworden auf der Rückbank. Ulla und Fabian waren wie zwei kleine Kinder Schulter an Schulter eingeschlafen. Richard und ich blickten auf die vor uns liegende Autobahn und schwiegen. Es kam kein Gespräch in Gang. Vielleicht lag es an der fortgeschrittenen Uhrzeit? Oder an diesem merkwürdigen Abend? Ich wusste es nicht. Vielleicht waren unsere Gedanken auch einfach mit sehr unterschiedlichen Dingen beschäftigt in dieser Nacht ...

Kapitel V

Westhoff verließ gegen 19 Uhr das Krankenhaus. Auf dem Nachhauseweg hielt er an einem Fast-Food-Restaurant an und holte sich etwas zu essen. Inga schimpfte meist mit ihm, wenn er sich noch vor dem Abendbrot einen Cheeseburger kaufte, aber an diesem Abend tat er es getrost und ohne schlechtes Gewissen, denn Inga hatte Nachtdienst und es würde kein Abendessen geben.

Zu Hause angekommen, zog er sich um, stellte den Fernseher an und ließ sich erst einmal aufs Sofa fallen. Nachdem die Nachrichten vorüber waren, holte er sich ein Glas Rotwein aus der Küche und legte die rote Mappe neben sich.

Er war eigentlich niemand, der gern allein war, aber nach diesem Dienst war er froh, den Abend einmal ganz für sich zu haben. Er würde noch den Anruf von Inga abwarten und dann nicht mehr ans Telefon gehen. Er lebte nun schon seit einiger Zeit mit ihr zusammen in einem kleinen Ort mit netten Fachwerkhäusern und einigen Geschäften, einer lebendigen Einkaufsstraße, einer winzigen alten Kirche mit schiefem Kirchturm und sogar einem griechischen Restaurant. Ihre Wohnung lag unmittelbar an der Einkaufsstraße des Ortes.

Inga war ebenfalls Ärztin. Sie hatten sich bei einer Stationsfeier kennen gelernt. Westhoff dachte zurück an diesen Abend. Sie waren zu siebt gewesen – einige Kollegen, die Stationsschwester, eine MTA und Inga, die kleine blonde Assistenzärztin. Er hatte sie von Anfang an süß gefunden. Er mochte ihre Art. Sie war frech und vorlaut und sie sagte all das, was er soeft hätte sagen wollen, was er aber aus irgendwelchen Gründen dann doch lieber hinunterschluckte. Sie sprach es aus. Sie kokettierte natürlich auch ein wenig mit ihrem mädchenhaften Aussehen. Doch sie stand ihre Frau – bei Operationen genauso wie beim normalen Stationsdienst. Es hatte ihm imponiert, wie sie sich gegen die Anzüglichkeiten der männlichen Belegschaft zur Wehr gesetzt hatte. Und nun lebten sie zusammen.

Sie hatte ihm manchmal – aber eigentlich nur dann, wenn er

sie danach gefragte hatte – über ihre Ehe mit dem Regisseur Winzer erzählt. Kennengelernt hatte er ihn nie. In Ingas Erzählungen schwang aber oft ein eigenartig bissiger, ja, verletzt wirkender Unterton mit, das war ihm jedes Mal aufgefallen, doch er hatte sie nicht darauf angesprochen und im Grunde genommen ging es ihn auch nichts an.

Die Titelmusik eines „Tatorts" ertönte aus dem Fernseher. Ein Mann mit einem grünen OP-Kittel und Glatze stand, eine winzige Hornbrille auf der Nasenspitze balancierend, über eine Leiche gebeugt. „Die Frau ist seit mindestens zwölf Stunden tot!", nuschelte er den zwei hinter ihm stehenden Kripobeamten mit unverkennbar hessischem Akzent zu.

Westhoff verspürte keinerlei Lust, den Fortgang der Geschichte zu verfolgen. „Immer der gleiche Quatsch!", brummte er vor sich hin. Dann drückte er auf die Stummtaste der Fernbedienung und griff nach der roten Mappe. Diesmal löste er jedoch das Gummiband vorsichtiger als beim letzten Mal und zog einige der eng beschriebenen Seiten heraus. Die kursive Schrift war zwar recht schwer zu lesen, wie er fand, dennoch begann er:

Wir versuchten, einen Sinn hinter diesen drei seltsamen Briefen zu entdecken. Doch wie sollten wir dies tun können? Wir, Inga und ich, Caroline, die wir nichts von den wirklichen Zusammenhängen ahnten. Nicht ahnten, was diese Briefe in Gang setzen würden. Nur einer wusste sicherlich, worum es ging: Richard. Denn er war der Komplize Monas gewesen in den vergangenen fünf Jahren. Doch auch das wussten wir zu diesem Zeitpunkt noch nicht ...

So saßen sie da – drei Menschen in einer Küche beim Frühstück. Der Mann, Richard Winzer, Regisseur, Schauspieler und Leiter einer Theatertruppe, 38 Jahre alt, mit massigem Körper und Dreitagebart, und „seine" zwei Frauen. Die eine, Inga, seine Ehefrau, klein, zierlich und mit ein wenig fusseligen strohblonden Haaren, saß neben ihm und nippte wortlos an ihrer Kaffeetasse. Sie war knapp dreißig und nun bald fertige Ärztin.

Die andere Frau war Caroline Fränkel, mittelgroß und mit einer sportlichen Figur. Die dunkelblonden Haare trug sie sehr kurz geschnitten. Sie war Schauspielerin und leitete gleichzeitig das Büro des Theaters.
Diese drei Menschen lebten nun schon seit zwölf Jahren zusammen. Und da war natürlich noch Franziska, die kleine, knapp zehn Jahre alte Tochter von Richard und Caroline. Franzi war gerade aufs Gymnasium gekommen. An diesem Samstagmorgen schlief sie noch. Bis vor Kurzem hatte es auch noch einen uralten Hund gegeben: das Mählein. Doch der war gestorben – an Altersschwäche und schlimmem Krebs. Sie hatten getrauert um diesen Hund, der eigentlich kein richtiger Hund gewesen war, sondern eine Sandhyäne.
Nach Richards Erzählungen hätte er das Mählein vor dem sicheren Tod aus einem Zoo gerettet, lange bevor sie sich kennen gelernt hatten. Sie stammte, so sagte er, aus einer Überproduktion an Sandhyänen dieses Zoos.
Nun ja, ich fand das schon immer ein wenig unglaubwürdig. Eine Überproduktion an Sandhyänen …? Aber so war wohl der Hund, der keiner war, wie ein Symbol für diese eigenartige Beziehung dieser drei Menschen, die eben auch keine richtige Dreierbeziehung war, so wie es alle Welt besser zu wissen glaubte.
Alles war eben nicht so, wie es auf den ersten Blick zu sein schien – wie der Hund, der eigentlich eine Hyäne war!

Kapitel VI

Westhoff blätterte die Seite um und las die fettgedruckte Überschrift:

Das Briefgeheimnis – Samstag, 31. Januar 1992

Es war noch sehr früh am Morgen. Ich machte Frühstück. Richard war erst am Vortag von einer längeren Reise aus Mexiko zurückgekehrt. Ich weckte ihn, nachdem ich Brötchen geholt

hatte. *"Komm!"*, sagte ich. *"Steh doch auf! Ich habe Brötchen gekauft. Die sind noch ganz warm. Und der Kaffee ist auch schon fertig. Franzi schläft noch, so haben wir etwas Zeit, uns ungestört zu unterhalten!"* Ich wurde schon ein wenig ungeduldig, nachdem die ersten zwei Weckversuche fehlgeschlagen waren.
"Ja doch! Ja, ich komme schon!", brummte Richard und drehte sich noch einmal auf die andere Seite.
Nach weiteren zehn Minuten erschien er jedoch und wie meist in Boxershorts, mit freiem Oberkörper und barfuß. Er ließ sich auf einem der alten Holzstühle nieder. 96 Kilo brachten diesen ganz schön zum Ächzen und ich befürchtete, dass der Stuhl nicht mehr lange durchhalten würde. Doch ich hatte keine Lust, über den bevorstehenden Verlust eines dieser schönen alten Stühle zu lamentieren, schließlich hatten sie drei Wochen Erholungspause hinter sich gehabt. Sollten sie heute Morgen doch ächzen und knarren. Ich freute mich, dass Richard wohlbehalten wieder zurück war. Und ich war begierig darauf, seinen Bericht zu hören. Doch erst einmal fragte er: *"War die Post schon da?"* Und er zündete sich die erste von unzähligen noch folgenden Zigaretten an.
"Ich schau schon nach! Bleibt sitzen!", rief es aus dem Flur.
Inga war inzwischen ebenfalls aufgestanden und wir beobachteten durchs Küchenfenster, wie sie in ihrem weißen Bademantel barfuß zum Briefkasten ging. Ihre Haare waren noch ungekämmt und standen wild in alle Richtungen vom Kopf ab. Sie sah morgens immer recht lustig aus und auch sehr jung, wie ich fand. Obwohl sie bereits dreißig war, hatte ihr Gesicht noch etwas beneidenswert Kindliches.
Sie kam mit drei Briefen in der Hand zurück.
"Schaut mal, die sind alle mit derselben Schrift geschrieben, aber keiner hat einen Absender! Komisch, was?"
"Die Schrift sieht aus wie Monas!", sagte ich und griff nach einem der Briefe. *"Der ist an Franziska gerichtet."*
"Der hier an das Ensemble", erwiderte Inga erstaunt.
"Und dieser hier ist an mich adressiert", murmelte Richard und

öffnete ihn sehr bedächtig. Er las ihn schweigend.
„Von wem ist der? Ist er von Mona?", fragte ich.
„Macht erst mal die anderen auf! Den an Franzi zuerst!", entgegnete Richard, dabei faltete er seinen Brief ordentlich zusammen und steckte ihn zurück ins Kuvert.
Inga zog Franziskas Brief heraus und begann laut zu lesen:

AN DIESER STELLE Brief an FRANZISKA IM ORIGINAL EINFÜGEN

INGA LIEST NACHEINANDER ALLE DREI BRIEFE VOR

Brief an das ENSEMBLE IM ORIGINAL EINFÜGEN

BRIEF an RICHARD IM ORIGINAL EINFÜGEN

„Was bedeutet das denn?", fragte ich, nachdem Inga zu Ende gelesen hatte. „Die Briefe sind alle zur selben Zeit auf demselben Postamt abgeschickt worden. Dann muss sie ja gestern Morgen hier gewesen sein! Ich habe doch gestern Nachmittag noch mit ihr telefoniert und ihr von dem Gastspielangebot des Staatstheaters München erzählt! Sie hat sich noch so gefreut!", sagte ich kopfschüttelnd. „Komisch war nur, dass sie so müde geklungen hat am Telefon, als ich sie fragte, ob sie denn nicht mehr vorbeikommen wolle. Sie sagte, sie hätte sich wohl den Magen verdorben und läge im Bett. Ich fragte sie dann noch, ob sie wenigstens am nächsten Tag käme, um dich zu begrüßen, Richard. Verstehst du das? Ich nicht."
Wir schwiegen eine Weile. Richard trommelte nervös mit den Fingern auf der Tischplatte herum. „Was kann man aus diesen Briefen schließen, das müssen wir uns fragen."
Wir saßen ein wenig ratlos herum. Da schrieb jemand, der jahrelang mit uns gearbeitet und gelebt hatte, aus heiterem Himmel seltsame Abschiedsbriefe voller Pathos, aber auch wieder sehr endgültig. Uns fiel auf, dass die Briefe voller Andeutungen steckten, nur wir konnten sie nicht verstehen.

Eine gewisse Beklommenheit machte sich breit und plötzlich sprach Inga aus, was auch ich insgeheim dachte: „Hoffentlich hat sie sich nichts angetan …"
„Genau das habe ich auch gerade gedacht", erwiderte ich.
„Aber warum denn auch? Sie hat doch keinerlei Grund für so etwas, oder? Oder wüsstet ihr einen Grund?", fragte ich, ohne auf eine Antwort zu warten. „Nein, nein! Ich halte das für kompletten Blödsinn!", gab ich mir selbst zur Antwort.
„Mami, Ingi, wo seid ihr denn alle?", ertönte Franzis Stimme aus der unteren Etage und im nächsten Moment stand sie auch schon in der Küche – noch ein wenig schläfrig und mit ihrem alten, abgewetzten blauen Stoffhasen im Arm. Schnell krabbelte sie auf meinen Schoß und kuschelte sich gemütlich in meinen Arm.
Wir waren übereingekommen, ihr den für sie bestimmten Brief vorläufig nicht zu zeigen, bis wir genauer wussten, was mit Mona geschehen war. Und wir wollten Franzi vorläufig auch nichts von Monas Weggang erzählen. Sie hatte in den letzten Jahren eine recht enge Beziehung zu Mona entwickelt und wir wussten nicht, wie wir ihr den Abschied überhaupt erklären sollten. Wir ließen uns also nichts anmerken und frühstückten gemeinsam weiter, so, als wäre nichts Besonderes passiert.
Die folgenden Tage verbrachten wir damit, herauszufinden, warum Mona gegangen war – und vor allem auf diese eigenartige Weise. Die wildesten Spekulationen wurden angestellt.
Wir nahmen zuerst einmal Kontakt mit ihren Verwandten auf, doch wir stießen immer wieder nur auf die gleichen Antworten: Man wisse auch nicht, wo Mona sich aufhielte, aber soweit ihnen bekannt sei, wolle sie mit dem Theater nichts mehr zu tun haben. Sie hätte eben schon oft eigenartige Entscheidungen von einem Tag auf den anderen gefällt.
Wir hatten den Eindruck, dass alle, mit denen wir sprachen, natürlich mehr wussten, aber von Mona angewiesen worden waren, uns keinerlei Auskünfte zu geben. Wir kamen uns ziemlich hintergangen vor. Nach einiger Zeit gaben wir die Nachforschungen erst einmal auf und sagten uns, dass wir die Gründe

für ihren Weggang schon noch erfahren würden – und wenn nicht, dann war es eben so.
Später erfuhren wir zufällig, dass sie nach ungefähr vierzehn Tagen wieder in ihre Wohnung zurückgekommen sein musste. Ebenso erfuhren wir, dass sie ihren Abgang lange und äußerst präzise vorbereitet hatte, denn sie hatte schon vor Monaten einen Antrag gestellt, ihre bisherige Geheimnummer noch einmal zu ändern, allerdings ohne uns darüber informiert zu haben.
Wir bekamen diese Nummer jedoch über Umwege heraus und riefen sie an, um den wahren Grund ihres Verschwindens endlich zu erfahren. Keinesfalls wollten wir, dass sie zurückkäme – weder zum Theater noch zu uns. Nur die Gründe wollten wir von ihr wissen. Doch jedes Mal legte sie sofort wieder auf und irgendwann ging sie gar nicht mehr ans Telefon.
Eines Tages beschloss Inga, zu ihr zu fahren und sie zur Rede zu stellen. Ich erinnere mich noch genau. Es war ein Donnerstagmorgen, als sie sagte: „Ich habe die Faxen jetzt dicke! Dieses Theater muss ein für alle Mal ein Ende haben! Ich fahre jetzt zu ihr! Sie ist doch früher donnerstags immer zu ihrer Tante ins Altenheim gefahren, um für sie einzukaufen. Sie wird diese Gewohnheit nicht geändert haben, glaubt mir! So zwanghaft, wie die immer war. Ich will jetzt endgültig wissen, was wir ihr getan haben, dass sie uns wie Verbrecher behandelt. Wir haben sie lange genug hier geduldet. Mir reicht es jetzt!"
Richard reagierte außergewöhnlich nervös auf Ingas Plan, denn er versuchte, sie davon abzuhalten. „Reisende soll man nicht aufhalten, Inga. Warum willst du ihr hinterherrennen? Das macht überhaupt keinen Sinn. Lass sie doch ziehen!", mahnte er eindringlich.
„Du glaubst doch nicht im Ernst, dass ich sie aufhalten will? Ganz im Gegenteil, mein Lieber! Nur, so lasse ich mich nicht abspeisen nach all der langen Zeit. Wir haben sie bei uns aufnehmen müssen, weil du es so wolltest, Richard. Sie hat an unserem gesamten Leben teilgenommen, sie hat bei uns gelebt, obwohl Caroline und ich es nie wollten. Und wegen ihres blöden Hundes sind wir sogar aus der Wohnung geflogen, weißt du

das alles nicht mehr, Richard? Sie hat unser aller Leben so sehr dominiert! Weißt du nicht mehr, Richard, wie du immer zu Caroline und mir gesagt hast: ‚Seid doch nett zu Mona! Fangt keinen Streit mit ihr an! Sie ist meine Muse. Sie ist unverzichtbar für mein Theater.' Das Monachen sei eine große theatralische Entdeckung und all dieser Quatsch! Sie hatte nicht das Recht, Franzi so wehzutun. Die ist nämlich ganz schrecklich traurig. Die versteht gar nicht, was los ist. Sie hatte einfach nicht das Recht, auf diese miese Weise zu verschwinden! Und sie hatte vor allem kein Recht, dem Kind so wehzutun! Du siehst doch, wie sehr Franziska sie vermisst. Sie kann einfach nicht begreifen, warum Mona so einfach verschwunden ist. Ich will jetzt und sofort eine Erklärung! Das ist sie uns schuldig, verdammt noch mal!" Damit war Inga auch schon zur Tür hinaus, sprang in ihr Auto und brauste davon.
„Die ist völlig außer sich. Du hättest sie bremsen müssen, Caroline! Was soll das bringen, dahin zu fahren, frage ich dich! Wieso hast du sie nicht davon abgehalten?" Er zündete sich nervös eine Zigarette an.
„Ich weiß gar nicht, warum du dich so aufregst. Ich finde es gut, dass jemand mal wirklich die Initiative ergreift und diesem Unsinn ein Ende setzt. Wir haben wirklich noch ein paar andere Probleme zu lösen. Diese Sache blockiert jetzt schon zu lange unser Leben. Man kommt sich ja schon richtig blöde vor – ständig dieses Thema und keine Antworten. Ich will es jetzt auch wissen und dann ist die Sache endgültig erledigt! Ich will auch eine Erklärung und dann ist Schluss mit diesem Thema! Vorbei! Ein für alle Mal. Ich brauche Mona bestimmt nicht. Ich wollte sie nie in meiner Nähe, das weißt du ganz genau. Aber der Mensch gewöhnt sich halt an vieles, Richard. Doch diese Hinterhältigkeit mir gegenüber, das ist schon ein starkes Stück! Ich kann mich gar nicht beruhigen!" Ich redete mich in Rage.
„Trinkt noch Kaffee mit mir, obwohl sie ganz genau wusste, dass sie am nächsten Tage nicht mehr wiederkommen würde! Und kann mir dabei völlig unbefangen in die Augen sehen, obwohl sie alles lange vorher geplant hat! Unglaublich, das Gan-

ze! Ich will einfach wissen, warum jemand so etwas tut! Derart kaltschnäuzig plant und durchführt. Was dahintersteckt, das will ich wissen, Richard! Und genau deshalb finde ich es ganz klasse, was Inga jetzt macht. Ich hätte sie niemals zurückgehalten. Warum auch? Schon allein deshalb nicht, weil sie das Vertrauen, das Franzi zu ihr hatte, so zerstört hat. Wieso hat sie nicht schlicht und einfach gesagt, dass sie nicht mehr hier sein will? Dass sie vielleicht ein anderes Leben führen möchte? Sie hätte doch ganz klar und offen sagen können: Ich gehe! Keiner hätte sie zurückgehalten – oder, Richard? Hättest du sie vielleicht daran gehindert?"
Richard stierte nur wortlos vor sich hin.
„Also ich hätte sie bestimmt nicht zurückgehalten. Mir ist sie mit ihrer Art schon sehr lange nur noch auf die Nerven gefallen. Diese Wichtigtuerei ständig!", ereiferte ich mich.
„Lass gut sein!", unterbrach Richard meinen Redefluss. „Wir werden sehen, was Inga herausfindet. Ich glaube jedenfalls nicht, dass sie Mona überhaupt antrifft."
„Ich schon!", entgegnete ich trotzig. „Die ändert ihre Gewohnheiten nicht so schnell. Die Gewohnheit ist ihr Korsett, das sie aufrecht hält. Die fällt sonst zusammen wie ein Aschehäuflein."
Ich schaute Richard von der Seite an. „Warum warst du eigentlich so dagegen, dass Inga hinfährt?", fragte ich und ließ ihn nicht aus den Augen. „Du machst mich ganz nervös. Rauche nicht so viel! Das ist jetzt schon deine zehnte Zigarette innerhalb der letzten Stunde!", rief ich ihm hinterher, als er wortlos aufstand und ohne meine Frage zu beantworten in seinem Arbeitszimmer verschwand.
Ich sah ihm verwundert hinterher, folgte ihm jedoch nicht, sondern begann, die Wohnung aufzuräumen. Es sah seit Tagen bei uns aus, als hätten die Vandalen gehaust. Es wurde Zeit, endlich wieder ein normales Leben zu führen. Wir waren eine Familie und wir hatten ein wichtiges Theaterprojekt vorzubereiten – und nun befassten wir uns mit beinahe nichts anderem mehr als mit Monas Verschwinden. So ein Unsinn! Das muss jetzt ein Ende haben, sagte ich mir, während ich begann, das Wohnzimmer zu

saugen, die Aschenbecher auszuleeren und all das herumstehende Geschirr in die Spülmaschine zu räumen.
Nach zwei Stunden kam Inga zurück. Ich hörte, wie sie die Haustür aufschloss, und ich ging ihr entgegen. „Na, hast du sie getroffen?", fragte ich gespannt.
Inga sah erschöpft aus und nach ein paar Sekunden sagte sie: „Na klar! Wie ich vermutet hatte, sie ändert ihre Gewohnheiten nicht. Sie kam gerade, als ich aus dem Auto stieg, angefahren. Und als sie mich sah, gab sie sofort Gas und fuhr mit einem Affenzahn an mir vorbei, mir fast über die Füße. Die hat ja einen Schuss, dachte ich. Doch dann hielt sie plötzlich an, drehte den Wagen und kam langsam auf mich zugefahren. Dann parkte sie und stieg aus. Ich war entsetzt. Wie sie aussah! Wie eine alte Frau! Und angezogen, sage ich dir, total bieder! Und die Haare hochgesteckt wie eine Gouvernante! Ganz streng! Schrecklich sah sie aus. Ich bin dann auf sie zugegangen und habe sie direkt gefragt: ‚Warum bist du gegangen? Wieso auf eine so unfaire Weise?' Sie hat ganz lange geschwiegen. Doch dann schrie sie plötzlich los und ich hatte den Eindruck, sie dreht durch. ‚Frag deinen Mann! Er weiß, wieso. Er kann es dir sagen. Frag doch deinen Mann!' Ich darauf: ‚Ist doch Quatsch, Mona! Richard hat auch keine Erklärung für dein Verschwinden!' Aber sie schrie weiter wie von Sinnen, immer wieder: ‚Frag Richard! Frag deinen Mann! Aber lasst mich in Ruhe! Ich will nur noch meine Ruhe, verstehst du das, Inga?!' Mit diesen Worten drehte sie sich schnell um und ließ mich einfach stehen. Ich hatte keine Lust mehr, ihr hinterherzulaufen, also stieg ich ins Auto und fuhr nach Hause."
Inga sah müde aus. Auf irgendeine Weise hatte ihre Fahrt mehr Fragen aufgeworfen als beantwortet.
Plötzlich erschien Richard in der Tür. „Seht ihr, dass die Fahrt einfach unnötig gewesen war? Völlig sinnlos! Hatte ich es euch nicht vorher gesagt? Hatte ich es nicht genau so vorausgesagt?", fügte er in gönnerhaftem Ton hinzu. Und auf mich machte er einen ausgesprochen erleichterten, ja, nahezu befreiten Eindruck. Er drehte sich mit einem verschmitzten Grinsen um

und verschwand mit den Worten, dass Mona eben verrückt geworden sei und dass man solche Leute einfach in Ruhe lassen solle, wieder in seinem Arbeitszimmer.

Das Telefon im Flur klingelte. Westhoff legte die gelesenen Seiten mit einem Kopfschütteln zur Seite. „Westhoff? Ja, bitte? ... Inga, Liebes! Wie geht es dir? Hast du viel Arbeit? ... Ich? Ach, ich sitze herum und versuche, mich ein wenig zu entspannen. Es war ein harter Dienst. Und bei dir? Ist viel los? ... Ach, das ist aber schön! Ja, dann leg dich schnell ins Bett und nutze die Zeit zum Schlafen! ... Ja, ich geh auch gleich ins Bett! ... Hmmm, ich dich auch ganz doll, meine Süße! ... Ja, schlafe auch schön. Ich denk an dich. Kuss! Bis morgen und schlaf gut!" Damit legte er den Hörer auf, ging in die Küche und goss sich Wein nach. Natürlich hatte er ein schlechtes Gewissen, ihr nicht gesagt zu haben, was er gerade gelesen hatte. Aber wie sollte er es ihr erklären? Er konnte ihr doch nicht sagen, dass er an die persönlichen Sachen einer Patientin gegangen war und nun per Zufall eigenartige und ihm völlig unbekannte Dinge aus ihrem – Ingas – Leben gelesen hatte. Das wäre wohl zu absurd gewesen, so oder so.

Natürlich konnte er sich jetzt zusammenreimen, wer diese Patientin war. Na klar! Aber wie sollte er Inga das erklären? Sollte er einfach sagen: *He, Kleines, bei mir auf der Station liegt eine Frau, die vielleicht nicht ganz richtig im Kopf ist. Die hat man vor ein paar Tagen mit ihrem Auto aus einem Fluss gefischt. Vielleicht wollte sie sich das Leben nehmen? Vielleicht war es aber auch nur ein Unfall? Keiner weiß es genau. Und nun liegt sie regungslos da und wir können ihr nicht helfen. Ach, übrigens, Inga, die Frau ist ziemlich wahrscheinlich deine alte Freundin Caroline!*

Nein, nein, so ging das doch nicht! Bis vor einer Stunde wusste er so gut wie gar nichts über sie. Inga hatte ihm zwar irgendwann einmal etwas erzählt, aber das hörte sich alles ziemlich normal an. Dass sie früher Schauspielerin gewesen wäre, damit aber aufgehört hätte und wohl nur noch schreiben würde. Dass

die beiden Frauen einmal eng befreundet gewesen wären, dass das aber schon eine ganze Weile zurückläge, so hörte es sich zumindest an. Caroline wäre dann irgendwann mit ihrem Mann und ihrer Tochter nach Südfrankreich gezogen und so wäre der Kontakt zu ihr eben abgerissen. Nur dass sie mit Inga und deren damaligem Mann Richard zusammengelebt hatte, dass sie sogar ein Kind mit ihm hatte, das hatte Inga ihm nie erzählt. Das hatte sie einfach unterschlagen.
Warum? Das fragte er sich natürlich jetzt mehr denn je. Und solange er die Geschichte nicht von seiner Freundin erfuhr, würde er eben diese Aufzeichnungen weiterhin lesen müssen.
Damit ging er zurück ins Wohnzimmer, setzte sich wieder auf das Sofa und fuhr fort, das Geschriebene zu studieren.

Kapitel VII

Nach Ingas Begegnung mit Mona beschlossen wir, erst einmal wieder ein geregeltes Leben zu beginnen. Vieles war in den vergangenen Tagen einfach liegen geblieben und wir konnten uns einen solchen Schlendrian eigentlich überhaupt nicht leisten. Wir mussten das nächste Projekt vorbereiten, damit endlich wieder Geld in die Kasse kam, und Inga stand schließlich mitten im Zweiten Staatsexamen! Also stürzten wir uns in die Arbeit. Richard und ich in die Theaterarbeit und Inga in ihre Examensvorbereitungen. Und nur manchmal noch fiel jemandem auf, dass Mona nicht um die gewohnte Mittagszeit mit ihrem silberfarbenen Citroën angerauscht kam. Irgendwann hörten wir sogar ganz auf, über sie zu sprechen.
Unser „Columbus"-Projekt war nun das Hauptthema. Die Finanzierung klappte ausnahmsweise einmal reibungslos. Die Mittel standen abrufbereit zu unserer Verfügung. Die letzten Sponsoren-Verträge hatten wir unter Dach und Fach gebracht und einige neue Schauspieler waren ebenfalls engagiert worden. Die Flüge und Unterkünfte waren gebucht. Der Abreise, die in Kürze stattfinden sollte, stand also nichts mehr im Wege. Auch

das Ensemble freute sich, endlich mal wieder ein Flugzeug besteigen zu können, um diesem tristen Deutschland für drei Monate den Rücken zu kehren. Es lief also alles bestens – bis zu jenem Nachmittag ...
Das genaue Datum weiß ich nicht mehr. Es muss irgendwann im Mai gewesen sein. Ulla war am Mittag wie üblich ins Büro gekommen. Am späten Nachmittag waren wir mit der Arbeit fertig und beschlossen, noch einen Kaffee zusammen zu trinken. Außer im Büro arbeiteten wir gern auch in unserer großen Diele. Dort fanden die täglichen Besprechungen mit dem Ensemble statt. Doch an diesem Nachmittag bat Inga darum, ihr ein wenig mehr Ruhe zu gönnen, damit sie ungestörter arbeiten könne. Deshalb nahmen wir den Kaffee in der abseits gelegenen Küche ein.
Nach einiger Zeit sagte Ulla und blickte dabei versonnen durch eines der Küchenfenster auf die Straße: „Ist schon irgendwie seltsam, dass Mona nicht mehr da ist. Na ja, so ist das eben. Jeder ist hier halt problemlos ersetzbar ..."
„Ja, so ist es! Jeder ist ersetzbar! Da hast du allerdings Recht, Maybach!", erwiderte Richard äußerst scharf. Ihm schien dieses Thema offensichtlich überhaupt nicht zu passen.
Doch Ulla ließ sich nicht bremsen und fuhr fort: „Ich meine ja nur, dass es schon eigenartig ist, dass sie keiner wirklich zu vermissen schien – und vor allem ihr nicht, wo sie doch quasi zur Familie gehört hat. Und wer soll sie überhaupt beim Columbus-Stück ersetzen? Hast du darüber schon mal nachgedacht, Richard?"
Ich bemerkte, wie Ulla mich aus den Augenwinkeln beobachtete.
„Na, du mit absoluter Sicherheit wohl nicht, Maybach!" Er schaute zu mir. „Da muss Caroline wie früher die Tore machen – diesmal eben allein. Caroline sowieso, aber eben auch Mona, die spielen auf Bundesliga-Niveau!" Dabei tätschelte er jovial meine Hand und mit einem arroganten Lächeln blickte er zu Ulla hinüber. „Und du, Maybach, hast in deiner Kreisklasse wohl genug zu tun! In der Klasse, in der Caro spielt, reicht es eben nicht, ein bisschen mit dem Hintern zu wackeln und schon rufen

alle Bravo. Oder hast du wirklich ernsthaft in Erwägung gezogen, Monas Platz einnehmen zu können?"
Mir war Richards unverhohlener Zynismus peinlich und ich sah, wie Ulla mit den Tränen kämpfte, deshalb wechselte ich das Thema und fragte: „Ich hab Fabian schon ein paar Tage nicht mehr gesehen. Wie geht's ihm denn so, Ulla?"
Sie schwieg für einige Sekunden, zündete sich eine Zigarette an und blies den Rauch demonstrativ in Richards Richtung. „Er lässt euch lieb grüßen. Er würde auch so gerne bei den Vorbereitungen helfen, aber Richard will ihn ja nie dabei haben. Ich habe ihn gestern gesprochen. Er freut sich sehr auf die Proben in Jamaika und so. Er packt schon fleißig und arbeitet täglich an seinem Englisch, damit er nicht wieder solche Probleme hat wie beim letzten Mal. Ihr wisst ja, wegen seines Akzents ..."
„Ja, wenn der den aus seinem Englisch nicht endlich rausbekommt, hat er diesmal eine stumme Rolle, das verspreche ich ihm! Also, ich hoffe in seinem Interesse, dass er sehr hart gearbeitet hat!", unterbrach Richard Ullas Redeschwall schroff. Irgendwie schien er gereizt zu sein.
„Warum bist du eigentlich immer so voreingenommen und ungerecht Fabian gegenüber?", warf ich beschwichtigend ein. „Ulla sagte doch gerade, er habe ganz viel gearbeitet an seinem Akzent. Nun lass es mal gut sein! Fabian hat dir doch wirklich nichts getan, Richard. Er hat seine Arbeit immer zuverlässig gemacht. Ich mag es nicht, wenn du so ungerecht über Menschen urteilst."
Ulla stand auf und goss sich Kaffee nach. Sie stand mit dem Rücken zu uns und sagte plötzlich, ohne sich umzudrehen: „Ach, übrigens hat Fabian mir gestern Abend eine komische Geschichte erzählt ..."
Wieder unterbrach Richard sie. „Ja, Maybach, erzähl uns komische Geschichten aus Fabians Heimat, den Kneipen und Diskotheken!", zischte er sie an.
„Nun lass Ulla doch mal erzählen! Ich habe auch nicht immer Bock, nur dir zuzuhören!", entgegnete ich mit einiger Lust, Richard zu ärgern.

Nun ließ sich Ulla nicht mehr bremsen. Sie überhörte Richards Einwurf. „Ja, Fabian sagte, jetzt, da Mona weg wäre, könne er ja darüber sprechen ..." Sie drehte sich zu uns um, als wartete sie auf eine Reaktion von Richard. Doch der machte keinerlei Anstalten, deshalb fragte ich mehr aus Höflichkeit: „Ja, was für eine Geschichte denn?"
Ulla nahm wieder am Tisch Platz und beugte sich ein wenig zu mir herüber. „Also, er sagte, dass Mona irgendwann einmal in seiner Wohnung aufgetaucht wäre. Er hätte sich natürlich gewundert über ihren Besuch, weil sie ja sonst weder im Theater noch außerhalb ein privates Wort mit ihm gewechselt hätte. Und dann plötzlich so aus heiterem Himmel hätte sie vor seiner Wohnungstür gestanden."
Schon allein diese Schilderung ließ mich aufhorchen, denn es war wirklich so, dass Mona Fabian behandelt hatte, als wäre er Luft, obwohl er einer der ältesten Kollegen war. Sie gab ihm oft sogar das Gefühl, minderwertig zu sein, wie Fabian mir einmal betroffen gestanden hatte. Und dann besuchte sie ihn allein in seiner Wohnung?
Ulla bemerkte wohl, dass mich die Geschichte interessierte, und für den Bruchteil einer Sekunde glaubte ich, einen Anflug von Boshaftigkeit in ihren grünen Augen aufblitzen zu sehen. Sie überhörte Richards scharfen Ton, in dem er sagte: „Wen interessiert, was Fabian zu erzählen hat, Ulla?", und sie sprach unbeeindruckt weiter: „Also, es war wohl so, dass Mona eines Tages vor seiner Tür stand. Sie trug einen langen Mantel. Und als er sie hereinbat, hätte sie sich direkt auf sein Bett gesetzt – und zwar in einer äußerst aufreizenden Weise. Und sie hätte ihn angemacht."
„Maybach, zum letzten Mal! Hör auf damit! Was soll denn das? Keinen interessieren die dämlichen Geschichten von diesem Nichtsnutz!", fuhr Richard sie ausgesprochen schroff an.
„Doch! Mich zum Beispiel! Lass sie bitte weitererzählen!", ging ich dazwischen.
Ulla grinste. „Also, sie hätte dann ihren Mantel geöffnet und hätte außer schwarzen Strümpfen und Strapsen nichts angehabt!

Dann hätte sie ihn gefragt, ob er sie nicht geil fände und ob es ihn nicht anmachen würde und ob er sie ficken wolle oder ob sie ihm einen blasen solle. Er hätte die Wahl, sie würde machen, was er von ihr verlange!"
Ullas Worte gelangten nur noch wie aus weiter Ferne an mein Ohr. Sie rauschten an mir vorbei. Ich nahm auch nur noch wie durch einen Schleier wahr, dass Richard einen hochroten Kopf bekam, von seinem Stuhl aufsprang, sodass er krachend zu Boden fiel, und wütend zu Ulla so etwas sagte wie: „Was fällt dir ein, so einen Scheiß zu erzählen? Ich glaube, es ist besser, du gehst! Jetzt! Auf der Stelle!" Richard wies mit ausgestrecktem Arm Richtung Tür.
Ich glaubte, jeden Augenblick ohnmächtig werden zu müssen. Ulla hatte wahrscheinlich – ohne es wirklich zu ahnen – genau das geschildert, was Richard ganz am Anfang unserer Beziehung auch immer gern von mir verlangt hatte. Als einen Akt der sexuellen Befreiung, wie er damals sagte. Und damit er sicher sein könne, dass ich nur ihm gehörte.
Ich hasste allein die Gespräche darüber. Möglicherweise war ich zu verklemmt. Aber ich sagte ihm, dass ich so etwas einfach nicht machen würde. Niemals!
Ich bemerkte noch, wie Richard nervös an seiner Zigarette zog, mich dabei aber keine Sekunde aus den Augen ließ. Dann hörte ich, wie Ulla die Haustür hinter sich zuschlug und im nächsten Augenblick mit quietschenden Reifen davonfuhr. Mir war von einer Sekunde auf die andere der unwiderlegbare Beweis geliefert worden, dass Richard und Mona sehr wohl ein Verhältnis gehabt hatten. Endlich hatte ich Gewissheit! Einen eindeutigeren Beweis für meine jahrelange Vermutung gab es nicht als diese kleine, miese und pikante Geschichte, die Ulla uns soeben unaufgefordert präsentiert hatte. Und Richard war es natürlich im selben Moment klar geworden. Er wusste, dass nun alles eindeutig auf dem Tisch lag, was er jahrelang unter Aufbietung aller ihm zur Verfügung stehenden Mittel zu verhindern gesucht hatte. Es war selbstverständlich nicht die rein künstlerische Beziehung, wie er uns immer hatte glauben machen

wollen. Mona war kein reiner, aufrichtiger Engel, wie er sie Inga und mir gegenüber stets dargestellt hatte. Und sie war weit davon entfernt, ein Mensch mit edler Gesinnung gewesen zu sein, moralisch unantastbar. Sie waren schlicht und einfach ein Liebespaar gewesen, das über fünf lange Jahre hinweg ein hinterhältiges Spiel gespielt hatte – so wie ich es immer gefühlt hatte, ihnen den Verrat an Inga und mir aber nie hatte nachweisen können! Und wie hatte Richard Inga beschimpft, wenn sie ihren Verdacht einmal äußerte! Als Verrückte hatte er sie bezeichnet. Und mich als egozentrische Primadonna, die es nicht ertragen könnte, jemanden in ihrer Nähe zu dulden, der ebenfalls Talent besäße und eine ebenso gute Schauspielerin sei.

Ich merkte, wie mir übel wurde. Jeden Moment würde ich mich übergeben müssen. Ich sprang auf. Mein Stuhl fiel krachend zu Boden. Ich rannte aus der Küche, die Treppe hinunter ins Bad. Minutenlang kniete ich vor der Toilettenschüssel. Mein ganzer Körper zitterte, doch übergeben konnte ich mich nicht. Mir war speiübel vor Ekel.

Nach einiger Zeit stand ich mit weichen Knien auf und ging wie in Trance in mein Zimmer. Die Tür fiel hinter mir ins Schloss. Ich hockte mich auf mein Bett und zog die Knie ganz nah an meinen Körper heran, doch das Zittern wollte einfach nicht aufhören. Meine Zähne klapperten. Ich zog mir die Bettdecke bis ans Kinn – doch eigenartigerweise konnte ich nicht weinen. Meine Gedanken wirbelten wie wild durch meinen Kopf. Wie lange hatte ich auf diesen Beweis gewartet!

Wie aber war es nur möglich gewesen, dass sie ihr Geheimnis so lange hatten bewahren können? Denn im Grunde war es ja kein wirkliches Geheimnis gewesen, man hatte den beiden nur eben nie etwas beweisen können, hatte sie niemals ertappt, denn sie waren immer so verdammt vorsichtig gewesen. Sie mussten ein ausgeklügeltes Sicherheitssystem entwickelt haben, das es Inga und mir unmöglich gemacht hatte, ihnen auf die Schliche zu kommen. Sie arbeiteten perfekt zusammen. Und irgendwann kehrte der Alltag ein mit all seinen Widrigkeiten und Problemen. Bald hörten Inga und ich einfach auf, um Richard

zu kämpfen. Ich glaube, wir wählten den Weg des geringsten Widerstands und wollten die Dinge wahrscheinlich nur noch so sehen, wie sie für uns am praktischsten waren. Wir akzeptierten Mona wahrscheinlich als eine Art vom Schicksal auferlegte Prüfung, die wir eben nur zu bestehen hatten und alles wäre wieder wie früher. Und Richard tat alles dafür, Mona so eng in unser Leben einzubinden, dass wir nach ein paar Jahren das Gefühl hatten, ohne ihre Unterstützung ginge es nicht mehr. Sie half, wo immer sie nur konnte. Völlig selbstlos, wie Richard uns versicherte. Sie war der gute, der fleißige Geist in unserem Haus. Sie schaffte Einrichtungsgegenstände herbei, pflegte mit Hingabe unseren Garten, kaufte alle paar Tage Unmengen an Lebensmitteln ein. Und wir nutzten ihre Dienste natürlich auch. Das war sie uns schuldig, dachten Inga und ich insgeheim. Sie kümmerte sich sogar am Wochenende um Franziska, damit wir mal Zeit für uns hatten. Alles in allem war sie sicherlich auch hilfreich für uns, doch im Grunde erkaufte sie sich mit diesen Dienstleistungen nur Richard – und sich selbst in erster Linie wohl ein reines Gewissen! Denn ein Gewissen musste doch auch sie gehabt haben.
Ich saß immer noch zitternd da, bewegungslos, die Bettdecke über den Kopf gezogen. Meine Gedanken kreisten weiter und weiter. Was war es, was Richard Mona versprochen hatte, was sie dazu bereit machte, bei diesem Spiel mitzumachen? Es konnte doch auch für sie kein reines Vergnügen gewesen sein? Hatte er auch ihr das Gleiche versprochen wie mir vor vielen Jahren? Sie glücklich und berühmt zu machen? Mit ihm zusammen eine große Karriere zu beginnen, falls sie nur bedingungslos und geduldig an ihn glaubend bei ihm blieb? Hatte er auch ihr versprochen, eines Tages nur mit ihr allein leben zu wollen? Dass es jedoch noch einiger Vorarbeit bedürfe? Dass er die zwei Frauen und das Kind nicht einfach so verlassen könnte? Dass es eben seine Zeit dauern würde – zumindest so lange, bis Inga endlich Ärztin geworden sei und auf eigenen Beinen stehen konnte und ich endlich bereit dazu wäre, einen festen Vertrag an einem Theater anzunehmen? Und vor allem aber

bis seine Franziska ein wenig älter und verständiger geworden wäre, um eine Trennung besser verkraften zu können? Dass er dann sicherlich auch ihrem Wunsch nach einem eigenen Kind nachgeben würde, sie solle nur noch ein bisschen Geduld haben?
Ich war mir sicher, so ähnlich musste er es Mona erklärt haben. Und sie wird ihm geglaubt haben, zumal er den Beweis seiner Liebe schon dadurch erbracht hatte, sie nicht nur heimlich zu treffen, wie Männer es mit Geliebten gemeinhin tun, sondern dass er ihr das Gefühl gegeben hatte, alles dafür zu tun, seine Versprechen in naher Zukunft zu erfüllen.
Ich saß wie benommen da und fühlte mich leer und in der Tiefe meiner Seele verletzt. Plötzlich öffnete sich leise die Tür zu meinem Zimmer und Richard trat vorsichtig herein.
Ich schrie ihn an, er solle endlich verschwinden. „Ich habe es immer gewusst, du Verräter! Du Schwein!"
„Bitte, Caroline! Bitte lass mich doch erklären! Es ist nicht so, wie du denkst. Ich ...", flüsterte er.
„Verschwinde, du Lügner, du Betrüger! All diese schrecklichen Jahre hast du uns betrogen! Du hast immer gesagt, dass ich verrückt sei, wenn ich nur mal versucht habe, mit dir über diese Frau zu reden! Was hast du alles zu mir gesagt! Ich hätte Halluzinationen, wenn sie mit verknutschtem Gesicht von euren stundenlangen Autofahrten zurückkam und dann als Erstes ins Badezimmer gehuscht ist! Ja, du hast dich dann schnell entzogen, bist abgehauen in dein Zimmer! Mit dem Kopf hast du geschüttelt und gesagt, wie durchgedreht ich wohl sein müsste, um mir etwas derart Schmutziges auszudenken! Ich sei wohl völlig überarbeitet, stimmt's? Du Scheusal! Sag, dass es die Wahrheit ist!", schrie ich wie von Sinnen. „So hat man sich demütigen lassen müssen! Immer und immer wieder! Nur für das bisschen FICKEN!", schrie ich ihm weiter entgegen. „Du scheinst vergessen zu haben, dass ich diese Autofahrten mit dir schließlich auch zur Genüge kannte! Ich ahnte immer, was da gelaufen ist! Zuerst hast du wahrscheinlich ihre Sexualität ausspioniert, so wie bei mir am Anfang, als wir uns kennen lernten,

stimmt's? Weißt du das nicht mehr? Als du ständig versucht hast, herauszufinden, wie und was ich über Sexualität dachte? Ich hasste diese Gespräche so sehr! Doch du hast einfach nicht locker gelassen. Und irgendwann, da redet man eben. Wie bei einem Therapeuten. Da dachte ich noch, ich könnte etwas über mich erfahren. So ein Quatsch! Scheißdreck, alles Scheißdreck war das!"
Richard versuchte, etwas zu erwidern, doch ich hob nur warnend den Finger. „Wage es nicht, auch nur einen Ton zu sagen! Ich rede jetzt – und nur ich, verstehst du? Du Ekel! Hör dir gefälligst an, was ich zu sagen habe! Mich haben diese Fahrten mit dir bald nur noch angewidert. Ich hatte doch gar nichts Absonderliches zu erzählen. Und bald ertappte ich mich dabei, dass ich Dinge einfach erfand, verstehst du? Und ab diesem Zeitpunkt, als mir das bewusst wurde, war dann Schluss für mich. Irgendwann weigerte ich mich, diese Art der Vernehmung weiter mitzumachen! Erinnerst du dich, du kranker Mensch! Das muss dir doch klar gewesen sein, oder? Ja, natürlich war dir das klar, deshalb musste ja ein neues Opfer gefunden werden! War es nicht so? Und dann tauchte Mona auf – und sie hatte wahrscheinlich viel zu erzählen, was richtig geil war, ja? Sie hat es wahrscheinlich noch genossen, von dir therapiert zu werden, was? Zwei Kranke! Zwei Verklemmte hatten sich gefunden! Die eine bigott bis zum Abwinken, der andere ein verkappter Voyeur! Wie armselig! Ich hasse dich! Ich hasse dich! Hau ab! Verschwinde aus meinem Leben! Ich will dich nicht mehr sehen! Du ekelst mich an!" Ich schrie mir all den jahrelangen Frust von der Seele. „Verschwinde auf der Stelle!"
Richard kam vorsichtig auf mich zu und versuchte, meine Hand zu nehmen. Ich schlug sie weg und zischte ihn an: „Wage es bloß nicht, mich anzufassen! Na? Jetzt weißt du wohl nicht mehr weiter, was? Weißt nicht, wohin du dich wenden sollst, was? Dein Monachen ist weg! Sie hat dir mächtig in den Arsch getreten, mein Lieber! Und wie! Sie ist weg, verstehst du? Für immer! Geh doch endlich! Fahre ihr doch hinterher! Kratz an ihrer Tür! Ganz kalt abserviert hat sie dich! Fünf Jahre auf ein

Versprechen zu warten, das nie eingelöst werden wird, das war dann wohl auch für so einen ‚selbstlosen Engel' eine zu lange Zeit! Oder gehört das vielleicht noch zu eurem beschissenen Spiel dazu? Mir ist es egal. Ich bin fertig mit dir – ein für alle Mal!"
Richard versuchte, mich zu beruhigen. Ich war laut geworden. „Bitte, Caroline, Liebes! Lass mich doch erklären, bitte!" Er kniete sich vor mein Bett und blickte mit flehenden Augen zu mir hinauf.
In diesem Moment fühlte ich nur noch Abscheu und sagte mit ruhiger Stimme: „Meinetwegen kannst du verrecken! Ich werde jetzt zu Inga gehen und ihr alles erzählen! Dir wird nichts mehr bleiben, dafür werde ich sorgen! Und nun will ich, dass du gehst! Hörst du? Nimm deine Sachen und verzieh dich! Mit so einem Menschen kann ich nicht mehr unter einem Dach leben! Und jetzt raus aus meinem Zimmer! Raus aus meinem Leben! Auf der Stelle!" Ich stand auf und blickte auf ihn herab.
Richard erhob sich langsam. Er machte noch einen eher zaghaften Versuch, etwas zu sagen, erkannte jedoch, dass es zwecklos war, und verließ mit hängenden Schultern mein Zimmer.
„Du bist ein ganz schlechter, böser Mensch!", rief ich ihm hinterher. „Ich habe das immer gespürt! Warum habe ich dich nicht schon ganz am Anfang verlassen, so wie ich es wollte? Ich hab's doch immer gewusst, dass du kein guter Mensch bist, dass du nur an dich denkst, dass du feige bist, dass du mir Versprechungen gemacht hast, die du nie eingehalten hast, dass du allen nur falsche Versprechungen gemacht hast! Allen! Ja, auch Mona! Die gleichen wie mir, die gleichen wie Inga. Du hast uns alle betrogen! Alle!"
Richard zog die Zimmertür leise hinter sich zu und ich ließ mich erschöpft auf mein Bett zurückfallen. Ein Karussell drehte sich in meinem Kopf. Ich dachte an Franziska, unsere Tochter. Was sollte mit dem Kind werden? Gott sei Dank übernachtete sie bei einer Freundin und hatte von all dem hier nichts mitbekommen. Was sollte ich ihr sagen? Ich verlasse deinen Vater, weil der ein Verhältnis mit deiner lieben Mona gehabt hat? Sie konn-

te doch nicht verstehen, was passiert war! Sie verstand schon nicht, warum Mona von einem Tag auf den anderen nicht mehr zu uns kam, warum sie plötzlich weg war! Sie fragte oft, wo Mona denn sei und wann sie wiederkäme. Ich konnte ihr doch nicht sagen: Mona ist eigentlich eine ganz gemeine Lügnerin. Die hatte dich gar nicht so lieb, Franziska. Die wollte immer nur deinen Vater haben. Die hat ihn wie einen Gott behandelt, doch Menschen sind keine Götter – auch dein Vater nicht. Der ist ein egoistischer Lügner und ein Schmarotzer! Der hat es nie wirklich geschafft, sich auf eigene Beine zu stellen, sich seinen Lebensunterhalt allein zu verdienen. Immer waren hilfreiche Menschen an seiner Seite gewesen, die seine Probleme gelöst haben. Er hat sich immer auf den Standpunkt gestellt, dass er so gute Kunst gemacht hätte, dass die Welt gefälligst dafür zu sorgen hätte, ihn zu ernähren! Dass er der Menschheit durch seine Kunst so viel gegeben hätte, wie sie ihm in diesem Leben gar nicht mehr zurückgeben könnte. Ja, Franziska, meine liebste Kleine, so dachte er immer. Und Mona wollte eigentlich nie etwas mit uns zu tun haben. Die hat sich um dich gekümmert, weil dein Vater es so wollte. Und als du so krank warst, haben wir dich in den Süden, in die Sonne geschickt, damit du schneller wieder gesund werden konntest. Du brauchtest dringend eine Luftveränderung. Nur aus diesem Grund habe ich auch zugestimmt, dass du zuerst mit Mona allein fährst und dass ich, sobald mein Vertrag am Theater ausgelaufen wäre, zu dir kommen würde. Du warst ja gerade einmal knapp fünf Jahre alt und wir hatten alle immer so große Angst um dich, wenn du diese grauenvollen Anfälle hattest! Dann bekamst du keine Luft mehr und wärst einmal beinahe gestorben! Ja, das war der eine Grund, weshalb du dringend für drei Monate nach Griechenland gebracht wurdest. Deine Genesung war sicherlich für Richard der Hauptgrund gewesen, aber daneben scheint es mir heute so, als hätte er damit gleich zwei Fliegen mit einer Klappe geschlagen. Ich denke nämlich, dass er Mona für eine längere Zeit wegschicken musste, weil Inga und ich ihm reichlich nah an die Wahrheit herangekommen waren in dieser Zeit. Die Spür-

hunde waren ihm auf den Fersen. Meine Süße, aber all das habe ich erst heute richtig begriffen. Ich habe irgendwann die Zusammenhänge nicht mehr durchblickt. Doch nun verstehe ich genau. Jetzt kann ich wieder klar denken ...

Mit diesem Satz endete das Geschriebene auf dieser Seite. Westhoff sah auf seine Armbanduhr. Es war mittlerweile 4 Uhr morgens geworden. Er hatte nicht bemerkt, wie die Zeit vergangen war. Er hatte nicht aufhören können. Doch er würde jetzt nicht weiterlesen, denn in reichlich zwei Stunden würde er wieder aufstehen und zum Dienst gehen müssen. Deshalb beschloss er, die Mappe noch einen Tag länger zu behalten, um den Rest vielleicht am nächsten Abend zu Ende zu lesen.
Das ist ja eine unglaubliche Geschichte, dachte er auf dem Weg ins Bett. *Unglaublich, was Menschen sich antun können!*
Er löschte die Lichter im Wohnraum, huschte schnell unter die Bettdecke und schlief auf der Stelle ein.
Als um 6.30 Uhr gnadenlos der Wecker klingelte, hätte er sich am liebsten auf der Stelle wieder umgedreht und einfach weitergeschlafen. Doch es half alles nichts, er musste aufstehen! Die Frühbesprechung begann um halb acht und er musste unbedingt pünktlich sein, was ihm oft genug nicht gelang. Da er aber beliebt bei seinen Kollegen war, sah man es ihm wohlwollend nach, wenn er mit fliegendem Mantel und einer Tasse Kaffee, die er sich noch schnell im Schwesternzimmer organisiert hatte, schon mal zehn Minuten zu spät kam.
Nur an diesem Morgen wäre es ungünstig gewesen, denn sein Chef war aus dem Urlaub zurück und würde ebenfalls anwesend sein.
Er war spät dran, deshalb verzichtete er auf sein Frühstück. Er duschte und rasierte sich schnell und fuhr los. Inga würde erst am Nachmittag vom Nachtdienst nach Hause kommen, also würden sie sich erst am Abend sehen.
Und er freute sich schon auf die gemeinsame Zeit mit ihr. Sicher würde sie, nachdem sie sich einige Stunden hingelegt hatte, etwas Gutes kochen. Dann würden sie sich einen gemütlichen

Abend machen, ein Glas Wein trinken und es sich gut gehen lassen.
In dieser Gewissheit fuhr er noch ein wenig müde, aber gut gelaunt in die Klinik.

Kapitel VIII

Inga schloss die Wohnungstür auf, warf die Schlüssel auf den kleinen Marmortisch neben der Tür, streifte die Schuhe ab und ließ ihre Handtasche daneben fallen. *Endlich zu Hause*, dachte sie. Der Dienst war anstrengend gewesen und sie fühlte sich ausgelaugt.
Sie ging ins Badezimmer und ließ sich heißes Wasser ein. Beinahe wäre sie auch schon dort eingeschlafen. Schnell huschte sie aus der Wanne, zog ihren Bademantel an und legte sich ins Bett. Ihre Gedanken kreisten noch eine Weile um diesen oder jenen Patienten, doch nach kurzer Zeit schlief sie tief und traumlos ein. Sie hätte sicherlich bis zum nächsten Morgen geschlafen, wenn nicht das Telefon neben dem Bett so unbarmherzig lange geklingelt hätte.
„Hi!", sagte eine Stimme am anderen Ende. „Hab ich dich etwa geweckt? Hattest du Nachtdienst? Oh je! Das ist mir aber jetzt peinlich!"
„Hm, ich hatte Dienst. Und ja, du hast mich geweckt. Ist aber halb so schlimm. Ich wollte sowieso nicht bis in die Puppen schlafen, Aline", antwortete Inga noch schläfrig. „Ich hab Adrian nämlich versprochen, etwas Schönes zu kochen", fuhr sie mit noch immer geschlossenen Augen fort, wobei sie auf dem Nachttisch nach ihren Zigaretten tastete. „Wartest du eine Sekunde? Ich hol mir nur gerade eine Zigarette!" Damit war sie bereits aufgestanden und kramte in ihrer Handtasche.
Als sie zurück ins Schlafzimmer kam, bemerkte sie, dass es inzwischen dunkel geworden war und der Schein der Straßenlaterne vor dem Fenster einen spärlichen Lichtschein in den Raum warf. Inga zündete sich die Zigarette an und kuschelte

sich wieder zurück unter die Bettdecke. „So, da bin ich wieder, Aline! Entschuldige, aber ich muss doch immer erst eine rauchen, damit ich überhaupt wach werde."
„Kein Problem! Ich habe ein schlechtes Gewissen, dass ich dich geweckt habe. Ich wollte auch eigentlich nur fragen, ob ihr vielleicht am Wochenende Lust hättet, zum Grillen zu kommen?"
Aline hörte, wie Inga an ihrer Zigarette zog.
„Das ist lieb von dir, Aline. Im Prinzip gerne. Ich werde Adrian nachher fragen, ob er fürs Wochenende schon etwas geplant hat, ja? Ich sage dir dann später Bescheid. Aber ich denke schon, dass wir kommen werden."
„Das ist schön. Ich würde mich riesig freuen. Also, ich will dich auch nicht weiter aufhalten. Werde erst mal langsam wach und sag mir Bescheid, ob es klappt!", erwiderte Aline.
„Mach ich. Also, bis später!"
„Ja, okay! Bis nachher, Inga! Und grüß Adrian ganz lieb von mir! Bis dann! Tschüss!" Damit legte Aline auf.
Inga drückte ihre Zigarette aus und krabbelte aus ihrem warmen Bett. Eigentlich hatte sie gar keine Lust, sich anzuziehen. Sie tat es aber dennoch und begann, das Abendessen vorzubereiten. Es war bereits kurz nach sechs. Adrian würde sicherlich in einer Stunde zu Hause sein.
Sie ging ins Wohnzimmer und deckte den Tisch. Sie stellte ihre alten Kristallgläser dazu und zündete überall Kerzen an. Das Essen befand sich im Ofen und nun blieb ihr noch Zeit, ein wenig Klavier zu spielen.
Adrians schwarzer Stutzflügel stand gegenüber der Couch in einer Ecke des Wohnzimmers und gerade als sie sich auf dem Klavierhocker niederlassen wollte, fiel ihr Blick auf eine rote Mappe, die am Boden neben dem Sofa lag. Einige Seiten eng beschriebenen Papiers lugten daraus hervor.
Sie drehte sich mit einem Schwung um und begann zu spielen. Doch bald bemerkte sie, dass es ihr keine rechte Entspannung verschaffte, deshalb beschloss sie, lieber fernzusehen.
Sie ging hinüber zum Sofa und ließ sich in die dicken Kissen fallen, als ihr Blick wieder auf die Mappe am Boden fiel. Sie hob

sie auf und öffnete sie. Ein Stoß loser Blätter, von denen einige sich auf einem Heftstreifen befanden, landete in ihrem Schoß. Und als wenn sie von jemandem beobachtet werden würde, sah Inga sich um. Ihre Neugier war ihr peinlich, jedoch eine handschriftliche Notiz, die mit dickem schwarzem Filzschreiber an den rechten Rand der Seite geschrieben war, ließ sie jedes Gefühl, etwas Unrechtes zu tun, auf der Stelle vergessen. Sie legte die übrigen Blätter, ohne sie weiter zu beachten, zurück in die Mappe, nahm die gehefteten Seiten in die Hand und blätterte sie durch. Die Zettel waren fortlaufend nummeriert. Insgesamt waren es zwanzig Seiten.
Inga starrte wie hypnotisiert auf die handschriftliche Notiz: **Der erste Anfang – noch während der Zeit mit Richard und Inga geschrieben! Vielleicht so nicht verwenden! Muss ich irgendwann später klären!**
Inga glaubte, ihren Augen nicht trauen zu können. Sie begann zu lesen:

Es war an einem Montagnachmittag, als Hilmar, mein damaliger Lebenspartner, der zu dieser Zeit Geschäftsführer eines kurz vor der Eröffnung stehenden Kulturzentrums war, mich fragte, ob ich vielleicht Zeit hätte, mich dort auch ein wenig nützlich zu machen.
„Ja, klar! Gerne! Was soll ich denn tun?", erwiderte ich.
„Hättest du nicht Lust, zusammen mit Beate den Biertresen in der Kneipe ein wenig hübscher zu gestalten? Vielleicht bunt zu bemalen? Wie auch immer ... Das überlasse ich euch beiden. Und ein bisschen Geld gibt es natürlich auch dafür", fügte er lächelnd hinzu. Damit drehte er sich um und verschwand in seinem Büro.
Einen Tresen bemalen, dachte ich bei mir. Na ja, warum nicht? Ich hatte Semesterferien und zu Hause fiel mir im Moment sowieso die Decke auf den Kopf. Hilmar kam in den letzten Wochen eigentlich nur noch zum Schlafen heim. Er arbeitete wie ein Besessener und die Eröffnung des Zentrums würde in zwei Wochen stattfinden. Ich fragte also meine Freundin Beate, ob

sie Zeit und Lust hätte, mir bei der Arbeit behilflich zu sein. Beate war eine durchaus begabte Künstlerin, dennoch lebte sie die meiste Zeit mehr oder weniger von der Hand in den Mund – außer sie verkaufte eine Skulptur oder ein Bild, was allerdings nicht allzu häufig vorkam. Dann gab sie aber das eben verdiente Geld sehr schnell für alles Mögliche aus. Und nach kurzer Zeit war alles wieder beim Alten. Dann traf man sie meist schon am frühen Vormittag mit einem Glas Cola und einem klitzekleinen Spritzer Cognac darin in ihrem Atelier an. Trotzdem – sie war damals meine beste Freundin und ich beneidete sie tatsächlich ein wenig um ihr Talent. Und ich vertraute ihr in künstlerischen Fragen natürlich blind. Also wurden Farben gekauft und Pinsel. Alles, was eben zum Bemalen einer großen Fläche gebraucht würde.
Lange Stunden folgten, in denen wir mit schmerzendem Rücken pinselten, was das Zeug hielt. Beate hatte darauf bestanden, dass die zu verwendenden Farben penibel nach farbpsychologischen Erkenntnissen von ihr ausgewählt werden müssten und dann nach allen Regeln der Kunst zu verarbeiten wären. Gleichgültig, ob in Zukunft überhaupt irgendjemand das Werk würde sehen können, denn der Tresen wurde nicht oben gestaltet, wo es möglicherweise noch wahrgenommen worden wäre. Nein, unten! Da, wo sich später die Füße der Gäste befinden würden! Genau dieser Teil sollte bemalt werden.
Hätten wir geahnt, dass diese Kneipe später beinahe stockfinster sein würde und dass außer der jeden Morgen anrückenden Putzkolonne wohl kaum jemand das Werk jemals wirklich zur Kenntnis nehmen würde, wären wir sicherlich kräftesparender ans Werk gegangen. Dennoch – Beate hatte eben ihren Stolz als Künstlerin, dazu auch einen Ruf zu verlieren, wie sie mir erklärte. Ich hatte mit all dem eigentlich kein Problem. Mir machte die Arbeit am Anfang sogar Spaß. Später allerdings kam ich mir schon ziemlich dämlich vor, aber das ist ein anderes Thema ...
Nun, an diesem Nachmittag, wir waren bereits zu Dreivierteln mit unserer „Kunst am Tresen" fertig, öffnete sich plötzlich schwungvoll eine Eisentür, die mir bis dahin überhaupt nicht

aufgefallen war. Ein junger Mann stürzte heraus und rannte ans Telefon, das an der gegenüberliegenden Wand hing. Ich sah, wie er mit angestrengtem Gesichtsausdruck eindringlich mit jemandem am anderen Ende der Leitung sprach, von Zeit zu Zeit nickte und dann mit einem breiten sympathischen Lächeln den Hörer auflegte. Mir schien es so, als ob er etwas sehr Wichtiges erreicht hätte. Nun hastete er wieder zurück und verschwand hinter der Eisentür. Und zum ersten Mal fiel mir das Pappschild mit der Aufschrift „THEATERPROBE! RUHE BITTE" auf.

Kurz darauf öffnete sich die Eisentür erneut und ein junges Mädchen mit blonden, wirr vom Kopf abstehenden Haaren rief mir im Vorbeigehen zu: „Na? Was machst du denn da?"

Ich kniete auf dem Boden und hielt gerade einen Pinsel Nummer 4 in ziemlich unbequemer Haltung über meinen Kopf. Ohne jedoch eine Antwort von mir abzuwarten, lief das Mädchen weiter zum Telefon. Ich kam mir regelrecht albern vor, wie ich so auf dem Boden vor diesem blöden Tresen kniete.

Nach kurzer Zeit legte sie den Telefonhörer auf und verschwand – ohne mich jedoch noch eines Blickes zu würdigen – wieder hinter der Eisentür. Das Schild mit der seltsamen Aufschrift pendelte noch einen kurzen Augenblick hin und her.

Nach einer weiteren Stunde, die ich in dieser Hockstellung pinselte, öffnete sich erneut die Eisentür und diesmal erschien ein Mann, gestützt von demselben blonden jungen Mädchen, im Türrahmen. Ich hörte mich fragen: „Geht es dir nicht gut?" Im selben Moment hätte ich mich jedoch ohrfeigen können, denn es ging mich gar nichts an, zumal ich diese Leute ja überhaupt nicht kannte.

„Ja, ich habe wohl hohes Fieber", antwortete der Mann mit schwacher Stimme.

„Er hat mindestens 40 Grad!", fügte die kleine Blonde hinzu, wobei sie mit aller Kraft versuchte, den massigen Mann auf den Beinen zu halten.

So untergehakt wankten beide in Richtung Ausgang an mir vorbei. Der Mann warf mir einen kurzen Blick zu und ich rief ihnen nach: „Ihr solltet schnellstens zum Arzt fahren!" Gedacht hatte

ich, als mich sein Blick für den Bruchteil einer Sekunde traf: Ach, du meine Güte! Nein, nicht du schon wieder! Nun geht alles wieder von vorne los! Ich erkenne dich!
Das waren meine Gedanken, obwohl ich diesen Mann noch niemals zuvor in meinem Leben gesehen hatte.
Ein wenig irritiert sah ich den beiden nach. Im Gegensatz zu diesem jungen, zierlichen Mädchen erschien mir der Mann wie ein Koloss, der sie beinahe zu erdrücken schien. Ein massiger Mann mit brutal wirkender Glatze, rötlichen Flecken im Gesicht und gehüllt in einen alten grauen Feldmantel schleppte sich, gestützt auf dieses junge Mädchen, das sicherlich nicht viel älter als 18 Jahre war, Richtung Ausgang. Ein seltsames Gefühl von Mitleid überkam mich für einen Augenblick. Der Mann schien tatsächlich krank zu sein, keine Frage, aber ich hatte nicht wirklich den Eindruck, dass ein Arzt ihm helfen konnte. Es war jedoch nicht das Gefühl, das einen überkommt, wenn man zum Beispiel einen Krebskranken sieht und weiß, dass ihm nicht mehr geholfen werden kann. Es war mehr die absurde Vorstellung einer Art schöpferischer Erkrankung, die ich damals zu spüren glaubte.
Wie auch immer – das Treiben hinter dieser Eisentür hatte meine Neugier geweckt. Ich musste herausfinden, warum Menschen blass, verstört, aufgeregt, ärgerlich oder gar so krank wie dieser Mann aus diesem Raum kamen. Ich würde es herausfinden müssen – später. Klar hätte ich jederzeit einfach hineingehen können, doch da war dieses Schild, das mir sagte: Da geht man nicht einfach so hinein. Das ist eine andere Welt, die du nicht kennst.
„Willst du nicht endlich mal aufhören mit dieser stupiden Pinselei, Caroline?", hörte ich plötzlich in meine Gedanken hinein eine Stimme über mir. Mein alter Freund Hermann stand plötzlich da und blickte mitleidig zu mir hinunter.

Inga starrte wie gebannt auf das Blatt Papier. Ihre Hand zitterte und sie glaubte, keine Luft mehr zu bekommen. Sie stierte auf die fettgedruckten Buchstaben am Seitenende:

ANSCHLUSSTEXT, WIE DIE GESCHICHTE WEITERGEHT:
Richard und Caro lernen sich näher kennen, er besucht sie täglich zu Hause, Hilmar ignoriert den Rivalen, Richard schenkt Caro eine Inszenierung, nächtliche Geisterjagd mit wichtigen Leuten aus der Kulturszene im Wald
SPÄTER EINSCANNEN VON ALTEM COMPUTERAUS-DRUCK!

Woher kamen diese Texte? Woher kam diese Mappe überhaupt, fragte sich Inga und bemerkte, wie ihre Hände anfingen zu zittern, ohne dass sie etwas dagegen tun konnte. Wer hatte das geschrieben? Es gab nur eine – und das war Caroline! Aber die Mappe, wie kam die in ihre Wohnung? Adrian hatte sie mitgebracht. Klar! Es gab keine andere Erklärung. Aber woher hatte er sie?
Was für ein Film läuft hier, fragte sie sich. Sie legte die Blätter beiseite und ging zum Telefon.
„Inga Winzer hier! Herrn Dr. Westhoff bitte!"
Doch der Pförtner sagte, dass der Doktor bereits vor einer halben Stunde das Krankenhaus verlassen habe.
„Dann weiß ich Bescheid. Vielen Dank!" Inga legte den Hörer auf. Sie musste sich schnellstens beruhigen, bevor Adrian nach Hause kam. Sie ging in die Küche. Beinahe hätte sie auch noch das Abendessen im Ofen vergessen!
Nach kurzer Zeit hörte sie, wie die Haustür aufgeschlossen wurde, dann Adrians Stimme im Flur. „Hallo? Keiner zu Hause? Inga, wo bist du?"
„Hier! In der Küche!", gab sie schnell zur Antwort. „Das Essen ist gleich fertig!"
Adrian steckte den Kopf zur Tür herein. „Bekomme ich denn keinen Begrüßungskuss mehr?"
Inga ging auf ihn zu und schlang ihre Arme um seinen Hals. „Klar doch, du süßester aller Männer!" Damit küsste sie ihn intensiv auf den Mund, ließ ihn aber gleich wieder los, denn aus dem Ofen begann es zu qualmen.
„Der Auflauf!", rief sie und riss die Ofentür auf. „Da haben wir

aber gerade noch mal Glück gehabt! Nichts passiert! Das hätte mich aber geärgert, die ganze Arbeit umsonst! Und der Grieche ist doch so schlecht geworden in der letzten Zeit!" Mit diesen Worten trug sie die dampfende Auflaufform hinüber ins Esszimmer, stellte sie auf den Tisch und öffnete eine Flasche Rotwein.
„Adrian, nun komm aber mal! Ich warte auf dich!" Ihr Blick fiel wieder auf die rote Mappe neben dem Sofa. Sie nippte an ihrem Wein und überlegte, wann der beste Zeitpunkt wäre, ihn darauf anzusprechen. Oder sie wartete einfach ab, ob er es von allein tun würde? Ihr war die ganze Sache unheimlich und sehr, sehr unangenehm. Sie hatte doch die Vergangenheit weit hinter sich gelassen, sich kaum mehr damit beschäftigt – und eigentlich wollte sie es auch gar nicht mehr tun. *Vorbei ist vorbei! Lass die Geister ruhen*, hatte sie immer dann gedacht, wenn sie mal nicht einschlafen konnte und ihre Gedanken gegen ihren Willen doch abschweiften. Und nun? Nun stand sie wieder vor ihr, die Vergangenheit! Ganz real und sehr nah. Zu nah! Sie nahm einen großen Schluck Wein.
„Da bist du ja endlich, Adrian! Magst du auch Wein oder lieber ein Glas Bier?", fragte sie ihn und schaufelte ihm eine ordentliche Portion auf seinen Teller.
Adrian entschied sich für Wein und goss sich ein großes Glas ein. „Prost, meine Liebe!", sagte er und stieß mit ihr an.
Sie aßen mit Appetit und redeten über die vergangenen Arbeitstage. Sie hatten sich ja beinahe zwei Tage nicht gesehen.
Nach dem Essen räumte Inga ab und holte den Nachtisch aus dem Kühlschrank. Als sie mit einer Schüssel Erdbeerquark zurückkam, saß Adrian bereits auf dem Sofa und rauchte eine Zigarre. Inga reichte ihm das Dessert und setzte sich auf die andere Seite der Couch. Die Mappe lag noch immer unverändert am Boden.

Kapitel IX

Ich will mich endlich wieder bewegen können! Ich will hier weg! Nicht mehr mit diesen wirren Gedanken allein sein müssen! Ich will einfach die Bettdecke zur Seite schlagen und aufstehen! Ich werde es versuchen – mit aller Kraft! Ich habe ein Gefühl, als würde ich schweben. Ich sehe mich, wie ich aufstehe. Ganz normal sieht das aus. Ich sehe, wie ich zum Schrank gehe und beginne, mich anzuziehen. Wie ich mir meine weißen Turnschuhe zubinde. Doch gleichzeitig spüre ich, dass ich es nicht wirklich tue. Vielleicht bin ich bereits tot und sehe mir selber von einer erhöhten Warte aus zu, so wie ich es in Berichten gelesen habe, in denen Menschen kurzzeitig zwischen Leben und Tod schwebten und diesen Zustand genau so auch beschrieben hatten? Quatsch! Alles Quatsch! Ich liege immer noch unverändert in diesem gottverdammten Bett – wie festgekettet! Dieses Gefühl ist grausam. Grausam, ja!

Ist denn niemand hier, der mir hilft? Der mir endlich erklärt, was mit mir geschehen ist? Warum hilft mir denn dieser Arzt nicht? Wo ist der eigentlich? Seit Stunden habe ich den schon nicht mehr gesehen! Ich habe ihn aber beobachtet, wie er meine Tasche aus dem Schrank genommen hat. Darf der das? Darf der einer wehrlosen Person einfach so ihr Eigentum stehlen? Ich habe nichts dagegen tun können! Ich habe versucht, es ihm zu verbieten, in Gedanken, doch er hat sich nur ein einziges Mal zu mir umgeschaut und dann weiter in meiner Tasche herumgewühlt. Anschließend stellte er sie zurück in den Schrank. Dann hat er mit meiner roten Mappe wie ein Dieb das Zimmer verlassen. Ich bin so wütend! Was bitte schön gehen den meine Aufzeichnungen an? Er hat nicht das Recht dazu!

Ich muss aufhören, mich aufzuregen, denn sonst werde ich bloß wieder so müde und ich werde erneut vor dieser Glaswand stehen und alles noch einmal neu erleben müssen!

„Alle Passagiere für den Flug AI 604 nach Neu Delhi bitte zu Gate 31", höre ich die freundliche, aber bestimmte Frauenstimme aus dem Lautsprecher.
„Ihre Bordkarte bitte, gnädige Frau!", sagt der gut aussehende junge Steward und hält mir seine Hand entgegen.
„Ich habe aber keine Bordkarte! Wozu auch? Ich fliege nicht", antworte ich ihm gereizt.
„Bitte geben Sie mir Ihre Bordkarte!", wiederholt er fast schon ein wenig ungeduldig.
Ich öffne meine Handtasche und schaue hinein. Ich kann es nicht glauben: Dort liegt eine Bordkarte! Wie kommt sie nur in meine Handtasche?
„Ich verstehe das nicht!", sage ich verwundert. „Wieso können Sie mich denn sehen und mit mir sprechen? Die anderen hinter der Wand konnten das nie …"
Der junge Mann sieht an mir vorbei und sagt: „Sie sind ein wenig spät, Madam. Bitte geben Sie mir Ihre Bordkarte. Wir können nicht länger warten. Sie sind die Letzte an Bord."
„Entschuldigen Sie bitte! Ich wusste nicht … Ich dachte, Sie könnten mich nicht sehen, so wie die anderen … Entschuldigen Sie nochmals! Hier, bitte schön!" Damit gebe ich ihm die Karte.
Er greift danach, prüft sie und gibt sie mir mit den Worten zurück: „Die Business Class für Raucher ist bei diesem Flug oben, Madam. Bitte gehen Sie die Treppe hinauf! Ich wünsche Ihnen einen angenehmen Flug mit *Air India*!" Mit diesen Worten verschwindet er aus meinem Blickfeld.
Ich weiß nicht, wie mir geschieht. Er hat mich weder berührt noch habe ich das Gefühl, die Bordkarte von ihm zurückbekommen zu haben. Ich halte sie jedoch in meiner linken Hand.
Ich war doch immer davor gewesen – vor der Wand! Und nun kann man augenscheinlich Kontakt zu mir aufnehmen – oder ich zu denen dahinter. Ich bin im Spiel! Irgendwie! Ich beschließe, die Dinge auf mich zukommen zu lassen. Ich will nicht da-

rüber nachdenken, wie das möglich ist. Auf jeden Fall befinde ich mich plötzlich in einem Flugzeug nach Indien – Business Class/Raucher. Oben, hat der Steward gesagt. Nun gut, ich muss die Situation jetzt erst einmal so akzeptieren. Ich liege in meinem Krankenhausbett – bewegungslos – und fliege nach Indien. Okay!
Ich gehe die Treppe nach oben in die Business Class und setze mich auf meinen Platz …

Nach kurzer Zeit beugte sich eine Stewardess im bunten Sari zu mir herunter und fragte mit sanfter, angenehmer Stimme: „Bitte, Madam, die Speisekarte! Wünschen Sie vegetarian oder non-vegetarian?"
„Bitte?", antwortete ich und schaute sie an.
„Vegetarian oder non-vegetarian, Madam?", wiederholte sie höflich.
„Oh, vegetarian please!", antwortete ich, ohne noch einmal zu zögern. „Bitte bringen Sie mir auch einen Kaffee und einen Orangensaft!", fügte ich hinzu.
„Gern, Ma'am!" Mit diesen Worten verschwand sie hinter einem Vorhang.
Ich saß im oberen Stock des Flugzeugs mit nur ungefähr zehn weiteren Passagieren. Sie verteilten sich auf sechs Sitzreihen auf der rechten und linken Seite mit jeweils zwei Sitzplätzen pro Reihe. Ich empfand diese Situation als äußerst komfortabel. Der Sitz neben mir war frei geblieben und so hatte ich genügend Platz, meine kleine Reisetasche und die Handtasche neben mich zu stellen. Ich saß am Fenster. Obwohl ich beim Fliegen selten aus dem Fenster sah, saß ich gern auf diesem Platz. Unterhalb des Fensters befand sich eine breite Ablage. Dorthin legte ich meine rote Mappe und den Füllfederhalter. Und ich machte es mir erst einmal bequem. Der Flug nach Neu Delhi würde knapp neun Stunden dauern. Dort würde es dann einen kurzen Zwischenstopp geben,

bei dem ich die Maschine allerdings nicht zu verlassen brauchte. Danach waren es noch einmal zwei Stunden Flug bis Bombay. Ich hatte also genügend Zeit, meinen Gedanken nachzuhängen. Was würde mich dort erwarten? Ich war nun bereits das dritte Mal in Indien – nur eben noch nicht ganz allein, so wie dieses Mal. Ich würde ankommen in einer fremden Millionenstadt.
Ich hatte immer Angst vor großen Menschenmassen gehabt, bevor ich das erste Mal in Indien war. Neu Delhi jedoch hat mir diesen Schrecken genommen, denn wirklich große Menschenansammlungen gab es eigentlich nur im alten Teil Delhis oder am *Connought Place*, einem der Haupt-Einkaufsplätze der Stadt. Die Massen waren hier jedoch erträglich, sogar für mich. Nach einiger Zeit bewegte ich mich in Delhi schon allein. Ich fand mich sehr schnell in dieser Stadt zurecht und erledigte viele Termine bei den für uns wichtigen Kulturstellen selbstständig. Doch Bombay war erheblich größer und hatte noch mehr Einwohner – und natürlich mehr Slums! Man erzählte mir, dass Bombay in Gegensatz zu Kalkutta aber harmlos sei, vor allem westlicher wäre. Nun, in wenigen Stunden würde ich es erleben. Ich würde gegen 6 Uhr morgens in Bombay landen. Unsere indischen Partner hatten mir zugesagt, dass ich am Flughafen von einem Fahrer, der mich erst einmal ins Hotel brächte, abgeholt würde. Dort hätte ich Zeit, mich ein wenig von den Strapazen des Fluges zu erholen, um später am Abend dann zum ersten Treffen mit dem Leiter des indischen Kultusministeriums abgeholt zu werden. Richard und Ulla würden mit der Abendmaschine aus Kalkutta kommend dazustoßen.
Der Flug verlief ruhig und landete pünktlich um 6 Uhr in Bombay. Und auch der indische Fahrer erwartete mich schon hinter der Zollkontrolle. Er hielt ein Schild, auf dem mein Name stand, in die Luft. Ich ging auf ihn zu und er verbeugte sich mit den Worten: „Ich möchte Sie im Namen des ICCR recht herzlich in Bombay begrüßen, Mrs. Fränkel!"

Lange hatte ich diesen indischen Akzent, der für mich immer etwas niedlich, ja, beinahe kindlich geklungen hatte, nicht mehr gehört.

Dann fügte er mit einem freundlichen Lächeln hinzu: „Mr. Sagam Haider erwartet Sie auf einen kurzen Begrüßungstrunk auf der Dachterrasse des Hotels."

Das hatte ich befürchtet. Also gäbe es erst einmal keine Ruhepause nach dem Flug. Auf der anderen Seite hätte ich mich sicherlich gewundert, als zukünftiger Partner nicht persönlich begrüßt worden zu sein. Und länger als eine Stunde würde es bestimmt nicht dauern. Anschließend hätte ich sicherlich noch Zeit, ein wenig zu schlafen, zumal es noch sehr früh am Morgen war.

Nachdem der Fahrer meine Reisetasche verstaut hatte, setzte ich mich auf den Rücksitz und die Fahrt in Richtung Innenstadt begann. Der Fahrer sagte mir, dass wir zum Hotel ungefähr eine Stunde benötigen würden. Ab diesem Zeitpunkt schwieg er, was ich als sehr wohltuend empfand. Aber schon nach weniger als einem Kilometer Fahrt tauchten die ersten Slums rechts und links der vierspurigen Straße auf. Eine erbarmungswürdige Hütte reihte sich an die nächste. Immer mehr, immer armseliger. Ein schmaler Kanal schlängelte sich zwischen der Straße und den Hütten hindurch. Das wenige Wasser darin sah trüb, dickflüssig und verdreckt aus. An den Rändern des Kanals saßen – wie Perlen aufgereiht – Männer und Kinder, die ihre Notdurft verrichteten. Sie hockten einfach so nebeneinander. Einige hatten kleine verbeulte blecherne Wasserkannen, die zur anschließenden Reinigung benötigt wurden, neben sich stehen. Andere putzten sich in dieser Hockstellung ihre Zähne. Frauen sah ich, die mit kurzen Reisigbündeln den Staub vor ihren Hütten zusammenfegten. Alle trugen sie bunte Saris. Und immer wieder fast nackte Kinder, viele nur mit einem kleinen Lendentuch um die Hüften bekleidet. Ihre meist dunkelbraunen, oft auch blau-

schwarzen Haare hingen ihnen zottelig und verfilzt bis auf die Schultern. Die Frauen allesamt, ob jung oder alt, trugen ihre Haare zu einem Zopf geflochten, der ihnen nicht selten bis an die Hüfte reichte. Zwischen all diesen Tausenden von Menschen rannten immer wieder räudig aussehende Hunde umher. Hochbeinige, magere Katzen strichen um die Hütten oder sie lagen wie tot am Straßenrand in der noch faden Morgensonne. Hühner pickten nach irgendwelchen kümmerlichen Resten in der Erde. Und Ratten sah ich, wie sie von einem Hüttendach zum nächsten sprangen. Dazwischen standen still und geduldig die heiligen Kühe, allesamt mit dürren, ausgemergelten Leibern. Sie kauten bedächtig das wenige Gras, das ihnen diese bitterarmen, aber gläubigen Menschen als Futter hingeworfen hatten. Ich sah zusammengerollte Lumpenbündel nah dem Straßenrand liegen. Bei näherem Hinsehen erkannte ich jedoch, dass es keine Lumpen waren, sondern schlafende Menschen, die sich in ihre Habe eingewickelt hatten, die nur aus dem, was sie am Leibe trugen, und ein paar Decken bestand. Ein entsetzlicher Gestank drang bis ins Innere des Wagens. Es roch nach Urin und Exkrementen. Ich wusste nicht, zu welcher Seite ich sehen sollte. Am liebsten hätte ich mir die Augen zugehalten. So viel Elend hatte ich noch nie zuvor gesehen. Nirgends. Noch nicht einmal in Afrika oder Haiti.
Unvermittelt machte die Straße einen weiten Bogen und die Slums waren verschwunden. Wie aus dem Nichts erhoben sich rechts und links mehrstöckige vornehme Wohnhäuser mit verschnörkelten Fassaden und Balkonen mit kunstvollen schmiedeeisernen Brüstungen. Viktorianische Villen wechselten sich mit mondänen Modegeschäften, prunkvollen Autohäusern und riesigen Versicherungsgebäuden ab.
Der Verkehr wurde immer chaotischer. Eselskarren rumpelten neben chromblitzenden Limousinen dahin. Schwarz-gelbe Tuk-Tuks vollführten rasante und gefährlich aussehende Überholma-

növer. Auf den erhöhten Bürgersteigen drängelten sich Tausende von bunt gekleideten Menschen. Die meisten Frauen waren traditionell in Saris gehüllt, manche trugen europäische Kleidung oder Punjabis, jene weiten Hosen, die mit einem knielangen Kleid darüber getragen werden und einem breiten Schal, der entweder über einer Schulter oder um den Hals getragen wird. Es war ein buntes Treiben, nichts war mehr zu spüren von der bedrückenden Armut, die ich noch vor wenigen Minuten wie in einem Film an mir vorüberziehen sah.

Der Fahrer hatte sein Schweigen gebrochen und sagte, dass wir uns nun auf dem vornehmen *Marine Drive* befänden. Der führe sechsspurig an der *Back Bay* und dem Arabischen Meer entlang.

Jogger in funkelnagelneuen *Nike*- oder *Puma*-Schuhen liefen die gepflegte Promenade entlang. Der großzügig angelegte Mittelstreifen war gesäumt von imposanten Palmen, die sich im Morgenwind hin und her wiegten. Die Sonne schien strahlend über das silbern glitzernde Meer zu meiner Rechten.

Ich fühlte mich ziemlich erschlagen, als wir endlich das Hotel erreichten. Das „Oberoy Grande" machte seinem Namen alle Ehre. Der Fahrer fuhr langsam die breite, geschwungene Auffahrt hinauf und mein Blick fiel auf eine imposante Glasveranda mit riesigen tropischen Pflanzen, die zum Meer hin ausgerichtet war. Und noch ehe der Fahrer den Motor abstellen konnte, waren bereits Pagen zur Stelle, die mein Gepäck in die Halle trugen. Auf der obersten Treppe vor dem Haupteingang stand, würdevoll blickend, ein wohl fast zwei Meter großer Mann in scharlachroter Livree, an der blank geputzte Messingknöpfe wie kleine funkelnde Sterne leuchteten. Golddurchwirkte geflochtene Litzen hingen an seinen Schultern herab. Der rote Turban signalisierte, dass er zur Kaste der Sikhs gehören musste. Ich hatte gelesen, dass dieser den Sikhs vorbehalten war und dass sie weder ihre Haare geschweige denn ihre Bärte schneiden dürften. Trotzdem verwunderte es mich schon, zu sehen, wie er sein Haar auf eine eigenartige Weise unter dem Turban verbarg. Er hatte auch das Barthaar in der Mitte exakt gescheitelt und die beiden Enden jeweils zu einer dicken Kordel gedreht, was den Eindruck eines gepflegten Bartes erweckte. Dieser Mann strahlte etwas Edles aus. Oder vielleicht ließ ich mich durch seine pompöse Aufmachung blenden? Ich weiß es nicht. Aber die Art, wie er die ankommenden Gäste begrüßte oder sich mit großer Gelassenheit um den reibungslosen Ablauf vor dem Hotel kümmerte, gefiel mir. Wie er die unzähligen Fahrer per Mikrofon mit sonorer Stimme rief und diese dann – wie von Geisterhand – in Sekundenschnelle vorfuhren, das war schon bemerkenswert.

Herr Singh, so hieß jener Empfangschef, begrüßte mich mit einer Verbeugung und dem wahrscheinlich schon Tausende von Malen gesprochenen Satz: „Welcome to Oberoy Grande, Madam!" Nur Mr. Singh vermittelte einem eben das Gefühl einer einzigartigen Begrüßung.

„Thank you, Mr. Singh", sagte ich, den ich hatte auch gelesen, dass alle Sikhs eben Singh heißen. Wie praktisch! Ich gab ihm ein gutes Trinkgeld und betrat die Halle. Mein Fahrer hatte in der Zwischenzeit für mich eingecheckt und ich saß schon kurze Zeit später ziemlich erledigt auf meinem Bett im zwölften Stock und stierte todmüde durch die riesige Fensterfront meines Zimmers auf die sich vor mir ausbreitende *Back Bay*. Gegenüber sah ich den *Walkeshwar-Tempel*. Ihn erreichte man über eine schmale Straße, die durch die *Back Bay*, also durchs Wasser, führte. Wenn man Glück hatte und es windstill war, kam man sogar trockenen Fußes an.

Das „Oberoy" lag am Ende des *Narinam Point*. Schaute ich nur ein wenig nach rechts, hatte ich einen freien Blick auf das Arabische Meer. Und dieses überwältigend schöne Panorama bot sich mir sogar von meinem Bett aus.

Trotz der Müdigkeit fühlte ich mich reichlich überdreht. „Reiß dich zusammen!", sagte ich laut zu mir. „Du bist doch nur in Bombay. Gar kein Grund zur Panik! Gleich wird das Telefon klingeln und Sagam Haider wird dich begrüßen wollen." Also ging ich erst einmal ins Bad, um mich ein wenig herzurichten. Als ich mich jedoch im Spiegel ansah, bekam ich einen Schreck. Guter Gott, wie ich aussah! Bleich wie eine Wand!

Die Wand? Richtig! Was ist mit ihr geschehen? Bin ich nun eigentlich davor oder dahinter? Egal, sie ist eben verschwunden … Sei es drum! Ich erlebe das hier alles – und zwar real. Also passiert es in diesem Augenblick. Oder ist es schon einmal passiert und ich erlebe es einfach noch einmal? Das wäre mir entschieden angenehmer, so unverständlich es mir auch vorkommt. Doch immer noch besser, als unbeweglich in diesem Krankenhausbett liegen zu müssen. Ich würde es nehmen, wie es eben kommt …

Ein penetrantes Geräusch riss mich aus meinen Gedanken. An der Wand hing ein Telefon und klingelte blechern. Ein Telefon neben dem Klo? Auch nicht schlecht. Das gefiel mir.
Ich griff nach dem Hörer und meldete mich. „Theatre Unlimited. Yes please?"
„Hello, it's Sagam Haider speaking. Mrs. Fränkel?"
„Yes, I am Mrs. Fränkel. How are you, Mr. Haider?", antwortete ich höflich.
Sagam Haider erkundigte sich, ob auch alles zu meiner Zufriedenheit arrangiert gewesen sei und ob es mir recht wäre, wenn wir uns in einer Viertelstunde auf der Dachterrasse zu einem Frühstück treffen könnten.
Ich erwiderte, dass es mir sehr angenehm sei und ich mich freuen würde, ihn nun auch einmal persönlich kennenzulernen. Bislang kannten wir uns nur über das Telefon. Wir verabschiedeten uns und ich zog mich schnell an. Ich dachte darüber nach, dass ich gar keine Vorstellung hatte, wie Sagam Haider eigentlich

aussah. Bei meinen letzten Besuchen in Indien hatte ich jedoch gelernt, dass indische Behörden über ihre Gäste meist sehr gut informiert waren. Auch das ICCR, obwohl ausschließlich für Kultur zuständig, war eine indische Behörde und so war ich mir ziemlich sicher, Sagam würde mich erkennen.
Und genau so war es auch.
Als ich die Dachterrasse betrat, kam ein sehr großer, breitschultriger Mann auf mich zu. Er lächelte mich freundlich an und reichte mir seine tellergroße braune Hand. *Der Indianer aus „Einer flog übers Kuckucksnest"*, schoss es mir in den Kopf. „Nice to meet you, Caroline!", sagte Sagam Haider und führte mich zu einem Tisch nahe der Brüstung. Von hier aus hatte man einen unbeschreiblich schönen Blick über die Bay.
Das reichhaltige Frühstück und ein lockeres Gespräch über unsere Theaterpläne hier in Indien ließen mich vergessen, dass ich nun bereits seit 24 Stunden auf den Beinen war. Nach einhalb Stunden trennten wir uns per Du und mit der Maßgabe, am späteren Abend gemeinsam zu einer Veranstaltung im Hause eines bekannten Historikers zu gehen. Das Haus, ein ehemaliges Postgebäude, wäre das älteste in Bombay und stamme noch aus englischer Kolonialzeit, erzählte Sagam mit Stolz in der Stimme. Wir würden dort eine einmalige Darbietung indischer Musik erleben. Doch das Besondere wäre eine junge Künstlerin, die die Tablas spielen würde. „Tablas sind Kessel- beziehungsweise Fasstrommeln", fügte er, ohne belehrend zu wirken, hinzu. Das Einmalige daran wäre jedoch, dass die Tablas normalerweise niemals von einer Frau öffentlich gespielt würden. Neben diesem Ereignis, das auch für Bombay außergewöhnlich wäre, kämen wir noch in den Genuss, dem Auftritt eines bekannten indischen Gesangslehrers zusammen mit seiner – Sagams – Ehefrau lauschen zu können. Selbstverständlich gäbe es ein reichhaltiges indisches Buffet und last but not least hätten wir die Gelegenheit, eine ganze Reihe namhafter Künstler kennenzulernen. Das

Ganze fände zu seiner großen Freude auf dem Dach des alten Postgebäudes statt, denn bei den hohen Temperaturen, die im Moment herrschten, wäre es gerade dort oben stets angenehm kühl. Er fügte noch hinzu, dass dieser Abend uns allen sicherlich ein großes Vergnügen bereiten würde.
Auf dem Weg zum Aufzug, zu dem er mich begleitete, sprachen wir darüber, dass Richard und Ulla nun sicherlich auch bald – aus Kalkutta kommend – eintreffen müssten.
„Soweit ich informiert bin, werden sie am späten Nachmittag ankommen", entgegnete ich. Richard und Ulla waren bereits vor zehn Tagen nach Kalkutta gereist, um einige Schauspieler für das Projekt zu verpflichten und vor allem Gespräche mit Sponsoren zu führen, die sich an den Kosten für das Theaterprojekt beteiligen wollten.
„Dann wollen wir die Daumen drücken, dass die Mission in Kalkutta erfolgreich war. Auf jeden Fall trägt das Kultusministerium euer Projekt mit allen uns zur Verfügung stehenden Mitteln mit. Aber, wie gesagt, über die Einzelheiten werden wir später noch genauer sprechen. Du solltest dich nun erst einmal ein wenig ausruhen, denn es wird sicherlich ein langer Tag werden. In diesem Sinne, liebe Caroline, hören wir voneinander, sobald Richard eingetroffen ist!" Mit diesen Worten reichte er mir wieder seine große Pranke. „Noch einmal herzlich willkommen in Bombay – und auf eine gute Zusammenarbeit bei unserer deutsch-indischen Produktion!"
Ich drückte seine Hand so fest ich konnte und erwiderte: „Vielen Dank für das gute Frühstück und die überaus angenehme Unterbringung – und vor allem für deinen freundschaftlichen Empfang, Sagam!"
„Ich melde mich später bei euch. Bis dahin!", sagte er und hielt mir die Fahrstuhltür auf.
„Ja, bis später und danke nochmals!", antwortete ich und die Tür schloss sich lautlos. Ich lehnte mich gegen die hintere Wand des

Fahrstuhls. Geschafft, dachte ich bei mir. Ich war mir aber sicher, die Form ganz gut gehalten zu haben – trotz Jetlag und Übermüdung. Aber nun fühlte ich mich einfach nur noch kaputt. Ich sehnte mich nach ein paar Stunden Schlaf, denn wenn ich Sagam richtig verstanden hatte, begannen derartige Feste überhaupt erst nach 21 Uhr und gingen dann immer bis tief in die Nacht hinein. In Indien nahm man sich für jegliche Art von kulturellen Veranstaltungen ausgesprochen viel Zeit. Man verstand solche Dinge als eine besondere Art von Meditation. Wie auch immer ... Ich wollte die verbleibende Zeit bis zu Richards Ankunft nutzen, um ein wenig zu schlafen, und ich ging deshalb geradewegs auf mein Zimmer. Dort angekommen, legte ich mich angezogen aufs Bett und schlief sofort ein.

Ein schrilles Geräusch riss mich aus meinen Träumen. Was war das? Ich hatte Schwierigkeiten, mich zu orientierten. Wo war ich? Ich hob den Kopf. Es war dunkel im Zimmer, nur einige schwache Lichter tanzten vor meinem Fenster auf dem Wasser. Bei genauerem Hinsehen hätte ich bemerken müssen, dass es die Buglichter der winzigen Fischerboote waren, die zum Fang hinaus aufs Meer fuhren.

Das schrille Geräusch indes wollte nicht enden. Ich tastete neben mich und hob den Telefonhörer ab. Am anderen Ende vernahm ich Richards müde klingende Stimme. „Wir sind gerade angekommen", sagte er.

„Ich habe für einen Moment nicht gewusst, wo ich bin", gab ich benommen zur Antwort. „Ich bin wohl fest eingeschlafen, Richard. Wo bist du?", fragte ich.

„Auf meinem Zimmer. Moment! Ich weiß die Nummer nicht. Wo ist denn der beschissene Zimmerschlüssel? Diese Plastikkarte? Warte einen Augenblick, ich muss sie suchen!" Damit legte er den Telefonhörer auf den Nachttisch.

„Schau doch einfach auf dein Telefon, da steht die Zimmernummer drauf!", rief ich, doch er hörte mich nicht mehr.

Nach kurzer Zeit war er wieder am Apparat. „Zimmer 1206. Mir geht es schlecht. Komm am besten gleich zu mir rüber! Und beeile dich!", hauchte er und legte den Hörer auf, bevor ich etwas antworten konnte.
Ich quälte mich aus meinem Bett. Am liebsten hätte ich mich umgedreht und wäre auf der Stelle wieder eingeschlafen. Dies tat ich natürlich nicht, sondern sprang schnell unter die Dusche. Dann zog ich mich an und in weniger als 15 Minuten stand ich vor Richards Zimmer. Ich drückte auf die Klingel. Nichts passierte. Ich klingelte noch einmal. Und nun wurde die Tür geöffnet. Ulla stand mir gegenüber. Wieso war sie schon vor mir da? Es ärgerte mich schon wieder maßlos. „Hi!", sagte Ulla.
„Hallo!", gab ich knapp zur Antwort und ging an ihr vorbei. Richard lag auf seinem Bett. Er hatte die Augen geschlossen und sah sehr bleich aus. „Da bin ich!", sagte ich und versuchte dabei, meiner Stimme einen nicht allzu säuerlichen Klang zu geben. „Ist schon ein klasse Empfang! Du auf dem Bett wie der sterbende Schwan. Wirklich gelungen! Was ist denn los?"
Richard öffnete die Augen und hatte sichtlich Schwierigkeiten, sich aufzusetzen. Schweißperlen standen auf seiner Stirn.
„Was ist los?", fragte ich bereits ein wenig ungehalten.
„Ich habe seit drei Tagen keine Schlaftabletten mehr. In Kalkutta bekommt man keine. Und die, die ich mithatte, sind aufgebraucht. Mir geht es richtig schlecht! Siehst du, wie ich schwitze? Ich muss sehen, dass ich welche bekommen kann! Ich werde später Sagam fragen."
„Ich finde, du könntest wenigstens mal Hallo zu mir sagen! Wir haben uns schließlich ganz schön lange nicht gesehen." Damit ließ ich mich auf der Bettkante nieder und fühlte seinen Puls. Er ging unregelmäßig. Es war mir klar, dass irgendetwas geschehen musste. In diesem Zustand konnten wir die Reise gleich hier abbrechen. Zu vernünftigen Verhandlungen war Richard in diesem Zustand wohl kaum fähig. Ich dachte nach.

„Richard hat sich unheimlich gut gehalten die letzten Tage. Er hat alle Verhandlungen geführt. Nur heute auf dem Rückflug konnte er einfach nicht mehr", meldete sich Ulla zu Wort.

„Wir werden zu einer Apotheke fahren und versuchen, etwas zu bekommen mit dem entsprechenden Wirkstoff!", sagte ich kühl zu Richard gewandt.

„Ulla soll unbedingt mitfahren!", hauchte Richard. „Ich will nicht, dass du allein fährst, Caroline!" Er legte sich flach auf den Rücken.

„Ist ja gut! Reg dich nicht auf! Ich bestelle den Fahrer!" Damit griff ich nach dem Telefonhörer.

„Nein! Ulla soll schon runtergehen und den Fahrer bestellen!", sagte er, als ob Ulla nicht im Raum wäre.

„Jetzt geht es plötzlich nicht mehr, dass du mich direkt ansprichst, wie?", zischte Ulla zwischen den Zähnen hindurch. Dabei raffte sie ihre Sachen zusammen, warf mit einem Schwung ihre riesige Umhängetasche über die Schulter und verschwand mit den Worten: „Ich bin vielleicht auch gerade aus Kalkutta gekommen und würde mich gern frisch machen! Na ja, wer ist man schon? Der gnädige Herr hat keine Schlaftabletten mehr, also hole man ihm welche! Ich warte unten auf dich, Caroline!" Damit fiel die Tür unsanft ins Schloss.

„Was ist eigentlich hier los? Du kommst an – keine Begrüßung, nichts! Nur wieder dieses Gejammer! Ein toller Einstieg! Ich danke dir! Jetzt kann ich mich mit einer schlecht gelaunten Ulla von einer Apotheke zur anderen quälen! Toll! Wie stellst du dir das vor? Sagam hat uns für heute Abend zu einer großen Feier eingeladen. Sie beginnt schon um 21 Uhr. Wir können doch unmöglich absagen!"

„Das wird auch nicht nötig sein. Ich ruhe mich eine Stunde aus und dann wird es mir besser gehen. Es war irrsinnig anstrengend in Kalkutta. Die Verhandlungen, meine ich. Es war alles sehr erfolgreich. Ulla wird sich beruhigen, du wirst sehen. Sie wird dir

auf der Fahrt sicherlich berichten. Sie war auch gut. Wirklich! Komm her! Du wirst sehen, es geht mir nachher schon viel besser. Ich weiß, in der Nähe gibt es eine Apotheke, dort werdet ihr die Tabletten bekommen. Ich muss einfach heute Nacht mal wieder richtig schlafen. Ich brauche eigentlich keine Schlaftabletten mehr. Ich muss sie eben nur haben. Nehmen werde ich keine, du kennst mich, wenn ich will, dann brauche ich sie nicht. Und ich will sie nicht mehr. Du wirst sehen ..."
In diesem Moment klingelte das Telefon. Richard griff nach dem Hörer. Es war Sagam.
„Just a moment, Sagam!" Richard hielt mit der einen Hand die Sprechmuschel zu. „Also, sei nicht böse, Caro! Wir sind wirklich nur ein bisschen geschafft. Fahre jetzt schön mit Ulla und lass dir alles von ihr erzählen, damit du auf dem Laufenden bist, Liebes, ja?"
„Lass gut sein!", antwortete ich mit einer abwehrenden Handbewegung. „Wo treffen wir uns später?", fragte ich bereits im Gehen.
„Im Coffeeshop, in einer Stunde!" Er nahm die Hand von der Muschel. „Sagam, how are you, my friend?", hörte ich Richard mit gut gelaunt klingender Stimme sagen, während ich die Tür zu seinem Zimmer unsanft hinter mir zuzog.
Ärgerlich über diese Begrüßung, die keine war, lief ich den langen Flur entlang zum Fahrstuhl. *Immer wieder diese Krankheitsnummer*, dachte ich ärgerlich. *Die kenne ich schon zu lange!*
Ich drückte ungeduldig auf den Fahrstuhlknopf. „Down", leuchtete auf. Nach kurzer Zeit öffnete sich lautlos die Fahrstuhltür und ich stand einer Gruppe festlich gekleideter Inder gegenüber. Die Damen waren in Saris aus feinster Seide gehüllt. Die Stoffe schimmerten in den schönsten Farben und raschelten bei der kleinsten Bewegung. Jede der Damen trug ein Kastenzeichen auf der Stirn. Manche waren kunstvoll gemalt, andere lediglich aufgeklebt und bestanden aus winzig kleinen Perlen oder bunten

Blüten. Es war ein Bild, auf das ich in diesem Moment nicht gefasst war, und ich musste wohl einigermaßen verdutzt geschaut haben, denn einer der Herren sah mich an und sagte freundlich lächelnd: „Please, come in! We go down. Please!" Mit diesen Worten wurde mir Platz gemacht und ich stieg ein.
„Thank you so much", antwortete ich brav. Irgendwie war mir die Situation peinlich. Aber um mich herum lächelte es freundlich und ich lächelte zurück.
Ich bemerkte, dass die Mehrzahl der anwesenden Männer europäische Anzüge trug. Lediglich zwei von ihnen trugen Nehru-Jacken aus Wildseide kombiniert mit weiten Hosen, die farblich aufeinander abgestimmt waren, dazu Ledersandalen mit nur einer Schlaufe für den großen Zeh.
Das freundliche Lächeln meiner Mitfahrer endete abrupt, als der Lift plötzlich hielt. Die Tür öffnete sich und im selben Augenblick wurde es unruhig um mich herum. „Pardon, Ma'am!", sagte eine Dame neben mir. „Excuse me!", jemand, der hinter mir gestanden hatte. Wieder wurde gelächelt und ehe ich mich versah, war ich allein im Lift. Die Tür schloss sich und der Fahrstuhl fuhr sanft weiter nach unten.
In der Lobby angekommen, sah ich mich nach Ulla um. Ich entdeckte sie in einem der großen, bequemen Ledersessel. Ihr Kopf war zur Seite gesunken und ich hatte den Eindruck, dass sie schlief.
„Da bin ich!", sagte ich leise. Keine Reaktion. „Ulla?", sagte ich noch einmal.
Sie schreckte hoch. „Oh, jetzt wäre ich beinahe eingeschlafen!", antwortete sie, als hätte ich sie bei etwas ganz Schlimmem ertappt.
„Ich hoffe, ich habe dich nicht erschreckt ...", sagte ich.
„Ich bin doch ziemlich kaputt. Jetzt schlafe ich schon im Sitzen ein. Das ist doch kein Job für mich, was?" Damit hängte sie sich ihre schwere Ledertasche, die auf mich den Eindruck machte, als wäre sie mit Backsteinen gefüllt, über die Schulter und stie-

felte forschen Schrittes voran in Richtung Ausgang. „Da ist der Fahrer! Ich habe ihm schon gesagt, dass wir eine Apotheke brauchen. Er sagte, in der Nähe gäbe es eine. Hoffentlich müssen wir nicht die halbe Stadt nach diesen beschissenen Schlaftabletten absuchen!" Mit diesen Worten war sie auf dem Vordersitz verschwunden.

Ich setzte mich in den Fond und wir fuhren die Auffahrt hinunter Richtung Innenstadt. Die ersten beiden Anläufe scheiterten, also fuhren wir weiter in Richtung Zentrum. Der Verkehr nahm stetig zu und an jeder Ampel, die uns näher an die Innenstadt heranführte, erhöhte sich ebenfalls die Anzahl der Bettler, die unseren Wagen belagerten. Das Auto verfügte nicht über eine Klimaanlage, so waren wir gezwungen, die Fenster offen zu halten. Und bei jedem Stopp wurden wir in Windeseile von Bettlern umringt. Die einen redeten ununterbrochen auf uns ein, die anderen streckten uns ihre verstümmelten Gliedmaßen entgegen. Es waren schlimme Dinge, die man da zu sehen bekam.

Unseren Fahrer beeindruckten die Bettler keineswegs und auch Ulla blieb ausgesprochen cool. Ich jedoch hatte meine Probleme damit und kurbelte vor dem nächsten Halt schnell mein Fenster hoch – auch auf die Gefahr hin, später triefend vor Schweiß aussteigen zu müssen. Ich hielt mein Fenster geschlossen und war noch nicht in der Lage, mit diesem Elend, das so hautnah an mich herankam, umzugehen.

Endlich waren wir – nach einer beinahe einstündigen Fahrt durch das schon dämmrig werdende Bombay – in einer Apotheke irgendwo in einem heruntergekommenen Hinterhof fündig geworden. Die Rückfahrt stadtauswärts verlief wesentlich ruhiger, zumindest was die Bettler anbetraf, denn wir hatten nicht so häufig an Ampeln oder Kreuzungen zu halten. Doch plötzlich – kurz vor dem Hotel – sprang eine Ampel auf Rot und was ich dann sah, kannte ich nur aus alten Filmen, die im Mittelalter spielten und die ich mir früher als Kind sonntags nachmittags

gern im Fernsehen angesehen hatte: Ein Mann ohne Beine, der auf einem kleinen Holzbrettchen saß, an das winzige Eisenräder geschraubt worden waren, rollte geradewegs auf unser Auto zu. Dabei bewegte er seine Arme wie Schaufelräder und er war unglaublich rasant auf seinem Brett unterwegs.
Oh, mein Gott, dachte ich. *Ich kann es nicht glauben! Ich bin doch gerade erst angekommen! Ich kann das alles unmöglich an einem Tag verkraften!*
Doch der Mann ohne Beine hatte nicht die Absicht zu betteln. Er kannte einfach nur unseren Fahrer! Der Fahrer winkte dem Beinlosen freundlich zu und der rollte flugs um den Wagen herum. Noch ehe ich es überhaupt recht begriff, war er auf der Fahrerseite angelangt und hielt einen munteren Plausch mit unserem Chauffeur. Nach kurzer Zeit sprang die Ampel wieder auf Grün, der Fahrer rief ihm noch irgendetwas auf Hindi zu und wir setzten die Fahrt fort.
Ich drehte mich um und sah, wie der Mann – flink wie ein Wiesel – wieder auf die andere Straßenseite rollte, völlig unbehelligt vom vorbeifließenden Verkehr. Ich sah ihm lange nach. Später haben wir ihn noch oft an dieser Kreuzung getroffen und irgendwann verlor ich auch diese irrationale Angst vor ihm.
Zum zweiten Mal an diesen Tag fuhr ich nun die breite Auffahrt zum „Oberoy" hinauf und ich empfand das Hotel als einen sicheren Zufluchtsort vor all den Grausamkeiten da draußen. Und das war es, was ich jetzt brauchte.
Ulla sagte dem Fahrer, dass er sich für den späteren Abend zur Verfügung halten solle, und wir gingen gemeinsam Richtung Aufzug.
„Ich werde nicht mit zu Richard hinaufgehen. Ich brauche erst einmal eine Dusche und frische Sachen. Ihr könnt mich anrufen, wenn ihr wisst, wann wir fahren müssen", sagte Ulla, während sie ungeduldig in ihrer Tasche nach dem Zimmerschlüssel kramte. Endlich kam der Lift.

„In welcher Etage ist dein Zimmer?", fragte ich.
Doch Ulla kramte weiter. „Wo ist nun wieder diese blöde Plastikkarte? Ach, da ist sie! Ich wohne im elften Stock."
Dort angekommen, rief sie mir bereits im Gehen ein „Also, bis später!" zu und verschwand. Ich fuhr einen Stock höher zu Richard und klingelte an seiner Tür.
„Just a moment, please!"
Nach kurzer Zeit wurde die Tür einen Spalt geöffnet. Ich trat ein, konnte ihn aber nirgendwo sehen. „Richard, wo bist du? Wir sind wieder zurück – mit deinen Tabletten!", rief ich und ließ mich in einen Sessel fallen.
„Ach, Caro, du bist es! Ich nahm an, es wäre der Zimmerservice. Ich habe nämlich Kaffee bestellt. War doch nicht so schwierig, welche zu bekommen, oder?", rief es aus dem Badezimmer.
„Nein, nein, gar nicht – außer dass wir durch halb Bombay fahren mussten, von Bettlern umringt wurden, die einem einfach alles, was an ihnen versehrt war, durch die Autofenster entgegenstreckten, und dass dann noch ein Mann ohne Beine auf einem Holzbrettchen hinter uns her gerollt ist. Nein, es war überaus amüsant! Für jemanden, der gerade in dieser Stadt angekommen ist, überhaupt kein Problem!", erwiderte ich gereizt.
Richard erschien mit einer geblümten Boxershorts und einem riesigen gelben T-Shirt mit der Aufschrift „Sugar Baby" bekleidet im Zimmer. „Na, da hättest du erst mal in Kalkutta sein sollen! Was wir da gesehen haben! Das schlägt alles, was du in Bombay wahrscheinlich jemals zu sehen bekommen wirst, glaube mir, Caroline! Ich habe Menschen in Käfigen an Brücken hängen sehen. Diese Käfige hingen an den Brückenpfeilern, kannst du dir das vorstellen? Ganz weit oben! Ich weiß nicht, wofür sie einmal bestimmt waren. Vielleicht sollte an den Brückenpfeilern irgendwann einmal etwas repariert werden oder so. Ich weiß es nicht. Und man hat die Käfige dann einfach dort hängen lassen. Und nun leben Menschen darin. Sie haben sich dort eingenistet

in schwindelnder Höhe – mit nichts außer ein paar Lumpen. Und dann der Gestank überall in der Stadt! Und der Smog! Du kannst kaum atmen, du hast ständig das Gefühl, keine Luft mehr zu bekommen. Ich habe noch nie so wenig geraucht. Und überall Menschen über Menschen! Millionen und Millionen von Menschen! Ein Gedränge und Geschiebe auf den Straßen, Hektik, Schmutz, Gestank, Chaos, Düsternis, Leben und der Tod überall! Alles ganz dicht nebeneinander!"
„Was ich heute gesehen habe, reicht mir eigentlich schon." Ich legte meine Beine auf den niedrigen Couchtisch und schloss die Augen.
„Das bin ich!", hörte ich Richard sagen. „So fühle ich mich! Mir hat das alles keine Angst gemacht. Kalkutta ist der Spiegel meiner Seele!" Richard setzte sich auf das mir gegenüber stehende Sofa.
„Wie kannst du so etwas sagen? Das ist doch blanker Horror! So schlimm kann doch noch nicht einmal der übelste amerikanische Gruselfilm sein! Wie kann man solchem Elend noch irgendeine Qualität abgewinnen? Denk doch an die Menschen, die so leben müssen! Richard, bitte! Wir leben in einem der teuersten Hotels dieser Stadt und da draußen tobt die Armut!"
Mir schossen die Tränen in die Augen und für einen Moment dachte ich, einen Nervenzusammenbruch zu bekommen. Doch ich riss mich, so gut es eben ging, zusammen. Wir waren schließlich hier, um ein Projekt vorzubereiten, das sich sicherlich gerade mit diesen Dingen beschäftigen würde, und ich heulte wegen der Grausamkeit und Ungerechtigkeit in dieser Welt!
„Du bist mir schon ein richtiges Seelchen!", sagte Richard in väterlichem Ton, um dann jedoch sehr schnell klar und präzise hinzuzufügen: „Wir werden hier arbeiten – und zwar für drei lange Monate! Wir werden uns mit diesem Elend auseinanderzusetzen haben, ob es dir nun passt oder nicht! Oder denkst du vielleicht, wir machen einen braven westeuropäischen Shakespeare, einen

Brecht oder einen dieser abgehobenen Ballettabende von Leuten, die das Goethe-Institut jedes Jahr für viel Geld einlädt, die sich begaffen lassen, meist unverstanden bleiben und dann anschließend befriedigt wieder nach Hause fahren? Ich will die Dinge ansprechen in dem Projekt, die von Ausländern hier nie angesprochen werden! Die Armut, die Demut der Menschen, die immer noch existierenden Kasten, den unglaublichen Reichtum der wenigen und deren immense Macht in diesem Land!" Er wurde lauter. „Verstehst du, Caroline? Hier geht es nicht um deine übertriebene Sentimentalität!"
Mich hielt es nicht länger in meinem Sessel. Ich sprang auf und fuhr ihn an: „Meine übertriebene Sentimentalität, sagst du? Ich bitte dich! Ich habe heute Menschen in unvorstellbarem Elend gesehen – und das nur aus einem beschissenen Taxi heraus! Gefiltert quasi! Ich mag mir gar nicht vorstellen, was man zu sehen bekommt, wenn man erst einmal aussteigt! Und du sprichst von Sentimentalität? Deine Verrohung macht mir Angst!" Ich setzte mich wieder. Ich war einfach geschafft und ein wenig schämte ich mich auch für meinen unkontrollierten Ausbruch, deshalb sagte ich schnell: „Ich gehe jetzt und ziehe mich um! Sagam wird uns bald abholen."
Mit diesen Worten stand ich auf, nahm meine Tasche und ging, ohne auf eine Reaktion Richards zu warten. Als ich die Tür hinter mir schloss, hörte ich noch, wie er mir nachrief: „Beeile dich! Sagam kommt in einer halben Stunde!"
Mir war erst jetzt aufgefallen, dass Richard sich in der Zeit unserer Abwesenheit ziemlich gut erholt hatte. Keine Schweißausbrüche, keine Atemnot mehr. Auch die aschfahle Gesichtsfarbe war einer gesunden gewichen. Er machte einen vollkommen entspannten Eindruck. Von einer Minute auf die andere konnte er sich von einem Sterbenskranken zu einem vor Tatendrang strotzenden Mannsbild verwandeln. Ich kannte diese Wandlungen bei ihm natürlich schon so lange und verblüfft hatten sie

mich nur am Anfang. Nun machten sie mich eher ärgerlich und irgendwann nahm ich seine diversen Krankheiten fast gar nicht mehr zur Kenntnis, sondern empfand sie oft nur als Druckmittel, was es wohl auch war. Ich lernte mit der Zeit, dass sich seine Zustände schlagartig verbessern oder verschlimmern konnten – je nach Situation. Meist verschwanden sie so schnell, wie sie aufgetreten waren, wenn keine Probleme in Sicht waren. Doch diese Erkenntnis hatte einige Zeit gebraucht. Ich war wohl ein wenig begriffsstutzig – oder um es mit einer alten Volksweisheit zu sagen: Liebe macht eben blind!
Als ich vor meiner Zimmertür ankam, hörte ich das Telefon läuten. Ich schloss auf und ging an den Apparat. Am anderen Ende rief eine Kinderstimme: „Hallo, wo bleibst du denn? Wir warten schon so lange auf dich!"
Schnaufend erwiderte ich – und es kostete mich einige Überwindung, freundlich zu bleiben: „Hör mal, du weißt genau, dass ich gerade in meinem Zimmer angekommen bin. Ich habe gesagt, ich muss mich noch umziehen – und genau das werde ich jetzt auch tun!"
„Aber wir warten doch schon sooo lange auf dich", hörte ich die Kinderstimme wieder, aber diesmal noch eine Spur quengliger.
„Richard Winzer, ich werde jetzt wirklich ziemlich sauer! Ich bin eigentlich überhaupt nicht mehr in der Lage, noch irgendwo anders hin als in mein Bett zu gehen, aber da wir nun einmal zum Arbeiten hier sind, möchte ich dich nun doch höflichst ersuchen, mich für eine Viertelstunde in Ruhe zu lassen, ja?" Damit legte ich den Hörer auf und ging wutschnaubend ins Badezimmer.
Es vergingen keine fünf Minuten, bis das Telefon wieder klingelte – nun ebenfalls im Badezimmer. Heute Morgen hatte ich dies doch noch als so angenehm empfunden. Ich überlegte kurz, ob ich wirklich abheben sollte – und ich entschied mich dafür.
„Theatre Unlimited – yes please?"
„Du kommst ja gar nicht. Wo bleibst du denn? Wir gehen doch

nicht auf einen Maskenball, Carolinelili", säuselte es am anderen Ende.

„Hör endlich auf, mich alle fünf Minuten mit deinen kindischen Anrufen zu traktieren, Richard! Ich komme, sobald ich fertig bin! Und ruf jetzt nicht wieder an, sonst lege ich mich ins Bett, dann kannst du mit Ulla allein gehen!", schimpfte ich ins Telefon und legte auf.

Ich konnte es kaum glauben, aber er ließ mir tatsächlich ganze zehn Minuten Zeit, dann klingelte das Telefon erneut. Die Stimme klang nun eher geschäftsmäßig, also war er nicht mehr allein. „Sagam ist gekommen, um uns abzuholen, Caro. Wir wollen allerdings vorher noch einen Schluck trinken. Komm bitte in den Coffeeshop!" Ohne meine Antwort abzuwarten, legte Richard auf.

Nun wusste ich, dass ich mich wirklich beeilen sollte. Fertig angezogen war ich inzwischen. Nur die Frisur! Mein Gott, wie ich aussah! Ich hätte mir die Haare waschen müssen nach dem langen Flug. Nun ja, jetzt musste ich eben das Beste daraus machen, also steckte ich sie hoch. Schnell noch einen Lidstrich gezogen – und fertig! *Da fehlt noch etwas*, dachte ich beim Blick in den Spiegel. *Ohrringe wären nicht schlecht.*

Bei dieser Gelegenheit bemerkte ich, dass ich meinen Koffer noch nicht einmal ausgepackt hatte – eigentlich ganz gegen meine Gewohnheit. Ich hatte einfach noch keine Möglichkeit dazu gehabt. Also fand ich die entsprechenden Ohrringe auch nicht. Es musste daher ohne gehen. Schnell hängte ich mir noch eine dünne Jacke über die Schultern, wechselte die Handtasche, steckte zwei Päckchen Zigaretten, Lippenstift und Geld ein sowie Visitenkarten in ausreichender Anzahl. Ich war bereit zum Gehen – nur wo, in Gottes Namen, war nun wieder dieser Zimmerschlüssel?

In meine hektische Suche hinein klingelte das Telefon.

„Wo bleibst du denn nur? Wir sitzen hier schon seit über einer halben Stunde! Es ist unhöflich, Sagam warten zu lassen!", hörte ich Richards Stimme, die nun überhaupt nichts Kindliches mehr an sich hatte.

„Ist schon gut, ich finde die Plastikkarte nicht. Ich habe nicht die geringste Ahnung, wo ich sie hingelegt habe. Im Übrigen liegt das alles nur an deinem Telefonterror! Wenn du das einfach lassen würdest, mein Lieber, wäre ich schon längst fertig!" Damit legte ich den Hörer auf und suchte verzweifelt nach dem Schlüssel. Einen normalen Zimmerschlüssel findet man ja schnell, aber diese scheußlichen Plastikkarten! Ich hasse diese Dinger, die uns zwar als Fortschritt verkauft wurden, doch eigentlich nur zur Vereinfachung der Hotelorganisation dienten. Aber was nützte mir diese Erkenntnis jetzt? Ich musste sie finden – und zwar schnell!

Nach weiteren zehn Minuten erfolgloser Suche beschloss ich, mir beim Zurückkommen einfach eine neue ausstellen zu lassen, verließ einigermaßen genervt mein Zimmer und ging in den Coffeeshop.

Der Empfangschef begrüßte mich herzlich. Er sagte, dass er sich sehr freue, die Leiterin einer so wichtigen Kulturorganisation hier begrüßen zu dürfen, und dass er uns viel Erfolg bei unseren Unternehmungen und einen angenehmen Aufenthalt in Bombay wünsche. Ich war gerührt und ein wenig verunsichert zugleich. Mit so viel Aufmerksamkeit hatte ich nicht gerechnet.

Ich bedankte mich freundlich und ließ mich zu Richards Tisch führen. Der verdrehte zuerst einmal seine Augen, sodass man hätte denken können, sie kämen hinten am Kopf wieder heraus. Richard machte diese Geste gern, wenn er seinen Aussagen etwas ausgesprochen Bedeutungsvolles verleihen wollte, als optische Unterstützung gleichsam oder, wie in meinem Falle, um sein Missfallen zu dokumentieren, ohne dass es die Anwesenden bemerken konnten.

Ich ignorierte es und begrüßte Sagam herzlich, wobei ich mich

für die kleine Verspätung entschuldigte. Dann nahm ich neben Ulla Platz und bestellte mir ein Bier.
Wir besprachen das Arbeitspensum für die kommende Woche und Sagam informierte uns eingehend darüber, mit welchen Leuten wir dringend Kontakt aufnehmen sollten, um das Projekt in die richtigen Bahnen zu lenken, wen wir dringend treffen müssten und wer erst einmal noch nicht in die Vorbereitungen einbezogen werden sollte. Die zahlreichen Namen, Telefonnummern und Posten dieser Personen und Institutionen notierte Ulla penibel in ihrer großen schwarzen Kladde, auf der in Schönschrift „*3. Indien-Vorbereitungsreise*" zu lesen war.
Nach ungefähr einer Stunde sagte Sagam, dass es nun Zeit wäre, aufzubrechen, denn wir dürften auf keinen Fall nach Beginn der Veranstaltung eintreffen. Vorweg gäbe es nämlich kleine Snacks und sehr gute Drinks und die wolle er sich nicht entgehen lassen. „Ulla, dann kümmere dich schon mal um den Wagen!", sagte Richard, ohne sie auch nur anzusehen.
Ulla stand auf, raffte ihre Unterlagen zusammen und verschwand mit jener vorwurfsvollen Miene, die man von ihr mittlerweile zur Genüge kannte. Manchmal tat sie mir auch schon ein wenig leid. Auf der anderen Seite aber hatte sie sich unbedingt an den Projektvorbereitungen beteiligen wollen – und dazu gehörten eben auch Botendienste wie diese. Und Ulla stand auch noch am Anfang, obwohl Richard ihr nach und nach immer anspruchsvollere Aufgaben übertrug. Was sollte es also ... Mir erging es nicht anders. Ich hatte neben den oftmals schwierigen Verhandlungen, die ich mit Richard gemeinsam führte, auch Termine allein wahrzunehmen und zwischendurch noch schnell die Korrespondenz zu erledigen, denn blitzschnell zu reagieren, das war die Voraussetzung dafür, unsere Ziele in möglichst kurzer Zeit zu erreichen. Wir konnten uns also überhaupt keine Sentimentalitäten leisten.
Lautes Stimmengewirr empfing uns, als wir vor dem alten Post-

amt ankamen. Wir folgten Sagam durch ein riesiges gusseisernes Eingangstor. Dahinter breitete sich ein parkähnlicher verwilderter Garten aus. Wir durchquerten ihn und gelangten in einen nur spärlich beleuchteten Flur. Dort stiegen wir die breite, geschwungene Holztreppe drei Stockwerke hinauf und standen plötzlich vor einer prunkvoll geschnitzten Eichentür.
Sagam klingelte. Sekunden später wurde die Tür geöffnet und wir betraten einen großen runden Raum. Überall standen Menschen in kleinen Gruppen zusammen, die sich angeregt miteinander unterhielten. Ein gut aussehender Mann, offensichtlich der Gastgeber, kam mit einem breiten Lächeln auf uns zu und begrüßte uns freundlich. Schlagartig verstummten die Gespräche um uns herum und man beäugte uns aufmerksam.
Nachdem wir den Anwesenden vorgestellt wurden, wandte man sich wieder seinen jeweiligen Gesprächspartnern zu und uns führte man in einen Raum, in dem die von Sagam bereits heiß ersehnten Snacks bereitstanden. Bei dieser Gelegenheit fiel mir auf, dass ich seit dem Frühstück nichts mehr gegessen hatte. Deshalb nahm ich mir so viele kleine Häppchen, wie ich eben konnte, ohne unangenehm aufzufallen, und ich aß sie mit Heißhunger. Ich hatte gerade damit begonnen, noch weitere Appetithäppchen auf meine Serviette zu stapeln, als von irgendwoher die Stimme unseres Gastgebers ertönte, der darum bat, sich auf die Dachterrasse zu begeben, da die Darbietungen in wenigen Minuten beginnen würden. Schnell schob ich mir die letzten Köstlichkeiten in den Mund und ging ebenfalls zu den anderen Gästen. Richard hatte ich zwischenzeitlich aus den Augen verloren.
Ich betrat also die Dachterrasse und sah mich nach ihm um. Ich erblickte ihn schließlich, umringt von einigen anderen, in einer Ecke. Wie schnell Richard doch in der Lage war, sich in fremder Umgebung völlig zu assimilieren! Das bewunderte ich schon. Ich tat mich da entschieden schwerer. Bei mir dauerte es im-

mer eine gewisse Zeit, doch langsam entwickelte auch ich meine Mechanismen, die eigene Unsicherheit zu überspielen, obwohl mir diese typischen „Nice to meet you"-Smalltalks immer verhasst geblieben sind. Aber gerade diese Art von Gesprächen war bei derartigen Anlässen nun einmal gefragt. Ich lernte sie, so gut ich eben konnte. Am liebsten allerdings waren mir Gespräche, bei denen es um unsere Arbeit ging. Hier fühlte ich mich auf sicherem Terrain und hatte das Gefühl, meine Zeit nicht völlig sinnlos vertan zu haben. Denn es passierte natürlich häufig, dass sich die wichtigsten Kontakte gerade bei derartigen Gelegenheiten ergaben. Nur an diesem Abend fühlte ich mich gar nicht gut in Form. Ich bemerkte, wie eine bleierne Müdigkeit von mir Besitz ergriff. Ich war nun beinahe 30 Stunden auf den Beinen und der Abend hatte gerade erst begonnen.

Ich schaute mich auf der großen Terrasse um. In der Mitte hatte man einen riesigen Teppich ausgelegt, der wohl als Ersatz für eine Bühne dienen sollte. Unterschiedlichste Musikinstrumente und Trommeln standen am Rand des Teppichs, an dessen Längsseite eine große Anzahl Stühle aufgestellt worden war. Neben jedem dritten Stuhl befand sich ein kleiner Holztisch mit jeweils einem Schälchen mit Nüssen darauf. Jedoch auf keinem der Tische stand ein Aschenbecher! Das fiel mir sofort auf. Möglicherweise über Stunden nicht rauchen zu können, das würde ich nicht durchstehen können! Also musste ich mir einen Platz suchen, der nicht zu weit vom Ausgang entfernt lag.

Beinahe hätte ich diesen idealen Platz auch gefunden, doch genau in dem Moment, als ich mich auf einem dieser Außenplätze niederlassen wollte, kam unsere Gastgeberin lächelnd auf mich zu – eine ausgesprochen attraktive Inderin, klein und zierlich mit blauschwarzen glänzenden Haaren, die sie zu einem dicken Zopf geflochten hatte. An ihrer linken Schläfe pendelten winzige aneinandergeflochtene Blüten hin und her und verströmten bei jeder Kopfbewegung einen angenehmen Duft. Die zarten

Farben der Blüten fanden sich in ihrem Punjabi aus Rohseide wieder. Den dazu passenden Schal trug sie äußerst elegant nur über eine Schulter gelegt. Eine sehr anmutige Erscheinung, wie ich fand. Und mit dieser für Inder selbstverständlichen sanften Freundlichkeit forderte sie mich auf, ihr zu folgen. Sie geleitete mich an den für uns vorbereiteten Ehrenplatz. Dorthin hatte man inzwischen auch Richard und Ulla gebracht. Beide unterhielten sich angeregt mit ihren Sitznachbarn. Ich wurde neben Richard platziert, bekam ein kühles Getränk gereicht und mit den Worten der charmanten Gastgeberin – „We hope you will enjoy the evening!" – allein gelassen. Der Platz neben mir war noch frei, aber ich hatte bei der großen Anzahl an Gästen nicht die Hoffnung, dass er unbesetzt bleiben würde.

„Unterhältst du dich gut?" Mit diesen Worten wandte Richard sich mir zu.

„Oh ja! Bis jetzt habe ich noch mit niemandem reden müssen!", erwiderte ich.

Richard schaute mich ein wenig irritiert an, um im selben Augenblick auch schon aufzuspringen und auf eine junge Frau zuzugehen, die soeben die Dachterrasse betreten hatte. Sie kam direkt in unsere Richtung und Richard begrüßte sie auf die ihm sehr eigene, ein wenig theatralisch anmutende Art, die ich so gut kannte und die er ausschließlich Leuten zuteil werden ließ, die er für wichtig hielt. Ich betone das nur, weil Richard ansonsten eher dazu neigte, Menschen überhaupt nicht zu grüßen. Aber diese spezielle Art der Begrüßung lief immer auf die gleiche Weise ab: Seiner Körperhaltung haftete dann stets etwas Militärisches an. Der Körper spannte sich, wurde beinahe steif. Er ging langsam und sehr gemessenen Schrittes auf die zu begrüßende Person zu, blieb dann jedoch stehen, sodass sein Gegenüber die letzten Schritte auf ihn zumachen musste. Dann streckte er seinen rechten Arm in exakt waagerechter Haltung in Richtung der herannahenden Person aus. Die Hand des Gegenübers wurde ein wenig länger als normal üblich mit beiden Händen umschlossen und festgehalten. Ein kurzer, aber intensiver Augenkontakt folgte, um danach die militärische Körperhaltung wieder aufzulösen. Nun schloss sich, falls man sich besser kannte, eine herzliche Umarmung an. Hierbei machte er keinen Unterschied zwischen den Geschlechtern. Es war immer die gleiche ritualisierte Handlung, die ich sooft bei ihm beobachtet hatte. Wie ich später erfuhr, war die Frau die Leiterin des renommiertesten Privattheaters Bombays. Sie stammte aus einer hoch angesehenen Schauspielerfamilie. Sie selbst war ebenfalls eine prominente Filmschauspielerin, wie mir Sagam später am Abend berichtete. Ihrem Aussehen nach war sicherlich ein Elternteil europäischer Abstammung gewesen, denn sie wirkte eher europäisch als indisch.

Richard stellte sie mir vor und sie lud uns für den nächsten Nachmittag zu einem Besuch in ihrem Theater ein. Bei dieser Gelegenheit würden wir sicherlich ein paar Schauspieler kennenlernen, die sich für unser Projekt interessierten.

Mir fiel auf, dass Richard diese Frau mit einer Mischung aus Hochachtung, aber auch einer gewissen Vertrautheit behandelte. Er hatte sie wohl bei einem seiner vorherigen Besuche in Bombay kennen gelernt. Doch zu diesem Zeitpunkt fiel mir eben nur diese Vertrautheit auf, nicht mehr. Ich war einfach naiv gewesen. Ich hatte mich auch nicht ernsthaft gefragt, woher sie denn wohl rührte. Heute bin ich klüger. Heute weiß ich, dass Richard so ziemlich mit allen Frauen, die in seine Nähe kamen und gut aussahen, wohl auch sexuellen Kontakt gehabt hatte. Ich war immer noch ziemlich gutgläubig gewesen, obwohl es erst ein Jahr her war, dass sein jahrelang geheim gehaltenes Verhältnis zu Mona ans Tageslicht gekommen war und unsere Beziehung kurz davor stand, zu zerbrechen. Dennoch versuchten wir einen Neuanfang – gegen alle Vernunft. Ich wollte vor allem wieder an seine Liebe und Aufrichtigkeit glauben. Welch ein Selbstbetrug!

Ich konnte damals nicht wissen, dass diese Reise nach Indien die

letzte gemeinsame Reise in unserem gemeinsamen Leben sein würde. Ebenso wenig ahnte ich zu diesem Zeitpunkt, dass ich an dem Theaterprojekt, dessentwegen wir nun in Indien waren, gar nicht mehr teilnehmen würde.
Nun aber waren wir erst einmal mittendrin in den Vorbereitungen und es ließ sich alles doch sehr gut an. So erfuhren wir noch in derselben Nacht – nach endlos langen, quälenden Stunden indischer Musik und Gesang endlich ins Hotel zurückgekehrt –, dass wir in einer Woche eine Audienz bei Sonja Ghandi haben würden. Ich betone das, weil es nicht alltäglich war, einen Termin bei ihr zu bekommen. Sonja Ghandi war und ist offensichtlich noch immer die graue Eminenz im politischen Hintergrund Indiens und als Witwe Rashid Ghandis ist sie wohl die am besten bewachte Frau der Welt. Unser Ziel war es, sie als Schirmherrin des Projekts zu gewinnen, und die Chancen, dieses Ziel tatsächlich zu erreichen, standen gar nicht mal so schlecht, denn unser indischer Freund und Sponsor M. L. Mantoo, ein kunstbeflissener und einflussreicher Geschäftsmann aus Neu Delhi, hatte seine guten Beziehungen für uns spielen lassen. Uns erreichte sein Fax gerade, als wir uns noch für einen letzten Gute-Nacht-Schluck in Richards Zimmer eingefunden hatten.
„Siehst du, Caroline, es geht eben nichts über gute Freunde!" Richards Gesicht nahm einen Ausdruck von Stolz und Selbstzufriedenheit an.
„Ja, ja, gute Freunde sind so wichtig!", näselte Ulla in ihr Bierglas hinein, wobei sie verschmitzt lächelte.
„Was hast du eigentlich so blöde zu grinsen, Ulla Maybach?", erwiderte Richard sichtlich verärgert. „Dass du an keinem Mannsbild vorbeikommst, hat wohl mit diesem Erfolg nichts zu tun! M. L. ist in erster Linie an mir und meiner künstlerischen Arbeit interessiert, damit das ein für alle Mal klar ist! Daran hat dein Wackelhintern keinen Anteil!", fügte er für meine Begriffe äußerst uncharmant hinzu.

„Entschuldige! Ich werde am besten gar nichts mehr sagen, Richard! Immer wirst du gleich so verletzend!", erwiderte Ulla entrüstet und nahm einen großen Schluck.
Ich beschloss, mich aus diesem Zwist herauszuhalten, in Ruhe mein Bier zu genießen und mich dann ohne größere Umwege ins Bett zurückzuziehen.
Nach kurzer Zeit verabschiedete ich mich von Richard, der ebenfalls keine Anstalten machte, mich zu fragen, ob ich nicht bei ihm bleiben wolle. Doch an diesen Zustand der Enthaltsamkeit war ich inzwischen auf unseren Reisen gewöhnt und im Grunde war ich auch recht froh darüber. Die Arbeit war schon anstrengend genug.
Ulla nahm meinen Aufbruch als günstige Gelegenheit, sich ebenfalls zurückzuziehen. Wir waren mittlerweile allesamt doch ziemlich geschafft. Ich hatte aufgehört, die Stunden zusammenzuzählen, die ich seit meiner Abreise auf den Beinen war.
„Wir treffen uns morgen früh gegen 8.30 Uhr im Coffeeshop zum Frühstück und besprechen dann, wie wir die Termine am besten koordinieren! Also, bis morgen, ihr Lieben!" Damit verschwand Richard in seinem Badezimmer.
Ulla war bereits gegangen. Ich suchte meine Sachen zusammen und war schon an der Zimmertür angekommen, als Richard plötzlich hinter mir stand. Er nahm mich in den Arm und sagte mit sehr sanfter Stimme: „Ich freue mich so, dass du da bist, Caro, Liebes! Ich brauche dich sehr! Sei nicht böse, dass ich dich nicht bitte, hierzubleiben, aber ich bin doch mehr geschafft, als ich es gedacht habe." Er sah mir in die Augen. „Wir schaffen das hier, oder? Wir müssen nur wirklich *gut* sein! Es wird ein schwerer Kampf, aber wir werden gewinnen, ich weiß es! Hilfst du mir?"
„Weshalb wäre ich sonst hier …", gab ich knapp zur Antwort und strich ihm über die Wange. „Ich denke, es wäre jetzt wirklich gut, wenn wir uns alle ein wenig Ruhe gönnen würden. Also, bis

morgen dann! Und schlaf gut, Richard!" Damit drückte ich ihm einen Kuss auf die Stirn und zog die Tür hinter mir zu.

Kapitel X

Many rivers to cross
but I can't find my way
my way over.
I was linked; washed up for years
but it's only my will that keeps me alive.

Einen Tag nach Richards vierzigstem Geburtstag fuhren wir sehr früh zum Flughafen nach Frankfurt. Endlich war es so weit: In einer Woche würden die Proben in Indien beginnen! Nur für mich war es eine ungewohnte Situation. Zum ersten Mal würde ich bei Probenbeginn nicht anwesend sein. Doch diesmal war es einfach nicht möglich, denn ich konnte Franzi auf keinen Fall drei Monate bei meiner Mutter lassen, deshalb beschlossen wir, dass ich mit ihr zusammen, sobald die Schulferien begonnen hätten, nachreisen würde. Meine Rolle wäre bis dahin geschrieben, so hatte Richard es mir versprochen, und Franziska würde diesmal auch wieder eine kleine Rolle spielen dürfen. Im Übrigen waren die wichtigsten organisatorischen Vorarbeiten für das Projekt schon bei der letzten Reise so gut wie abgeschlossen gewesen. Ulla hatte sich mehr und mehr in die Organisation eingearbeitet, somit war ich erst einmal entbehrlich. Auch das Team aus alten, erfahrenen Kollegen und einer Reihe neuer Leute machte auf den ersten Blick einen guten Eindruck. Und so reisten an die zwanzig Schauspieler aus allen Himmelsrichtungen zu dieser Produktion nach Indien. Vier Schauspieler kamen eigens aus Jamaika dazu.
Richard hatte sich mit seiner neuen Regieassistentin am Frank-

furter Flughafen verabredet, um mit ihr schon einmal vorweg nach Neu Delhi zu fliegen. Er reiste gern einige Tage früher an als seine Mannschaft.
Nach einer ungewöhnlich ruhigen und entspannten Autofahrt kamen wir an. Richard hatte auf seine übliche Panik, den Flughafen nicht rechtzeitig zu erreichen, ausnahmsweise verzichtet. Ich musste immer schmunzeln, wenn er diese Paniknummer abzog. Ich glaube, er brauchte das, um auf Touren zu kommen, denn jemand, der so häufig im Jahr in der Welt herumflog, führte sich nicht auf, als hätte er gerade eine Flugreise nach Mallorca als Hauptgewinn im Kreuzworträtsel eines Käseblattes gewonnen.
Sylvia Keller, die neue Assistentin, wartete bereits ungeduldig am Schalter der *Air India*. Sie sah leichenblass aus, bemühte sich jedoch so gut sie konnte, ihre Nervosität vor uns zu verbergen. Es gelang ihr nicht wirklich überzeugend, wie ich fand.
Nachdem beide eingecheckt hatten, blieb noch ausreichend Zeit, einen Kaffee trinken zu gehen. Mich beschlich jedoch das Gefühl, irgendwie überflüssig zu sein. So saßen wir die Zeit mehr oder weniger ab. Richard prüfte in regelmäßigen Abständen immer wieder seine Bordkarte, drehte sie von rechts nach links und wieder zurück, um dann zu sagen, dass es jetzt an der Zeit wäre, hineinzugehen. Er müsse noch in den Duty-free-Shop, um eine Stange Marlboro zu kaufen. Also bezahlte ich unseren Kaffee und begleitete beide bis zum Eingang von Gate 54.
Ich weiß noch, dass ich Richard etwas fragte, doch er hörte mir schon gar nicht mehr zu. Ich wiederholte meine Frage noch ein zweites Mal, doch vergebens. Ich drang schon jetzt nicht mehr zu ihm durch. Er wollte weg! Endlich wieder in die Welt! Ich kannte diese Abschiede von seinen unzähligen Reisen zuvor – doch dieses Mal war es anders. Es folgte eine kurze Umarmung, ein flüchtiger Kuss auf beide Wangen und schon war er verschwunden.
Ich schaute ihm noch lange nach, wie er munter plaudernd und

schnellen, festen Schrittes, den schwarzen Pilotenkoffer in der einen Hand und den silbernen Aluminiumkoffer über der Schulter hängend, davoneilte. Er drehte sich nicht mehr zu mir um und so winkten wir uns auch nicht noch einmal zu, so wie früher. Ich glaube, ich sah ihm noch nach, als er bereits aus meinem Blickfeld verschwunden war. Irgendwie schaute ich wohl einem Teil meines vergangenen Lebens hinterher.
„Pardon, junge Frau!", sagte eine aufgeregte Männerstimme plötzlich hinter mir. „Ich möchte Sie nicht stören, aber Sie versperren den Eingang! Dürfte ich bitte vorbei? Ich verpasse sonst meinen Flieger. Man hat mich schon zwei Mal ausgerufen!"
„Entschuldigen Sie bitte!", murmelte ich und trat schnell einen Schritt beiseite.
Der Mann hastete an mir vorbei und dann den langen Gang entlang. Ich drehte mich um und machte mich auf den Weg zum Auto. Es stand in der Tiefgarage Ebene A. Der Weg durch die langen Gänge kam mir jedes Mal unerträglich lang und anstrengend vor. Mein Kopf schmerzte. Ich fühlte mich elend und auf einmal schrecklich allein, ein bisschen wie ein Kind, das man vergessen hatte, aus dem Kindergarten abzuholen.
Ich fuhr gedankenverloren zwei Mal um den Flughafen herum, bis ich endlich die richtige Auffahrt zur Autobahn gefunden hatte. Den größten Teil der Rückfahrt heulte ich Rotz und Wasser. Es überkam mich wie ein Fieberschub aus heiterem Himmel – und es wurde mir klar, dass dieser Abschied anders war als die früheren. Dieser Abschied war endgültig.
Zu Hause angekommen, wollte das Gefühl der Leere nicht weichen. Ich war unendlich traurig, so, als wäre jemand gestorben, wobei ich normalerweise erst einmal erleichtert war, wenn Richard endlich aus dem Haus war, denn kurz vor seiner Abreise brach jedes Mal das reinste Chaos aus. Doch diesmal fühlte ich, wie eine unerklärliche Trauer in mir aufstieg.

Kapitel XI

Die Erklärung dafür bekam ich bereits drei Wochen später von Richard am Telefon präsentiert. „Ich habe eine Affäre mit Mara", sagte er beinahe beiläufig, so, als wäre es das Normalste der Welt. Mara hatte ich nur ein Mal zuvor bei ihrem Einstellungsgespräch kennen gelernt. Sie machte auf mich einen unbedeutenden und langweiligen Eindruck, deshalb verabschiedete ich mich unter dem Vorwand, noch einige Briefe schreiben zu müssen, ins Büro. Ich hatte keine Lust, an diesem Gespräch teilzunehmen. Ich hatte in den letzten Jahren unzählige dieser Vorstellungsgespräche erlebt und mir hingen sie mittlerweile einfach zum Hals heraus. Immer die gleichen Fragen Richards und die beinahe identischen Antworten der befragten Schauspieler hören zu müssen, das langweilte mich tödlich.

Aber nun lag sein Geständnis, wieder einmal eine Affäre zu haben, auf dem Tisch – und das war zuerst einmal der Beginn einer Reihe kostspieliger und nicht enden wollender Telefonate von Deutschland nach Indien und umgedreht. Nur diese Telefongespräche führten zu keinem Ergebnis, deshalb entschloss ich mich, diesem Spiel endgültig ein Ende zu machen. Ich stellte ihm das Ultimatum, entweder fliegt diese Mara sofort nach Deutschland zurück oder ich würde auf der Stelle unser Haus kündigen und mit Franzi wegziehen.

Er machte noch einige für meinen Geschmack schwache Versuche, mich doch noch davon zu überzeugen, erst einmal zu ihm nach Indien zu kommen. Der Rest ließe sich doch dann vor Ort auf vernünftige Weise klären. Ich glaubte, meinen Ohren nicht trauen zu können, als er tatsächlich im Brustton der Überzeugung zu sagen wagte: „Weißt du, Caro, Mara wohnt ja auch gar nicht in unserem Hotel. Die lebt, wie die übrigen Kollegen, weit außerhalb von Delhi. Und außerdem sorge ich schon dafür, dass ihr euch nicht oft begegnet."

Ich schrie ihn an, ob er nun völlig verrückt geworden sei, was er denn glaube, mir noch alles zumuten zu können, und für was er mich eigentlich hielte. Ob er ernsthaft glaube, dass ich so etwas noch einmal mitmachen würde, nach allem, was er Inga und mir in den letzten Jahren angetan hätte.
„Beruhige dich doch, Carolein! Im Übrigen ist Mara zwar eine ganz Liebe, aber im Grunde doch gar nicht so wichtig, wie du das jetzt aufbauschst. Nun setze dich erst einmal ins Flugzeug, alles andere wird sich finden!", hörte ich Richards Stimme, die nun einen beinahe väterlichen Ton angenommen hatte, was mich noch mehr in Rage versetzte.
Ich glaubte, den Verstand zu verlieren. Diese Telefonate über Tausende von Kilometern hinweg waren absurd und völlig widersinnig. Ich wusste nur, diese Beziehung war am Ende! Richard wusste es auch – und doch führten wir diese quälenden Telefonate.
„Ich werde dich verlassen, verstehst du, Richard?", meinte ich sehr ruhig. „Also, entscheide dich jetzt! Eine andere Lösung wird es nicht geben, wenn es überhaupt noch möglich ist, irgendetwas zu retten ...", sagte ich ihm bei diesem letzten Telefonat.
Und er entschied sich auf seine Richard-Winzer-Art: Er schwieg einfach für ein paar Tage. Es kamen keine Anrufe mehr. Nichts rührte sich. Er versuchte wahrscheinlich, die Kräfte zu messen und die Sache irgendwie laufen zu lassen, doch ich wollte einfach nicht mehr. Ich war zu verletzt. Und wahrscheinlich hatte ich insgeheim schon lange auf einen Anlass gewartet, um ihn endlich verlassen zu können. Den letzten Zeitpunkt hatte ich schon verpasst. Diesmal würde mir das nicht noch einmal passieren.
Auch Inga hatte sich entschieden und teilte es Richard in einem mehrstündigen Telefonat mit. Sie sagte ihm, dass sie die Scheidung eingereicht habe und ebenfalls wegziehen würde.
Später erzählten uns Kollegen, dass Richard ab diesem Zeitpunkt das Hotel nur noch zu den allernotwendigsten Gesprächen

verlassen hätte. Inszeniert hätte er von da an so gut wie gar nicht mehr und auch um seine Schauspieler hätte er sich nicht mehr gekümmert. Nur eine Handvoll Menschen wären überhaupt noch an ihn herangekommen. Er hätte sich nur noch in seiner Suite im „Hotel Ashoka" aufgehalten. Mara allerdings wäre bereits nach einer Woche wie ein Hündchen nicht mehr von seiner Seite gewichen. Nie hätte man sie getrennt gesehen, praktisch von Anfang an. Also wieder einmal war alles Lüge gewesen, was er gesagt hatte! Von wegen nur eine unbedeutende Affäre! Er begann wieder ein neues Spiel. Die Darsteller hatten gewechselt, doch die Methoden waren die gleichen geblieben. Und nur für eine neue Liebschaft hatte Richard seine Karriere aufs Spiel gesetzt, indem er die gesamte Theaterproduktion mit Bravour in den Sand setzte, sodass man sich wahrscheinlich in indischen Theaterkreisen noch lange daran erinnern wird. Es war ein totales Fiasko für alle Beteiligten, sogar in gewisser Weise für mich. Ich fühlte mich irgendwie mitschuldig. Doch woran eigentlich? Ich trug keine Schuld. Ich hatte Richard nie betrogen, in all den Jahren nicht. Doch auch eine große Liebe kann nicht unendlichen Schmerz ertragen.

Eindrücke und Erinnerungen verblassen so schnell, wie das Leben an einem vorbeizieht. Eben noch gelebt, ist es im nächsten Augenblick schon Vergangenheit ...

Kapitel XII

„Wie hat es Richard eigentlich geschafft, euch zwei Frauen zusammenzubringen? Ihr habt doch sicherlich nicht von Anfang an daran gedacht, zusammenleben zu wollen, du und diese Caroline, oder?", fragte Adrian unvermittelt und blickte Inga über sein Weinglas hinweg neugierig an.
Ingas Miene verfinsterte sich. „Wie meinst du das?" Sie schau-

te, den Kopf leicht schräg gehalten, zu Adrian hinüber. „Ich habe dir nie erzählt, dass Caroline mit Richard und mir zusammengelebt hat. Woher weißt du es also?"
„Inga, bitte! Jetzt tu nicht so! Du hast dir doch die Mappe da längst angesehen, nicht wahr? Also, was soll die Geheimniskrämerei?", entgegnete er flapsig.
„Für mich ist diese Zeit abgeschlossen, Adrian, verstehst du?", gab Inga gereizt zur Antwort. „Ich will nichts mehr damit zu tun haben! Lass mich in Ruhe mit diesem Thema, bitte!"
„Aber warum, Liebes? Es ist doch wichtig, sich mit der Vergangenheit auseinanderzusetzen, damit man auch wirklich damit abschließen kann. Erzähl mir doch darüber! Wie ihr euch kennengelernt habt, zum Beispiel. Es interessiert mich. Ich möchte, dass du mir alles erzählst, Inga!", insistierte Adrian, ohne Inga dabei aus den Augen zu lassen.
Sie sagte für eine ganze Weile kein Wort und blickte nur stumm vor sich hin.
„Ich kann mich gar nicht mehr so genau daran erinnern. Es ist einfach schon zu lange her. Außerdem habe ich außer mit Caroline niemals mit jemandem über diese Zeit gesprochen. Und eigentlich wollte ich es auch dabei belassen. Ich habe mit all dem lange abgeschlossen, verstehst du? Hör bitte auf, mich zu löchern, Adrian!"
Damit stand sie auf und ging in die Küche. Nach kurzer Zeit kehrte sie mit einer geöffneten Flasche Rotwein zurück. Sie ließ sich auf das Sofa fallen, schenkte ihr Glas fast bis zum Rand voll, zündete sich eine Zigarette an und ohne dass Westhoff im Grunde noch damit gerechnet hatte, begann sie zu erzählen:
„Caroline war gerade von einem Tag auf den anderen bei ihrem Freund Hilmar ausgezogen und hatte sich ein Apartment im Univiertel gemietet. Richard hatte soeben eine neue Theaterproduktion begonnen. Es sollte ein Projekt über den Kindermörder Jürgen Bartsch werden. Der Ort, an dem das Theaterstück aufgeführt werden sollte, war bereits angemietet. Es war eine sehr schöne alte Villa. Sie befand sich auf einem Hügel oberhalb eines kleinen Städtchens. Die Villa war ehemals ein

Hotel gewesen, doch nachdem seine Besitzerin ins Altenheim gegangen war, verfiel sie zusehends. Das große Haus stand lange leer und war irgendwie unnütz geworden. Der Zustand des Gebäudes war schon zu den Zeiten, als es noch ein Hotel war, nicht der allerbeste. Eigentlich befand sich nichts mehr auf dem neuesten Stand. So hatte keines der zehn Hotelzimmer ein eigenes Bad oder eine Toilette. Trotzdem strahlte das Haus letztlich durch sein wertvolles Mobiliar einen vornehmen, wenn auch etwas altmodischen Charme aus. Nachdem die wertvollen Antiquitäten und Teppiche der Besitzerin versteigert worden waren, wurde es still um die *Burg*, wie das Haus später liebevoll von uns und den Besuchern des Theaters genannt wurde. Aber so weit war es noch nicht ..." Inga machte eine kurze Pause.

„Und wie seid ihr dann an die Villa herangekommen?", fragte Adrian neugierig, aber dennoch mit einiger Vorsicht, denn er wollte Inga nicht aus dem Konzept bringen. Er wollte unbedingt erreichen, dass sie weitererzählte.

„Erst einmal hatte Richard es mit Hilfe seiner guten Beziehungen zum damaligen Kulturdezernenten der Stadt irgendwie geschafft, dass er die Proben zu seinem Bartsch-Projekt in dem großen Ballsaal der Villa machen durfte. Kostenlos, verstand sich. Denn es gab im gesamten Gebäude zu dieser Zeit – außer vielleicht einem Dutzend ausgemergelter heimatloser Mäuse – nichts. Keine Heizung, keinen Strom, kein Wasser. Einfach gar nichts. Aber Richard fand, dass es als Probeort erst einmal genügen würde, zumal die Schauspieler ein Stück erarbeiten sollten, in dem ein Mörder seine Opfer in einer Höhle gefangen hält. Und dieser ungastliche Ort erschien ihm mehr als nur ein idealer Probeort zu sein. Wo am Ende die Premiere stattfinden sollte, würde sich noch zeigen, sagte er den Schauspielern immer wieder – wobei für ihn sicherlich der Premierenort längst feststand: nämlich genau dieser Ballsaal mit seinem morbiden Ambiente. Dort wollte er sein Stück über die Grausamkeiten der menschlichen Seele aufgeführt sehen. Und er erreichte es nach ein paar Wochen, dass der Strom für die Scheinwerfer, Heizöfen für den Zuschauerraum und sogar das Wasser für die

Toiletten wieder angeschlossen wurden. Und während er noch probierte, hatte er bereits die Zukunft des Ballsaals gedanklich durchgeplant. Jetzt bedurfte es nur noch eines glücklichen Zufalls und alles andere würde sich wie von allein finden. Und dieser Zufall tauchte kurz nach der Premiere in Form eines *Geschäftsmannes* aus der Nachbarstadt auf."
Die Art, wie Inga sich das Wort „Geschäftsmann" auf der Zunge zergehen ließ, signalisierte Adrian, dass sie ihn wohl ganz und gar nicht für einen ehrbaren Mann gehalten hatte.
Inga fuhr fort: „Dieser Mann fuhr also mit einem dunkelblauen Mercedes 600 zu seinem Antrittsbesuch beim Stadtoberhaupt vor. Jedoch ungeachtet dieser Tatsache, die zwar mit einigem Erstaunen registriert wurde, hatte er keine große Mühe, die Stadtväter von seinen lauteren Absichten zu überzeugen, aus diesem ungeliebten Gebäude innerhalb kürzester Umbauzeit ein über die Grenzen des Städtchens hinaus bekanntes Nobelrestaurant zu machen, zumal er glaubhaft versicherte, die entsprechenden Gelder bereits in der Tasche zu haben. Und schon bald waren die Vertragsverhandlungen zur allseitigen Zufriedenheit abgeschlossen. Der Mann bekam das Gebäude für einen Pachtzins von einer Mark. In rasantem Tempo begannen die Umbauarbeiten – und genau zu diesem Zeitpunkt begegnete Richard, bei welcher Gelegenheit, das weiß ich nicht mehr, diesem Bernhard Simsen, eben jenem *Geschäftsmann*. Richard stellte ihm sein Projekt zur Nutzung des Gebäudes vor und bereits nach ein paar Stunden stand das Konzept für ein Theater- und Kunsthaus mit angeschlossener Gastronomie."
Inga schaute Adrian an und sagte: „Ich muss, glaube ich, doch ein wenig ausholen, Adrian."
„Gern. Erzähl, so lange du magst!", erwiderte er und schob sich ein Kissen in den Rücken.
„Du musst wissen, Richard und ich lebten zu dieser Zeit noch in einer schrecklichen Altbauwohnung mit Kohleofen und dem Klo auf der halben Treppe, Caroline, wie gesagt, in einem schicken Apartment, sogar mit eigenem kleinen Garten. Ich begegnete ihr damals aber gar nicht so häufig, denn Richard vermied es,

uns allzu oft aufeinandertreffen zu lassen. Er wollte natürlich verhindern, dass sich die unvermeidlichen Eifersuchtsgefühle zu stark entwickelten, denn ich glaubte ihm trotz seiner beständigen Beteuerungen natürlich nicht, dass er mit dieser Caroline kein Verhältnis hatte. Er schwor sogar auf alles, was ihm heilig war. Ich weiß, dass er es bei Caroline auch so machte. Caroline und ich fanden das natürlich erst viel später heraus. Er hatte Caroline nämlich gesagt, dass er nicht mehr mit mir schlafen würde, seit er mit ihr zusammen sei. Das stimmte aber nur zum Teil. Manchmal hatten wir noch Sex, aber sicherlich viel seltener als früher. Er musste wohl in äußerste Bedrängnis durch uns Frauen geraten sein. So fuhr er also morgens gegen 9 Uhr von mir weg. Ich blieb zu Hause und arbeitete für mein Fernabi. Er fuhr zur Probe – was natürlich bedeutete, er fuhr zuerst einmal zu Caroline. Die wohnte ungefähr zwanzig Kilometer entfernt von unserer Wohnung. Er fuhr zu ihr, um sie abzuholen und dann mit ihr gemeinsam zur Probe zu fahren, denn er fuhr mittlerweile ihr Auto. Sie hatte es ihm überlassen, weil er doch den längeren Weg vom Probeort nach Hause hatte – was jedoch nicht so ganz stimmte, denn die *Burg* lag erheblich näher an unserer Wohnung als an Carolines. Egal, Richard hatte eben immer die besseren Argumente, warum etwas so und nicht anders zu sein hatte. Er hatte immer stichhaltige Gründe für sein Tun. Später erkannten wir, zu welchen Tricks er gegriffen hatte, um zu erreichen, was er erreichen wollte, doch damals waren wir zu blind, um sie zu durchschauen. *Schlimme Tricks*, so bezeichnete Caroline sie jedes Mal, wenn wir viele Jahre später zusammensaßen und über die Vergangenheit sprachen. Wir haben später häufig in unseren Erinnerungen gekramt und Stück für Stück versucht, das Puzzle zusammenzusetzen, das Puzzle unseres gemeinsamen Lebens."

„Also, was hat er denn nun genau gemacht, um euch beide doch noch zusammenzubringen?" Adrian goss sich ebenfalls ein Glas Rotwein ein und wartete darauf, dass Inga weitersprach. Sie saßen sich – jeder in einer Ecke des Sofas – gegenüber. Er betrachtete sie, wie sie so dasaß mit angezogenen Beinen und wortlos rauchte. Er fand, dass sie eine hübsche Frau war. Sie entsprach zwar nicht seinem bevorzugten Frauentyp, eigentlich mochte er eher Frauen mit langen blonden Haaren und rot lackierten Fingernägeln, doch er hatte sich eben verliebt in Inga und jetzt fragte er sich, wie sie wohl damals ausgesehen hatte. „Weißt du, ich habe damals wahrscheinlich mehr wie ein kleines Mädchen ausgesehen ...", hörte er Inga in seine Gedanken hinein sagen. „Richard nannte mich auch immer sein *Ingakind* oder *Kinde-Kind*. Ich habe das gar nicht gern gehabt, aber er liebte Verniedlichungen immer sehr. Ich glaube, das lag an seiner Mutter. Die musste ihn wahnsinnig vergöttert haben. Einmal erzählte Richard mir, dass sie ihn ganz oft in ihr Bett geholt hätte, wenn er nicht schlafen konnte. Auch noch, als er schon älter war. Und sie hätte seine Begabungen und seine Intelligenz in einem enormen Maße gefördert, ja, es wäre sogar so weit gegangen, dass sie der festen Auffassung war, ein Wunderkind zu haben. Richard übersprang in der Grundschule eine Klasse und entwickelte sich zu einem fast unerziehbaren Jungen. Er erzählte mir einmal, dass er – außer für seine Mutter – nur Verachtung für den Rest seiner Familie empfunden hätte, dass er die Enge und Miefigkeit dieses kleinen pfälzischen Dorfes, in dem er aufgewachsen war, kaum hätte ertragen können und dass seine Mutter ihn, weil er eben so anders als seine übrigen Klassenkameraden gewesen sei, von einem Psychiater zum nächsten geschleift hätte. Man hätte Tests mit ihm gemacht und ihm sei ein weit überdurchschnittlicher IQ bescheinigt worden. Seine Mutter wäre trotzdem immer nur auf Unverständnis in ihrer Familie gestoßen, denn die hielt ihren geliebten Sohn schlichtweg für unerzogen und verwöhnt, sodass sie ihn – aus welchen Gründen, das konnte auch Richard mir nicht erklären – fortwährend mit Beruhigungsmitteln vollgestopft hätte. Sie hatte ihn somit schon in ganz jungen Jahren tablettenabhängig gemacht. Er erzählte mir irgendwann einmal, dass seine Mutter ihm eines Tages – wie jeden Morgen – seinen Kakao zubereitet hätte, der aber recht seltsam geschmeckt hätte, anders als normalerweise. Nach einer Zeit sei ihm ganz übel ge-

worden. Er sei dann wohl ohnmächtig geworden und als er aus seiner Ohnmacht wieder erwachte, so erzählte Richard, da hätte sein Kopf in der Backröhre des Ofens gelegen und das Gas wäre angestellt gewesen. Seine Mutter hatte also versucht, ihr eigenes Kind und dann sich selbst zu töten! Ist das nicht der Wahnsinn schlechthin? Und sie gab ihm nur die eine Erklärung, nämlich dass er zu schade für diese Welt wäre und dass ihn die Menschen wegen seiner Genialität sein Leben lang nur hassen würden. Und diesen Gedanken könne sie nicht ertragen, denn sie wäre nicht immer da, um ihn zu beschützen. Dieses Erlebnis hätte sich als erste tiefe Verwundung in seiner Seele festgesetzt und das wäre auch die Erklärung dafür, warum er von da an keinem Menschen mehr wirklich vertraut hätte."
Adrian runzelte die Stirn und grinste. „Und so eine hanebüchene Geschichte hat dich nicht stutzig gemacht?"
„Stutzig oder nicht, das ist doch scheißegal, oder?", erwiderte Inga patzig. „Du wolltest etwas hören und dann erzähle ich dir was – und peng! Schon ist man die Blöde! Ich glaube, wir lassen das Thema lieber! Ich habe keine Lust, mich vor dir lächerlich zu machen. Mich hat es eben angerührt. Ich war eben so. Und Caroline war auch so! Aus! Basta!"
„Bitte, Inga, entschuldige! Natürlich ist man hinterher immer klüger. Nur wenn man so etwas hört, müssen sich einem doch die Nackenhaare aufstellen, oder etwa nicht? Sei doch mal ehrlich!", erwiderte er, indem er sich zu Inga hinüberbeugte und ihr sanft über die Wange streichelte.
„Du hast ja Recht. Nur mich wühlt es eben immer noch auf, ob ich will oder nicht. Es war halt eine ziemlich lange Zeit, die wir zusammengelebt haben", entgegnete Inga und versuchte, ihre Fassung wiederzufinden. „Lass uns vielleicht ein anderes Mal weiterreden! Im Übrigen, was hat Richard denn noch mit meinem Leben zu tun? Gar nichts! Absolut gar nichts!", sagte sie mit fester Stimme und beide beschlossen, das Thema nicht mehr weiterzuführen.
Nur kuschelte Inga sich in dieser Nacht noch enger an Adrian, als sie es normalerweise tat.

Kapitel XIII

Inga konnte einfach keinen Schlaf finden und nur der Blick auf Adrian, der ruhig atmend neben ihr schlief, hatte sie ihre Angst vergessen lassen. Jene Angst, ihr jetziges Leben, das sie mit ihm führte, könnte womöglich nur ein schöner Traum gewesen sein. Sie drückte sich ganz nah an ihn und schlang einen Arm fest um seine Schulter im Bewusstsein, dass, wenn sie ihn nur ganz festhielte, die alten Gespenster ihr nichts, überhaupt nichts mehr anhaben könnten.

Adrians Frage, wie Richard es nun eigentlich geschafft hätte, sie und Caroline zusammenzubringen, ließ ihr keine Ruhe. Sie schlich sich leise aus dem Bett und ging hinüber ins Wohnzimmer. Dort setzte sie sich auf das Sofa. Sie zog ihr langes Nachthemd über die Knie, öffnete erneut die rote Mappe und begann, eine Seite mit der Überschrift *„Ingas Erinnerungen an die Zeit vor Carolines Erscheinen – Ingas Plan"* zu lesen.

Kapitel XIV

Ingas Erinnerungen an die Zeit vor Carolines Erscheinen – Ingas Plan

Inga sah sich in Gedanken in ihrer gemeinsamen Wohnung zusammen mit Richard, wie sie an dem kleinen weiß lackierten Küchentisch sitzend für ihr Fernabitur lernte. Damals plagte sie sich wieder mit Mathematik, Physik und all den anderen Fächern herum, die sie früher im Gymnasium bereits abgewählt hatte. Sie hatte die Schule einen Monat vor Beginn der Abiturprüfungen verlassen. Nun – mehr als ein Jahr später – ärgerte sie sich über ihren eigenen Starrsinn. Sie hatte sich damals mit jedem ihrer Lehrer angelegt. Und warum? Diese Lehrer hatten sich für ihr Empfinden in abfälliger Weise über Richards und ihren Lebenswandel geäußert. Sie hatten Richard als „Kommunist" und „Störenfried" bezeichnet. So einer hätte in einem sauberen Städtchen wie dem ihren nichts zu suchen. Er solle doch schleunigst wieder zurück nach Hamburg gehen. Dort wären solche Elemente am richtigen Platz. Zwischen Nutten und Zuhältern würde ein Richard Winzer gar nicht auffallen. Und wie sich ein Mädchen aus gutem Hause überhaupt mit einem solchen Chaoten wie Winzer einlassen könne. Inga hatte einige dieser Lehrer daraufhin als „Nazis" und „Gauleiter" beschimpft und Richard geheiratet. Damit fand ihre Schulkarriere dann auch ein schnelles Ende. Sie musste die Schule verlassen. Ein Prozess wegen Beamtenbeleidigung folgte. Sie wurde zu einigen Tagessätzen verurteilt und ansonsten wurde das Verfahren eingestellt. All das hatte sie nur getan, um sich mit Richard, ihrer großen Liebe, zu solidarisieren. Und nun war eine andere Frau in ihr Leben getreten, von der eine Gefahr ausging, das hatte sie schon bei ihrer ersten Begegnung im Theater gespürt. Und Richard hatte ihr auch sehr bald gestanden, diese Frau zu lieben. Und sie, Inga, hatte gedacht: ‚Ich will die nicht in unserem Leben! Bitte, Richard, schick sie weg', hatte sie ihn insgeheim angefleht. Aber Derartiges wirklich auszusprechen, hatte sie nicht den Mut gehabt. Und nach einiger Zeit wagte Richard es sogar, in ihrer Gegenwart zu behaupten, dass auch sie, Inga, Caroline sehr mögen würde.

Wieso eigentlich? Wegen ihrer gelegentlichen Zuneigung zu Frauen vielleicht?

Ja, natürlich! Richard nutzte jede auch nur so dahingesagte, unüberlegte Bemerkung für seine Zwecke schamlos aus. Sicher hatte sie, wie wohl viele Mädchen ihres Alters, eine Busenfreundin, so wie ihre damalige Freundin Simone. Nachdem sie sich mit ihren Eltern gestritten hatte und von zu Hause ausgezogen war, nahmen Inga und Richard sie für eine gewisse Zeit bei sich auf. Dann konnte es auch einmal passieren, dass man eben in einem Bett schlief, entweder zu zweit oder auch zu dritt. Es war Winter und der einzig funktionierende Kohleofen befand sich nun mal in ihrem Wohnzimmer. Und dort stand eben auch ihr gemeinsames Bett! Aber sie war nicht lesbisch, wie Richard es gern in der Öffentlichkeit darstellte. Nein, wirklich nicht! Er

benutzte diese Behauptung nur immer gern, um aller Welt plausibel zu machen, warum es für Inga eben gar kein Problem darstelle, dass er nun auch noch eine andere Frau, nämlich diese Caroline, liebe. Und Inga hatte damals einfach nicht die nötige Durchsetzungskraft, sich gegen Richard zur Wehr zu setzen oder einfach zu sagen: Na und? Nur weil ich meine Freundin Simone gernhabe, bin ich noch lange nicht lesbisch! Und wenn schon? Das geht niemanden was an! Denn im Grunde war sie ziemlich stolz darauf, mit Richard ein so freies Leben, das kaum Regeln oder Tabus kannte, führen zu können. Und genau aus diesem Grund widersprach sie Richard nicht.
Aber seit Caroline in ihr Leben getreten war, hatte sich alles für sie verändert. Caroline war keine Freundin aus Schülertagen. Sie war eine erwachsene Frau von 29 Jahren mit einer gewissen Ausstrahlung auf Männer und der entsprechenden Lebenserfahrung. So saß Inga oft, wenn Richard sie mal wieder für Stunden allein zurückgelassen hatte, über ihren Büchern und weinte. Ihr Leben hatte sich so sehr verändert. Richard war ihr fremd geworden und sie fühlte sich einsam und hatte Angst, ihn ganz zu verlieren.
Natürlich musste er das Haus verlassen, um ihren Lebensunterhalt zu verdienen. Doch was hatte diese Frau mit ihrem Leben zu tun? Wieso hatte Richard sie überhaupt so nah herangeholt? Sie, Inga, hatte doch alles für ihn aufgegeben: ihre Familie, ihre Freunde und sogar die Schule! Überhaupt alles eben! Und sie fühlte sich Caroline unterlegen. Sie kam sich in ihrer Gegenwart klein, blass und unscheinbar vor. Und so sehr sie sich auch bemühte, Caroline zu verdrängen, sie hatte keine Chance, denn Richard schien auf sie angewiesen zu sein. Zum einen war Caroline wohlhabend und zum anderen inspirierte sie ihn wohl auch im Theater. Sie war einfach für ihn unentbehrlich geworden und manchmal ertappte sie sich sogar dabei, auch so etwas wie Zuneigung für sie zu empfinden, um sie aber schon bei der nächsten Gelegenheit am liebsten zu erwürgen.
Diese Gedanken kamen Inga meist dann, wenn Caroline auf diese selbstverständlich lässige Art zum x-ten Male ihr Scheck-

buch aus der Tasche zog und das sündhaft teure Essen bezahlte, das sie soeben in einem dieser vornehmen Restaurants in Düsseldorf oder Köln zu sich genommen hatten. Allein das Trinkgeld, das Caroline dem Kellner gab, hätte Inga ausgereicht, um für den nächsten Tag das Notwendigste zum Essen einzukaufen, denn ihr Kühlschrank war meist ziemlich leer. Aber diese Caroline hatte eben immer Geld! Sie kannte keine Not, so wie Inga sie in den letzten Monaten kennengelernt hatte. Caroline wusste auch nicht, wie man mit einen Gerichtsvollzieher redet, um ihn auf den nächsten Ersten zu vertrösten. Caroline waren solche Dinge schlichtweg fremd. Für sie war es beispielsweise unbegreiflich, die Telefonrechnung oder gar den Strom nicht bezahlen zu können und dass man dann eben zwangsläufig ohne Telefon im Dunklen saß. Erst jetzt lernte Caroline solche Dinge kennen. Bei ihnen! Bei Richard und ihr!

Richard und sie hatten eigentlich nie Geld – außer am Monatsanfang, bevor die anstehenden Raten fällig wurden. Dann war das Konto schnell wieder überzogen und der Monat mal wieder so endlos lang. Dann blieben ihnen zum Leben meist nur ein paar hundert Mark. Obwohl Richard gar nicht schlecht verdiente zu dieser Zeit, hatten sie nie genug Geld, um den Monat vernünftig zu überstehen. Manchmal ging Inga in ihrer Not zu ihrer Bank und bettelte den Filialleiter, der ein guter Bekannter ihres Vaters war, beide saßen im Kirchenvorstand, um eine kurzfristige Erhöhung ihres Dispokredits an. Dann war der Monat erst einmal wieder gerettet. Aber sie wollte nicht klagen, seit Caroline da war, ging es ihnen auch viel, viel besser. Beinahe jeden Abend kam Richard mit einem 50-Mark-Schein nach Hause. Dann lud er Inga manchmal noch spät am Abend in die Pizzeria an der Ecke ein. Sie durfte dann sogar ein Glas Rotwein trinken, denn normalerweise verabscheute Richard es, wenn sie Wein trank. Er bemerkte wohl auch, dass das viele Alleinsein sie immer depressiver zu machen schien – und depressive Frauen waren für Richard schlichtweg ein Gräuel! Also musste er schnellstens eine Lösung für diese Situation finden, denn er machte sich Sorgen um Inga.

Jeden Morgen, bevor er das Haus verließ, um zuerst zu Caroline und dann zur Probe zu fahren, stritten sie sich unerbittlich oder Inga stand weinend am Fenster und sah, wie Richard in Carolines Auto stieg und davonfuhr, ohne sie überhaupt gefragt zu haben, ob sie nicht wieder einmal bei einer Probe dabei sein wolle, so wie es früher, als sie gemeinsam in Hamburg Theater gemacht hatten, immer gewesen war. Dort war sie bis spät in die Nacht bei jeder Probe dabei gewesen, führte penibel das Probebuch und kümmerte sich ansonsten vorwiegend um Richards persönliches Wohl. Nach der Probe gingen sie dann noch mit der gesamten Truppe ins „Dorf". Doch nun hatte Richard sie ausgesperrt von all dem und sie fühlte sich wie eine Gefangene. Sie weinte viel und war einfach nur noch unglücklich. Auch ihre Abiturvorbereitungen gingen ihr nicht mehr so leicht von der Hand. Sie war zu unkonzentriert. Sie verbrachte die meiste Zeit des Tages damit, darüber nachzudenken, was Richard wohl gerade tat, ob er mit Caroline schlief, warum er sie überhaupt betrog und warum Richard sie derart vernachlässigte und allein ließ.
Wenn er dann spät in der Nacht zurückkehrte, war sie derart erschöpft, dass sie meist schon eingeschlafen war. Und am nächsten Morgen begann alles wieder von Neuem. Sie machte ihm Vorwürfe, nannte ihn einen „ignoranten Menschen" und löcherte ihn mit Fragen über seine Beziehung zu Caroline. Dann weinte sie wieder oder sie schrie und weinte gleichzeitig.
Richard zog sich auf seine Liebe zu ihr zurück und beteuerte seine Unschuld. Er hätte außer einer rein künstlerischen keinerlei Beziehung zu Caroline. So schwor er bei allem, was ihm heilig war, sie niemals zu verlassen – und er verließ das Haus wie jeden Morgen.
Doch Richard störten diese Probleme natürlich sehr. Sie beeinträchtigten seine Konzentration auf die Arbeit. Er musste eine Lösung finden für diesen Zustand. Aber wie konnte die Lösung aussehen? Er dachte in dieser Zeit viel, sehr viel nach. Insgeheim legte er sich wohl einen Plan zurecht. Dieser Plan basierte darauf, dass sich beide Frauen, wie er anfangs gehofft hatte, an-

freunden würden. Doch genau das Gegenteil passierte. Sie betrachteten sich gegenseitig als erbitterte Rivalinnen, auch wenn sie sich bei gelegentlichen Treffen darum bemühten, gute Miene zum bösen Spiel zu machen. Doch kaum sprach er mit einer allein, wurde er mit Vorwürfen und Ultimaten nur so überhäuft. Dann verlangte die eine von ihm, dass die andere verschwinden müsse, dass er sich endlich zwischen ihnen entscheiden müsse. Er war verzweifelt, denn Richard konnte sich weder von Inga trennen noch auf Caroline verzichten. Also beschloss er, diese Situation des Misstrauens und der Anschuldigungen noch zu verstärken, die beiden Frauen quasi zu Erfüllungsgehilfen seines Plans zu machen. Sie würden bald kapitulieren müssen im Angesicht eines Mannes, der von zwei Frauen hin und her gezerrt wurde und daran zu zerbrechen drohte. Also musste er seinen Plan schnellstens in die Tat umsetzen – und zwar mit aller Härte und Konsequenz, denn auch er selbst konnte den bestehenden Zustand nicht mehr länger ertragen.

Nach der Premiere des Jürgen-Bartsch-Stückes gab es für Richard eigentlich keinen Grund mehr, jeden Morgen zu Caroline zu fahren, denn zu den Abendvorstellungen hätte er nicht vor 18 Uhr das Haus verlassen müssen. Richard erfand jedoch immer wieder Gründe, die gemeinsame Wohnung ohne Inga zu verlassen, um Caroline möglichst schon früh besuchen zu können.

Die täglichen Auseinandersetzungen zwischen Inga und Richard hatten die Grenze des Erträglichen längst überschritten und so weigerte Inga sich an diesem Morgen, wieder für den Rest des Tages allein zu bleiben. Richard spürte, dass nun der Zeitpunkt gekommen war, den Bogen nicht weiter zu überspannen, deshalb schlug er vor, dass sie noch ein, zwei Stunden lernen sollte, während er Caroline abholte, und sie dann zu dritt einen schönen Nachmittag mit viel „Rumfahrerei" im Auto machen und anschließend noch etwas richtig Gutes „schmackofatzen" gehen würden.

„Aber wir haben doch gar kein Geld mehr, Richard!", hatte Inga mit tränenerstickter Stimme geantwortet.

„Kinde-Kind, lass das mal meine Sorge sein! Es wird ein ganz, ganz schöner Nachmittag für mein Ingakind, das verspreche ich dir!", erwiderte er und strich ihr liebevoll über den Kopf.
„Ich will aber nicht mit Caroline herumfahren, verstehst du? Ich will mit dir alleine etwas unternehmen, Richard!", jammerte Inga.
„Bitte, Inga, wir machen uns einen richtig schönen Tag allein – nächste Woche, wenn du willst, ja? Aber heute unternehmen wir mal etwas gemeinsam. Weißt du, Caroline hat auch richtig viel gearbeitet in den letzten Wochen. Sie will auch mal was anderes sehen als immer nur das Theater und ihre Wohnung. Das Stück zehrt auch sehr an ihren Kräften. Bitte, Schatzekatz, wir haben heute keine Vorstellung, sei lieb! Mach dich hübsch und in zwei Stunden holen wir dich dann ab!" Damit nahm er Inga in die Arme und strich ihr wie einem Kind über den Kopf.
Und tatsächlich, es schien zu wirken. Sie beruhigte sich und versprach, in zwei Stunden startklar zu sein.
„Also, bis gleich und schön arbeiten, hörst du? Nicht wieder faulenzen oder grübeln! Versprichst du mir das, Ingakind?" Ohne Ingas Antwort abzuwarten, war er bereits mit ein paar schnellen Sprüngen die alte dunkelrot gestrichene Holztreppe im Hausflur hinuntergelaufen.
Inga ging zum Fenster, so wie jeden Tag. Sie sah, wie er die Autotür aufschloss, sich hinter das Lenkrad zwängte, gefühllos den Motor aufheulen ließ und davonfuhr. Ein Mal hupte er noch, streckte wie immer seinen Arm aus dem Seitenfenster als Gruß an sie – und fort war er.
An das, was dann passierte, konnte Inga sich später nur noch schemenhaft erinnern. Sie wusste nur noch, dass sie einen Weinkrampf bekam, als sie Richard davonfahren sah. Sie warf sich auf das Bett und das Weinen wollte und wollte nicht aufhören.
Das Nächste, an das sie sich wieder erinnerte, war, dass sie mit Handschellen gefesselt auf einem Bett lag, das nicht ihres war. Neben ihr saß Richard und schaute sie mit einer Mischung aus Ekel, Wut und Angst an.

"Sag mal, du bist wohl völlig verrückt geworden, Inga?! Wie kannst du mir so etwas nur antun?", raunte er ihr entgegen. *Dann schwieg er für eine lange Zeit.*
Inga nahm ganz entfernt Geräusche wahr. Ihr Kopf fühlte sich dumpf an und schmerzte. Ihr war übel und sie hatte Angst, sich übergeben zu müssen. Ihr Magen rebellierte und sie fühlte sich schwach und elend. Sie versuchte, die Augen offen zu halten, doch es war zu anstrengend.
Plötzlich bemerkte sie etwas sehr Kaltes auf ihrem Gesicht. Sie erschrak und zuckte zusammen.
"Ist nur ein Waschlappen, keine Panik!", hörte Inga eine Stimme im Hintergrund sagen. "Es wird wohl besser sein, ich hole zur Sicherheit einen Eimer, falls sie wieder brechen muss, Richard!"
"Ja, mach das! Sie ist in einem jämmerlichen Zustand. Wir müssen gut auf sie aufpassen! Sie ist noch nicht wieder richtig bei sich."
"Glaubst du nicht, dass wir ihr die Handschellen jetzt mal abnehmen können?", fragte Caroline unsicher und setzte sich neben Richard auf die Bettkante. Caroline sah bleich und sehr abgespannt aus. Das kurz geschnittene Haar stand ihr wirr nach allen Seiten vom Kopf ab und sie zog hastig an ihrer Zigarette.
"Nein, ich glaube nicht", gab Richard nur knapp zur Antwort.
"Aber sie ist doch wieder ganz ruhig! Ich glaube nicht, dass sie noch mal so toben wird wie vorhin, oder?"
"Das weiß man bei so Wahnsinnigen nie", gab er jedoch nur grob zur Antwort.
Richard und Caroline hatten Inga in Carolines Wohnung gebracht, sie dort in deren Bett gelegt und Richard hatte ihr zur Sicherheit Theaterhandschellen um beide Handgelenke gelegt. Er hatte solche Angst, dass sie sich in einem unbeobachteten Moment doch noch etwas antun könnte. Er fühlte sich wie ausgebrannt. "Ich hätte nie geglaubt, dass sie zu so etwas fähig sein könnte."
"Aber sie wollte sich ja nicht wirklich umbringen", flüsterte Caroline.
"Ja, du hast Recht. Denn wenn sie es wirklich vorgehabt hätte,

dann wären wir mit Sicherheit zu spät gekommen. Da sie aber wusste, wann wir sie abholen würden, hat sie es so genau planen können. Kurz nachdem ich losgefahren war, hat sie sich wahrscheinlich auf den Weg gemacht, um den Rotwein zu kaufen. Und da wir kein Geld mehr im Haus hatten, muss sie wohl zuerst die Pfandflaschen eingesammelt haben, um sie dann an der Trinkhalle gegenüber einzutauschen. Danach ist sie in die Pizzeria an der Ecke gegangen und hat sich den Wein gekauft. Musste wohl ein guter sein. Der von der Bude hätte es nicht getan!", sagte Richard bitter und fuhr fort: „Sie wollte mir eine Lektion erteilen, verstehst du, Caroline? Die Rechnung präsentieren. Ja! Und das ist ihr auch gelungen – und zwar zu hundert Prozent!" Dabei sah er sie mit leidvollem Blick an.
Ein kleines Wimmern ließ Richard verstummen. „Nicht gewollt ... wirklich nicht gewollt ...", winselte Inga mit schwacher Stimme. Dabei hatte sie versucht, sich aufzurichten, war aber sofort wieder in die Kissen zurückgefallen.
„Ist ja gut, Inga! Schon gut, Kinde-Kind!", sagte Richard in liebevollem Ton, doch seine Augen schauten keineswegs liebevoll auf sie herab. In seinem Innersten rang er um Beherrschung. Am liebsten hätte er sie bei den Schultern genommen, geschüttelt und ihr entgegengeschrien: Was fällt dir eigentlich ein, mir so etwas anzutun? Wie kannst du es wagen, dich umbringen zu wollen? Du willst mich nur für den Rest meines Lebens erpressen können, dass ich nur für dich lebe, was? Das war es doch, was du mir zeigen wolltest! Dass du dich sonst umbringst, wenn ich nicht mache, was du willst! Sicher habe ich dich zu viel allein gelassen, habe dir in der letzten Zeit einiges zugemutet, doch es war doch auch für dich! Ich baue eine Zukunft für uns auf, hast du das denn nicht verstanden? Ich würde dich doch niemals verlassen, das wusstest du doch genau! Du willst einfach nur alles kaputt machen! Ab jetzt werde ich nur noch in Angst und Schrecken leben, verstehst du das, Inga? Ich weiß nicht, ob ich dir das jemals werde verzeihen können!
All das hätte er ihr in diesem Augenblick wohl sagen wollen, doch was aus seinem Mund kam, klang warm und verständnis-

voll. Caroline erhob sich sacht und ging in die kleine Küche, die unmittelbar an den Wohnraum grenzte. Dort stellte sie einen Topf mit Wasser auf die Kochplatte, bereitete die Teekanne vor und wartete darauf, dass das Wasser kochte. Sie hatte keine Lust, zurück ins Wohnzimmer zu gehen, das mittlerweile wie ein Schlachtfeld aussah. Sie dachte darüber nach, dass Richard und sie Inga vor beinahe vier Stunden hatten abholen wollen.
„Mal einen richtig schönen Nachmittag zu dritt machen", hatte Richard lachend zu ihr gesagt. „Schön rumfahren im Auto. Kreuz und quer durch die Gegend", hatte er beschwingt hinzugefügt. Anschließend würde man irgendwo etwas essen gehen. Beim Inder in Düsseldorf vielleicht? Dort wären sie lange nicht mehr gewesen und Inga esse doch so gern indisch.
Als sie dann aber vor dem Haus ankamen und Richard wie immer bereits von der gegenüberliegenden Straßenseite lauthals „Iiiingaaa!" rief, damit sie ihm die Haustür aufdrückte, sie sich aber auch nach seinem dritten Rufen nicht rührte, war Richard gezwungen, nach seinem Haustürschlüssel zu suchen. Er konnte ihn natürlich nicht finden, da er ihn meist gar nicht erst mitnahm. Er wusste ja, dass Inga immer zu Hause war, um ihm die Haustür aufzudrücken. Also klingelte er nochmals Sturm. Als sich jedoch immer noch nichts tat, rief er und klingelte gleichzeitig. Doch wieder tat sich nichts. Von der Straße aus war zu sehen, dass in der gesamten Etage Licht brannte. Inga musste also zu Hause sein. Selbst wenn sie gerade auf der Toilette gewesen wäre, hätte sie Richards Rufen hören müssen!
Die untere Etage des Hauses wurde von einer Wohngemeinschaft bewohnt – und dort war meist jemand zu Hause. Also klingelte Richard bei denen, um wenigstens ins Haus zu kommen. Nach kurzer Zeit wurde der Türdrücker betätigt und einer der Bewohner erschien in einer weiten gestreiften Latzhose und mit mürrischem Gesichtsausdruck an der Wohnungstür. „Hast wohl schon wieder keinen Schlüssel dabei, Richard? Mann, was hättest du gemacht, wenn dir keiner aufgemacht hätte? Etwa immer weiter auf der Straße herumgebrüllt und mit den Füßen gestampft?"

Richard ignorierte das Gesagte. „Ich kam nicht ins Haus rein. Inga scheint zu schlafen und hat mich nicht gehört. Dank dir aber herzlich fürs Aufmachen, Anton!" Damit rannte er, jeweils zwei Stufen auf einmal nehmend, die Treppe hinauf, gefolgt von Antons wenig freundlich klingendem „Fuck off!".
„Komm schon, Caroline! Irgendwie ist das komisch! Hier stimmt was nicht! Beeile dich doch!" Mit diesen Worten war er auch schon die zwei Etagen hoch gelaufen und stand nun vor der Wohnungstür, die nicht abgeschlossen war.
Richard öffnete die Tür und trat ein. Caroline folgte ihm zögernd. In der gesamten Wohnung brannte Licht.
Richard rief: „Inga? Hallo? Wir sind's! Wo bist du? Warum hast du ..."
Er brach mitten im Satz ab, als er im Türrahmen des Wohnzimmers stand. Inga lag auf dem Bauch im Bett. Neben dem Bett befanden sich zwei umgekippte leere Weinflaschen und eine Schüssel mit Wasser. Eine Hand hing bis zum Handgelenk in dem Gefäß und Inga machte einen leblosen Eindruck.
Richard jagte den neben ihr schlafenden Hund aus dem Bett. „Hau ab, Mählein! Lauf schon!", fauchte er das Tier an, das eher unbeeindruckt von seiner Grobheit langsam davonschlich, um sich mit einem Grunzen unter dem kleinen weißen Küchentisch erneut niederzulassen.
Richard schrie: „Inga, was ist los mit dir? He, hörst du mich?" Er kniete sich neben das Bett, hob Ingas Oberkörper ein wenig an und zog sie auf seine Oberschenkel. Caroline hörte ein klatschendes Geräusch, gerade als sie den Raum betrat. Richard hatte Inga eine Ohrfeige gegeben. Sie öffnete die Augen und es schien, als ob für den Bruchteil einer Sekunde ein schwaches Lächeln über ihr Gesicht huschte. „Was hast du gemacht? Was hast du nur getan? Wir müssen sie wach kriegen, Caroline!", sagte er hektisch.
Caroline schaute zu den beiden hinunter, sie stand noch immer wie versteinert im Türrahmen. „Ich hole ein nasses Tuch fürs Gesicht!" Dabei bewegte sie sich aber keinen Zentimeter, sondern blickte wie gebannt auf Ingas Handgelenke. „Ich glaube

nicht, dass die Schnitte sehr tief sind. Schau mal, es sind nur kleine Ritze. Sie hat sich nur geritzt! Es ist ja auch fast kein Blut da! Nur ein paar Tropfen auf dem Laken. Wir müssen sie nur irgendwie wach bekommen! Ich glaube eher, dass sie völlig blau ist!" Mit diesen Worten drehte Caroline sich abrupt um und ging in die Küche. Sie tränkte ein Küchentuch mit kaltem Wasser und reichte es Richard.

Nach kurzer Zeit schien Inga wach zu werden und übergab sich. Danach sank sie jedoch wieder zurück in ihre Kissen und nur ganz allmählich kam sie wieder zu Bewusstsein. Doch je mehr sie zu erwachen schien, desto mehr wehrte sie sich auch gegen Richard – und plötzlich griff sie blitzschnell nach einem kleinen Messer, das neben einer der Weinflaschen lag. Weder Richard noch Caroline hatten es vorher bemerkt. Damit versuchte sie aufs Neue, sich an den Handgelenken zu verletzen.

Richard konnte ihr das Messer jedoch ohne Probleme entwinden und Inga begann zu schreien: „Du Schwein, lass mich in Ruhe! Lass mich doch einfach sterben! Du willst mich doch eh nicht mehr! Ich bin euch beiden doch nur noch im Weg! Haut doch beide ab und lasst mich hier verrecken! Du mieser Kerl! Ich bin deine Frau! Lass mich doch einfach sterben, dann bist du alle Sorgen los!" Sie schrie und weinte gleichzeitig. Dann – völlig unvermittelt – riss sie sich los und versuchte erneut, an das Messer zu gelangen, das Richard neben sich hatte auf den Boden fallen lassen, um sie besser festhalten zu können. Doch Caroline konnte es in letzter Sekunde mit dem Fuß in Richtung Küche schleudern.

„Mein Gott, tu doch etwas!", schrie Caroline Richard entgegen. „Wir haben gleich das ganze Haus auf dem Hals! Wenn die mitkriegen, was hier passiert ist, rufen die womöglich noch die Polizei – und die bringen Inga ins Krankenhaus! In die psychiatrische Abteilung, Richard! Tu endlich was! Beruhige sie doch, die ist ja völlig hysterisch! Habt ihr kein Beruhigungsmittel im Haus? Du schluckst doch ständig so ein Zeug!"

„Geh ins Arbeitszimmer! In der linken Schublade des Schreibtisches ist eine Packung Schlangenbomben!", entgegnete Ri-

chard mit sehr ruhiger Stimme, wobei er Inga fest umklammert hielt. Sie konnte sich nicht mehr bewegen.
„Was sind Schlangenbomben, Mann? Ich weiß es nicht! Wie sehen die denn aus?", rief Caroline fassungslos.
„Da liegt nur eine Packung Tabletten. Bring sie einfach her! Jetzt beeile dich schon!"
Richard strich Inga beruhigend über Kopf und Stirn und für einen Augenblick hatte er den Eindruck, als beruhige sie sich. Doch noch bevor Caroline mit den Tabletten zurückkam, versuchte Inga sich aus Richards Griff zu befreien. Sie bekam seine Hand zu fassen und biss kräftig hinein. Richard schrie auf vor Schmerz und ließ sie los. Inga versuchte nun, aus dem Bett zu entkommen, doch er packte sie mit der anderen Hand und umklammerte ihr rechtes Fußgelenk, sodass sie hinfiel.
In diesem Moment kam Caroline zurück. Sie ließ die Schachtel mit den Tabletten fallen, um ihm zu Hilfe zu kommen, doch Inga trat wie wild um sich, konnte sich irgendwie befreien und stürzte zu einem der Fenster. Doch noch bevor sie es öffnen konnte, waren Richard und Caroline bei ihr und rissen sie zu Boden.
Inga wimmerte: „Lasst mich doch in Ruhe! Lasst mich doch! Ich will nicht mehr so leben! Ich kann nicht mehr!" Damit sank sie erschöpft in sich zusammen. Ihr ganzer Körper zitterte.
Richard hob sie auf und trug sie zurück ins Bett. Nach einer halben Stunde, in der sie keinen weiteren Versuch unternahm, sich etwas anzutun, zu schlagen oder zu beißen, wagte Richard es vorsichtig, ihr eine in Wasser aufgelöste Tablette einzuflößen. Nach einiger Zeit wurde Inga tatsächlich ruhiger und nach einer weiteren halben Stunde beschloss Richard, sie erst einmal aus der Wohnung zu schaffen und die Entwicklung in Carolines Wohnung abzuwarten.
Es war eine grauenhafte Situation. Richard trug Inga – in eine Wolldecke eingepackt – die Treppen hinunter ins Auto. Und so fuhren sie auf dem schnellsten Wege in Carolines Wohnung. Dort legten sie Inga in Carolines Bett und hofften, dass sie erst einmal eine Zeit lang schlafen würde.

Kapitel XV

Der Kessel mit dem Teewasser pfiff laut und metallisch. Caroline hatte wie erstarrt in ihrer Küche gestanden, die Hände auf das Spülbecken gestützt. Sie hatte einfach nur dagestanden und auf den Wasserkessel gestarrt. Jetzt erschrak sie über den schrillen Ton, der aus der Pfeife ertönte. Sie merkte, wie geschafft und ausgebrannt sie sich fühlte. ‚Das habe ich nicht gewollt', dachte sie immer wieder. ‚Ich wusste doch nicht, dass Inga so leidet! Richard hat niemals etwas darüber gesagt. Er hat immer nur gesagt, wie sehr Inga mich doch mögen würde!'
Das allerdings hatte sich Caroline nicht wirklich vorstellen können, hatte es wahrscheinlich aus Bequemlichkeit aber so hingenommen, zumal Richard ihr unzählige Male gesagt hatte, dass sie sich keinerlei Sorgen über ihre gemeinsame Zukunft machen solle. Er werde sich von Inga trennen, sobald sie auf eigenen Beinen stehen könne. Wenn sie erst einmal ihr Abitur in der Tasche hätte, dann würde sich alles andere schon finden. Nur bevor sie das nicht geschafft hätte, könne und wolle er sie nicht allein lassen. Beim Studium würde sie sicherlich einen netten jungen Medizinstudenten kennenlernen und dann wäre die Trennung für sie sowieso nur halb so schlimm.
Caroline war mit dieser Erklärung erst einmal zufrieden gewesen, denn es war ihr sowieso unverständlich, warum ein junges Mädchen von gerade einmal 18 Jahren überhaupt mit einem so viel älteren Mann zusammen sein wollte. Nun allerdings war ihr schmerzlich klar geworden, dass sie sich allzu leichtfertig mit Richards Erklärungen zufrieden gegeben hatte. Und jetzt befand sie sich mitten in einer schrecklich verfahrenen Situation. Ihr war so übel. Sie glaubte, sich übergeben zu müssen. Und sie beschloss, sobald es Inga besser ginge, diese ganze Beziehung ein für alle Mal zu beenden. Sie würde die beiden in Ruhe lassen. Nein, so etwas hatte sie wirklich nicht gewollt! Sie würde mit Richard reden müssen, ihm sagen, dass sie keinerlei Kontakt mehr zu ihm haben wolle. Sie würde in ihr altes Leben zurückkehren, in das Leben, das eine bestimmte Ordnung ge-

habt hatte, in dem sie einen Mann für sich allein gehabt hatte, in dem die Dinge geregelt waren. Ohne Lügen, Angst und ohne Betrug am anderen. Eine Welt, in der es keine so schlimmen Dinge wie Selbstmord gab. Das nahm sie sich ganz fest vor an diesem Abend in der kleinen Küche ihres neuen Apartments.
Sie nahm das Teesieb aus der Kanne, stellte drei Tassen auf ein Tablett und ging damit ins Wohnzimmer. Das Zimmer lag im Halbdunkel, nur in einer Ecke des großen Raumes brannte eine Tischleuchte mit blauem Schirm. Überall lagen Kleidungsstücke herum – hier ein Turnschuh, dort ein Pullover, an anderer Stelle die Jacken. Und überall standen Aschenbecher, die nur so von Zigarettenstummeln überquollen. Schmutzige Tassen und Gläser standen auf einem Beistelltisch. Und in all dem Chaos lag dieser Hyänenhund mit Namen Mählein. Er hatte es sich auf einer der Jacken gemütlich gemacht und schleckte sich die Pfoten. Caroline hatte diesen eigenartigen Hund von Anfang an nie besonders leiden mögen. Schon allein seines Geruches wegen nicht. Das Mählein roch so streng nach altem Hund und dazu verlor es eine Unmasse von Haaren überall. Es war ihr ein Gräuel, mit ansehen zu müssen, wie ihre Wohnung, die sie erst vor kurzer Zeit mit so viel Liebe eingerichtet hatte, innerhalb von ein paar Stunden nur noch einer stinkenden Müllhalde glich.
Sie trug das Tablett zu Richard, der neben Inga auf der Bettkante saß. Richard hatte ihr mittlerweile die Handschellen abgenommen und Inga saß aufrecht im Bett. Sie sah schrecklich aus. So weiß und irgendwie durchsichtig. Caroline stellte das Tablett außerhalb von Ingas Reichweite auf den Boden, schenkte alle Tassen voll und reichte Richard eine hinüber. Er hielt sie für einige Minuten in der Hand, bevor er sie Inga gab. Doch sie war noch nicht in der Lage, sie selbst zu halten, deshalb hielt Richard sie an ihren Mund. Der Tee schien ihr gutzutun.
Nach kurzer Zeit fragte sie mit leiser Stimme: „Kann ich eine Zigarette haben? Ich mache nichts mehr. Mir ist so elend. Bitte entschuldigt. Ich schäme mich so sehr. Bitte, Richard, gib mir eine Zigarette!"
Richard zündete ihr eine Zigarette an, doch er war immer noch auf

der Hut vor einem möglichen Angriff. Doch Inga unterließ jeden weiteren Versuch. Sie schien wieder klar im Kopf zu werden.
Die nächsten Stunden verbrachten Richard und Caroline damit, Ingas Schlaf zu bewachen. Sie musste sich ausschlafen und dann würde man weitersehen.
Caroline hätte auch gern ein wenig geschlafen, doch sie war zu aufgeregt und übermüdet, sodass an Schlaf nicht zu denken war.
Die Nacht verging langsam. Richard und sie redeten im Flüsterton über die vergangenen Stunden und Caroline vermied es, mit Richard über ihre Entscheidung zu sprechen. Sie würde damit noch warten – so lange, bis Richard und Inga wieder in ihre Wohnung zurückgekehrt wären, bis vielleicht endlich ein wenig Ruhe eingekehrt wäre.
Am folgenden Morgen meldete sich das Mählein mit heftigem Ohrenschütteln und wollte ausgeführt werden. Caroline bot sich an, den Spaziergang zu übernehmen. Richard blieb indes bei Inga. Er wollte da sein, wenn sie aufwachte.
Nach einer halben Stunde kehrte Caroline zurück. Sie hatte Brötchen mitgebracht und bereitete das Frühstück zu. Inga durfte in Richards Begleitung duschen gehen. Nach einiger Zeit kamen beide gemeinsam aus dem Badezimmer. Inga sah besser aus und hatte Carolines Bademantel an.
Es war ein ziemlich wortkarges Frühstück. Jeder der drei Menschen hing wohl seinen Gedanken nach.
„Ich möchte nach Hause, Richard. Bringst du mich bitte nach Hause?", sagte Inga nach einer Weile.
„Ja, ich denke, das wäre wohl das Beste. Zieh dich an und dann fahren wir sofort!", erwiderte Richard und beobachtete, wie Inga ihre Sachen zusammensuchte und sich anzog. Dabei schwankte sie noch ein wenig. Sie war immer noch unsicher auf den Beinen. Richard half ihr in den Mantel und sie hakte sich bei ihm unter.
„Caroline, ich melde mich später bei dir. Bleib bitte erreichbar, ja? Ich rufe dich an. Kann ich dein Auto nehmen?", fragte er, ohne ihre Antwort abzuwarten.

„Klar doch! Wie immer!", erwiderte Caroline kurz. Sie war einfach nur froh, die beiden endlich los zu sein. Sie wollte aufräumen und sich dann erst einmal gründlich ausschlafen, diesen bösen Traum einfach vergessen. „Lass mich auch erst einmal ein bisschen ausruhen! Ich werde dich dann anrufen, sobald ich wach bin, Richard! Bitte!", sagte sie, als Richard die Beifahrertür hinter Inga ins Schloss fallen ließ.
„Es wird alles gut werden, vertrau mir! Ich liebe dich, Caroline!", flüsterte er ihr zu. „Ruh dich schön aus! Wir reden dann später. Inga wird sich beruhigen. Sie macht so etwas nie wieder, das verspreche ich dir!" Damit setzte er sich hinter das Steuer, ließ den Motor an und fuhr langsam los. Er schaute sich diesmal nicht zu ihr um, so wie sonst, wenn er von ihr fortfuhr. Diesmal hatte er ein anderes Problem zu lösen. Nur das alte Mählein schaute träge aus dem Rückfenster.
Caroline schloss die Wohnungstür hinter sich. Erschöpft lehnte sie sich an die geschlossene Tür und blickte auf das Schlachtfeld, das sich vor ihr ausbreitete. Es roch nach einem Gemisch aus kaltem Zigarettenrauch, Erbrochenem und Trostlosigkeit. Sie öffnete die großen Glastüren, die in den Garten führten, holte tief Luft und beseitigte so gut es eben ging das Chaos. Danach ging sie duschen und legte sich in ihr frisch bezogenes Bett. Doch trotz der bleiernen Müdigkeit, die sie spürte, schlief sie nur sehr schwer ein. Ihre Gedanken tanzten. Sie drehten sich im Kreis. Was sollte sie nur tun? ‚Wie komme ich da wieder raus?', fragte sie sich. Warum hatte sie sich auf so einen Wahnsinn überhaupt eingelassen? Sie musste verrückt gewesen sein. Zwei Frauen und ein Mann, das war unnatürlich! Nur Richard hatte in den letzten Wochen mit so viel Energie ihre Zweifel an der Richtigkeit einer solchen Beziehung zerstreut, dass sie davon überzeugt gewesen war, das Richtige zu tun. Doch nach diesem Vorfall waren all ihre Befürchtungen schlagartig wieder da. Mit der gleichen Intensität wie am Anfang. Nur diesmal würde sie sich auf gar keinen Fall mehr vom Gegenteil überzeugen lassen.
Welchem Trugschluss sie damit aufgesessen war, würde sie

aber schon bald erleben, denn Richard wusste wohl, dass nun genau der richtige Zeitpunkt gekommen war, seinen Plan, Inga und Caroline endlich zusammenzubringen, in die Tat umzusetzen. Beide waren nervlich an einem Punkt angelangt, der ihn zum schnellen Handeln zwang. Inga quälte sich mit Selbstvorwürfen und ihrem schlechten Gewissen wegen dem, was sie getan hatte. Und Richard verstärkte ihr Schuldgefühl so gut er konnte. So war Inga für ihn zu diesem Zeitpunkt leicht zu lenken, denn sie versuchte, sein verloren gegangenes Vertrauen wiederzuerlangen. Aber Caroline – und das spürte Richard genau – war an einem gefährlichen und unberechenbaren Wendepunkt angelangt. Nun galt es, sie wieder auf seine Seite zu ziehen. Doch wie? Welches war die beste Taktik?

Er hatte beobachtet, wie aufopfernd sie sich – trotz ihrer Wut über Ingas Tat – um sie gesorgt hatte. Natürlich hatte Caroline auch ein schlechtes Gewissen und das galt es jetzt zu nutzen! Die Idee zu seinem Plan kam ihm, als er mit Caroline in dieser Nacht über Ingas Schlaf wachte. Dieser Ausnahmezustand, in dem sie sich dort in Carolines Wohnung befunden hatten, hatte etwas von einem Mikrokosmos. Keine störenden Einflüsse von außen konnten diesen Zustand beeinträchtigen. Er wusste, nun musste er schnell handeln, sonst würde er zu viel Boden verlieren, denn er bemerkte, dass Caroline sich merkwürdig distanziert ihm gegenüber verhielt. Sie sagte nichts Konkretes, aber er spürte ihren Versuch, sich von ihm zurückzuziehen. Trotzdem hatte er ihrem Wunsch nachgegeben, sich für zwei Tage nicht zu sehen.

Aber nun beschloss er, Caroline zusammen mit Inga zu besuchen. Er meldete sich deshalb vorher telefonisch bei Caroline an und ihm schien, als hätte sie durchaus Verständnis dafür, dass er Inga würde mitbringen müssen.

„Ist kein Problem!", sagte sie. „Nun, dann können wir ja auch das ausgefallene Essen nachholen", fügte sie noch hinzu.

Als Richard und Inga eine Stunde später vor Carolines Haustür standen, hing dort ein Brief, in dem Caroline Richard mitteilte, dass sie die Beziehung zu ihm nicht mehr weiterführen wolle.

Und sie bat ihn, sie ein für alle Mal in Ruhe zu lassen. Er sei verheiratet und sie habe keine Lust, für immer und ewig nur die zweite Frau in seinem Leben zu sein. Das sei ihr nach allem, was geschehen sei, nun endgültig klar geworden. Dass eine Beziehung zu dritt niemals gut gehen könnte. Damit sagte sie ihm Adieu. Sie schrieb, dass er auf gar keinen Fall versuchen solle, sie ausfindig zu machen. Sie sei für ihn nicht mehr erreichbar. Damit wünschte sie ihm und Inga alles Gute.
Richard war fassungslos und Inga begann zu weinen. „Das ist alles meine Schuld! Es tut mir so leid, Richard! Bitte verzeih mir! Das habe ich wirklich nicht gewollt!"
„Das hilft jetzt auch nichts, dein Gejammer!", erwiderte er barsch. „Verdammt, ich weiß nicht, wo ich sie suchen soll!" Damit packte er Inga am Arm und ging mit ihr zum Auto. „Ich bringe dich jetzt erst mal zurück nach Hause. Mir fällt schon etwas ein. Dann fahre ich zu ihrer Freundin Beate. Die wird wissen, wo sie steckt!" Damit ließ er den Motor an und fuhr in Richtung Autobahn.
Inga hatte nicht den Mut, ihn zu bitten, sie doch mitzunehmen, sondern sie ließ sich ohne Widerrede nach Hause fahren. Nachdem er sie abgesetzt hatte – er war sich sicher, Inga würde brav sein und auf ihn warten –, begab er sich auf die Suche nach Caroline. Er war in Panik. Es durfte einfach noch nicht zu spät sein. Er wollte sie nicht verlieren. Um keinen Preis!
Er fuhr alle Plätze an, an denen er sie vermutete. Sogar bei ihren Eltern fuhr er vorbei, doch die fertigten ihn unfreundlich und knapp ab. „Caro ist nicht hier! Wenn sie Sie sehen möchte, wird sie sich sicher bei Ihnen melden! Und wenn nicht, dann hat sie wohl kein Interesse mehr daran, Sie zu sehen! Das sollten Sie dann respektieren! Guten Abend, Herr Winzer!", sagte Carolines Vater in eiskaltem Ton und schloss die Tür.
Richard wusste, dass Carolines Vater ihn verabscheute, aber einen Versuch war es schon wert gewesen.
Richard ging zurück zum Wagen, sprang hinein und fuhr alle Cafés und Kneipen ab, die Caroline früher gern besucht hatte. Er fuhr stundenlang durch die nächtlichen Straßen. Doch

nichts! Sie schien wie vom Erdboden verschluckt zu sein.
Nach Stunden erfolgloser Suche beschloss er, erst einmal wieder nach Hause zu Inga zu fahren. Möglicherweise hatte sie in der Zwischenzeit eine Nachricht bekommen. Zuvor fuhr er noch einmal an Carolines Wohnung vorbei. Er ging um das Haus herum in den Garten, der zu ihrem Apartment gehörte. Die Rollläden waren ganz dicht heruntergelassen, sodass er kaum hindurchsehen konnte. Er schob die Jalousien ein wenig nach oben, doch die Wohnung war dunkel. Anschließend ging er zurück zum Auto und fuhr los.
Zu Hause angekommen, hetzte er die zwei Etagen hinauf. Inga saß an ihrem kleinen weißen Schreibtisch und lernte. Atemlos fragte er: „Hat sie sich gemeldet?"
Doch Inga verneinte. „Warst du denn nicht bei Beate? Sie weiß doch bestimmt etwas", fragte sie ruhig und schaute kurz von ihren Büchern hoch.
„Ja, selbstverständlich war ich dort. Aber die würde lieber aus dem Fenster springen, als ihre beste Freundin zu verraten! Ich glaube sogar, dass Caroline bei ihr war, als ich dort klingelte. Aber ich konnte ja schlecht die Wohnung durchsuchen, oder? Ich werde einfach ständig bei ihr anrufen – wenn es sein muss, jede Viertelstunde, so lange, bis sie mit mir spricht!", sagte er mit düsterem Blick.
„Mach, was du willst, Richard! Mir ist schon alles egal. Ich weiß, du wirst nicht auf sie verzichten. Nur ich muss mich jetzt wirklich wieder mit meinem Kram hier beschäftigen, sonst schaffe ich das Abi wieder nicht!", gab Inga ungerührt zur Antwort.
Richard hörte gar nicht mehr hin, sondern verschwand mit seinem funkelnagelneuen Micky-Mouse-Telefon im Arbeitszimmer. Er setzte sich an seinen Schreibtisch und an diesem Abend wählte er sicherlich zwei Stunden lang abwechselnd Carolines und Beates Nummer. Doch vergeblich! Auf keiner dieser Nummern meldete sich jemand.
Und auch am nächsten Morgen war es das Erste, was er tat, noch bevor er einen Kaffee trank. Immer wieder wählte er die eine und danach die andere Telefonnummer.

Endlich – am Nachmittag des nächsten Tages – nahm Caroline das Telefon ab. „Ja? Hallo?", hörte Richard ihre Stimme.
Richard atmete schwer. „Ich bin's!", sagte er nach einer kurzen Pause.
„Was willst du? Ich habe alles geschrieben. Was willst du also noch?" Ihre Stimme klang abweisend und fremd.
„Ich muss dich sehen! Bitte!", flehte er. „Wir können doch so nicht Schluss machen! Ich liebe dich, das weißt du doch! Ich werde dir alles erklären! Und Inga ist auch wieder ganz lieb. Auch sie will dich nicht verlieren, glaub mir! Warte! Du kannst mit ihr sprechen, dann wird sie es dir selbst sagen. Auch, dass sie so etwas nie wieder machen wird. Sie war halt zu oft allein. Bitte, sprich mit ihr, Caroline!", flehte er erneut.
„Nein! Auf gar keinen Fall will ich mit Inga reden, Richard! Hör auf damit! Ich glaube auch nicht, dass sie mit mir reden will. Du verlangst das von ihr und sie tut immer das, was du willst. Lass mich einfach in Ruhe! Ich will nicht mehr!", schrie Caroline in den Hörer.
„Caroline? Hallo, ich bin's, Inga!"
Stille.
„Ach, Inga … Wie geht es dir? Ich weiß wirklich nicht, was wir jetzt reden sollen. Ich denke, ich habe alles gesagt in meinem Brief, oder?"
„Sicher, Caroline, aber du solltest nicht so voreilig handeln. Ich wollte das doch alles nicht. Richard hat dich so gesucht in den letzten Tagen. Es geht ihm nicht gut. Er ist krank, glaube ich. Er sagt zwar nichts, doch ich fühle, es geht ihm ganz schlecht. Komm doch zu uns und rede mit ihm! Bitte! Du kannst dann ja immer noch deine Entscheidung fällen! Aber rede noch einmal mit ihm! Bitte!" Ingas Stimme klang überaus klar und bestimmt.
„Ich werde darüber nachdenken. Vielleicht morgen … Heute habe ich schon etwas vor. Sag Richard, er soll heute bitte nicht mehr anrufen, auch nicht bei Beate! Hörst du, Inga? Sag ihm das! Ich brauche ein wenig Ruhe und vor allem Abstand. Sag ihm das, Inga!" Damit legte Caroline den Hörer auf die Gabel.

Kapitel XVI

*Es dauerte keine drei Minuten und das Telefon klingelte erneut.
„Ja?", sagte Caroline knapp.
„Ich bin's noch mal!" Richards Stimme hörte sich nun wieder kräftiger an. „Ich wollte dir nur noch einmal sagen, wie sehr ich dich vermisse – und vor allem, wie sehr ich dich liebe. Denk immer daran, Caroline! Ich habe dir versprochen, dass wir beide bald zusammenleben und ich dich berühmt und glücklich machen werde. Wir beide können alles schaffen! Wir müssen nur ganz fest zusammenhalten. Caroline? Hallo? Bist du noch dran?"
„Ja, ich bin noch da. Ich hatte Inga doch gebeten, dir zu sagen, dass ich heute keinen Anruf mehr haben möchte. Hat sie dir das nicht ausgerichtet? Richard, ich brauche einfach meine Ruhe! Ich muss nachdenken! Verstehst du das denn nicht, Richard?" Caroline fühlte sich ausgelaugt und müde.
„Ich weiß. Doch ich musste dich einfach noch einmal anrufen!" Und nach einer kurzen Pause fragte er: „Was für eine Verabredung hast du denn heute noch? Inga erwähnte so etwas ..."
„Ich will später noch irgendwo ein Bier trinken gehen, so wie ich es früher schon gemacht habe, Richard! Ganz einfach ein Bier trinken, verstehst du? Ohne mir große Gedanken über Gott und die Welt machen zu müssen", antwortete sie ungeduldig.
„Ich habe doch gar nichts dagegen. Nur bitte sei vorsichtig! Du weißt, im Univiertel ist es für Frauen allein nicht ungefährlich", gab Richard mit besorgt klingender Stimme zu bedenken.
„Richard, es reicht jetzt! Ich bin schon allein in Kneipen gegangen lange bevor ich dich kennen gelernt habe! Und ich bin auch immer heil wieder nach Hause gekommen! Also, bitte hör auf, mir Angst zu machen! Außerdem werde ich sicherlich Leute treffen, die ich kenne."
„Das meine ich ja. Du bist so gutgläubig, Caroline! Haben wir denn nicht stundenlang bei den Proben über die wirklichen Beweggründe gesprochen, warum Leute in Kneipen gehen? Du bist wirklich noch immer so naiv wie früher!" Seine Stimme*

nahm einen unterschwellig bissigen Ton an. „Oder möchtest du vielleicht jemanden abschleppen? Ist es das, was du willst? Dann sag das auch so und erzähl mir nicht, dass du einfach nur ein Bier trinken willst!" Seine Stimme klang jetzt eher bedrohlich als besorgt.
„Es ist mir – gelinde gesagt – zu blöde, mit dir über meine Beweggründe zu diskutieren, Richard! Ich habe gesagt, ich will einfach nur ein Bier trinken gehen – und das ist alles! Also bitte, lass mich jetzt in Ruhe! Außerdem ist mir mittlerweile die Lust darauf vergangen. Du kannst also beruhigt sein. Ich gehe nämlich jetzt ins Bett! Basta!" Damit knallte sie den Hörer auf.
„Blöder Kerl, blöder! Da vergeht einem ja jeder Spaß am Leben!", schimpfte sie auf dem Weg ins Badezimmer. Doch noch ehe sie die Badezimmertür überhaupt erreicht hatte, klingelte das Telefon erneut. „Das darf doch einfach nicht wahr sein! Das gibt's doch nicht!", schimpfte sie auf dem Weg zurück. Wütend nahm sie den Hörer ab. „Ja, bitte?"
Doch kein Ton war am anderen Ende zu hören.
Ärgerlich sagte sie in die Muschel: „Richard, ich weiß, dass du es bist! Hör auf damit! Ich bat dich inständig, mich wirklich heute mal in Ruhe zu lassen! Also, was ist noch?"
Schweres Atmen am anderen Ende. „Ich wollte nur noch gute Nacht sagen ...", hörte sie Richard mit erstickter Stimme, unmittelbar gefolgt von einem Hustenanfall, der zwischen heftigem Würgen und Brechgeräuschen hin und her wechselte. Er hustete nicht etwa vom Hörer weg, sondern direkt hinein – zumindest empfand Caroline es so.
Er hustete und hustete. Caroline hatte den Eindruck, als ersticke er jeden Moment. Doch das beeindruckte sie nicht wirklich, denn sie hatte mittlerweile den Hörer von ihrem Ohr entfernt und wartete.
So unvermittelt, wie der Anfall gekommen war, so schlagartig endete er auch und Richard flüsterte: „Mir geht's nicht gut! Gar nicht gut! Aber mach dir mal keine Sorgen! Geh jetzt schön ins Bett und ruhe dich aus! Ich rufe morgen wieder an. Schlaf recht schön, du liebes Ding!" Damit legte er auf.

Caroline hielt den Hörer in der Hand. Sie war fassungslos und auch wütend. Was war das denn jetzt für eine Art und Weise? Er ließ sie bewusst mit einem schlechten Gefühl zurück. Einen Moment überlegte sie, noch einmal mit Inga zu sprechen, ob es Richard wirklich so schlecht ginge. Doch sie entschied sich dagegen. Sollte er doch Inga die Ohren vollhusten! Sie wollte wenigstens einen Abend normal verbringen, ohne dunkle Gedanken über Krankheit und Selbstmordversuche! Sie wollte dieser Tristesse einfach entfliehen! Fliehen, ja, das war es, was sie am liebsten getan hätte! Sie hatte es doch versucht. Sie hatte sich doch trennen wollen. Doch etwas hielt sie zurück. Sie wusste an diesem Abend nur, dass sie auf gar keinen Fall weiter mit Richard zusammenbleiben wollte. Sie würde es ihm am nächsten Tag auch ganz klar und deutlich zu verstehen geben. Sie würde ihm sagen, dass sie ihren Entschluss ernst gemeint hätte, dass ein Verhältnis zu dritt für sie einfach nicht denkbar sei. Ja, das würde sie ihm klipp und klar so sagen! Da könne er husten wie er wolle. Sie hatte ihren Entschluss gefasst.
Das Telefon klingelte an diesem Abend tatsächlich nicht mehr. Fast war sie ein wenig enttäuscht. Es machte sie irgendwie unruhig. Doch dann ging sie schlafen und erwachte am nächsten Morgen gut gelaunt.

Ein neuer Tag! Sogar die Sonne schien an diesem Morgen. Caroline frühstückte ausgiebig, las die Zeitung und genoss die Ruhe in ihrer Wohnung. Und immer noch schwieg das Telefon. Herrlich!
Es hätte ein ganz normaler, ruhiger Tagesbeginn werden können, doch kaum hatte sie sich angezogen, klingelte es an der Haustür. Sie öffnete und dort standen sie: Richard, Inga und der Hyänenhund!
Caroline traute ihren Augen nicht: Sie waren einfach gekommen, ohne Vorankündigung! Einfach so, gegen ihren Willen!
„Ich habe doch alles geschrieben! Ich habe doch ganz deutlich gesagt, dass ich nicht mehr will! Hast du das nicht verstanden, Richard? Und auch du nicht, Inga?" Caroline stand noch immer

unverändert in der Haustür, ohne Anstalten zu machen, die drei hereinzubitten.
„Du wirst uns doch nicht so abfertigen wollen? Vor deiner Haustüre? Wie armselige Bettler?", sagte Richard mit gesenktem Kopf.
Caroline fiel auf, dass er wieder rote Flecken im Gesicht hatte. Überhaupt sah er schrecklich mitgenommen aus. Inga wirkte noch blasser als normalerweise. Sie trug ihr weißgraues Wollmäntelchen, das sie mit beiden Händen vor der Brust gekreuzt zusammenhielt. Ihr schien kalt zu sein. Selbst der Hund erweckte den Eindruck, als fröre er! Es war ein Bild des Jammers. Die leibhaftige Dreifaltigkeit stand da frierend vor ihrer Haustür!
„Dann kommt eben kurz herein! Ihr seht aus wie die drei Eisheiligen", sagte Caroline knapp.
„Gibst du uns einen Kaffee? Und dann gehen wir wieder", *vernahm sie Richards leidende Stimme, doch sie ließ sich ihren Unmut über die Situation nicht weiter anmerken und bereitete eine Kanne Kaffee zu.*
Eine Zeit lang saßen sie schweigend am Tisch und tranken Kaffee aus großen Schalen, die Caroline aus Frankreich mitgebracht hatte. Jede Schale hatte eine andere Farbe.
Plötzlich unterbrach Richard die quälende Stille: „Ich glaube, ich habe Fieber. Hast du vielleicht ein Thermometer?"
„Ja", *antwortete Caroline und ging ins Bad.*
Kurz darauf kam sie mit einem Thermometer zurück und reichte es Richard. Er knöpfte sein Hemd auf und schob sich den Temperaturmesser unter die Achsel. Inga hatte bis dahin kein Wort gesprochen. Sie rauchte lediglich eine Zigarette nach der anderen, dazu schlürfte sie ihren Kaffee. Jetzt sah sie hoch und sagte teilnahmslos: „Du musst das Thermometer fest unter die Achsel klemmen, sonst nützt es nichts, Richard! Vielleicht legst du dich besser solange aufs Bett." *Mit diesen Worten vertiefte sie sich wieder in ihre Schale und mit der anderen Hand kraulte sie den Hund, der mittlerweile schon wieder Unmengen seiner Haare auf dem Teppichboden verloren hatte.*
Ingas Vorschlag, sich doch für die Dauer der Fiebermessung

auf Carolines Bett zu legen, also längstens für fünf Minuten, hatte zur Folge, dass Richard quasi schlagartig schwer erkrankte. Zuerst bekam er Schüttelfrost, dann begann er fürchterlich zu schwitzen und dazwischen hustete er sich die Seele aus dem Leib. Er schnaufte und seine Temperatur stieg im Laufe der nächsten Stunden bis auf fast 41 Grad an. Dann fiel sie auf 37,5 Grad, um anschließend jedoch gleich wieder in die Höhe zu schnellen. Irgendwann, es mussten beinahe schon sechs Stunden vergangen sein, in denen Unmengen von Tee gekocht, Schlafanzüge gewechselt, Handtücher gebracht und wieder durchgeschwitzt in die Wäsche geworfen wurden, sagte Caroline, dass sie das nun nicht mehr länger mit ansehen könne und jetzt endgültig einen Arzt herbeirufen würde.

Sie telefonierte mit ihrer Mutter, beschrieb in knappen Sätzen, was sich ereignet hatte, und bekam die Nummer des Hausarztes ihrer Eltern. Da der Arzt ausschließlich Privatpatienten behandelte, erklärte er sich bereit, noch vorbeizukommen, um sich den Kranken anzusehen.

Kurz bevor der Arzt ankam, war Richards Fieber wieder auf 38,2 Grad gesunken und er machte einen relativ wachen Eindruck. „Das kenne ich schon seit Jahren. Diese Fieberschübe", erklärte er und bat um eine Zigarette. Es ginge ihm schon viel besser.

„Das ist doch wohl nicht dein Ernst, Richard?! Das Fieber schwankt ständig zwischen normal und fast 41 Grad und du willst rauchen? Ich habe einen sehr guten Arzt bestellt, der wird uns alle für komplett wahnsinnig halten, wenn wir ihn rufen und behaupten, du hättest gerade noch 41 Fieber gehabt, und dann liegst du rauchend im Bett! Also wirklich, das geht zu weit! Inga, sag du doch mal was! Für mich ist das alles nämlich ein bisschen zu viel!" Damit ließ Caroline sich erschöpft in einen Sessel fallen, den sie neben Richards Krankenlager gestellt hatten.

„Ich denke, du solltest ihn das entscheiden lassen. Richard weiß schon, was er tut, Caroline." Damit zündete Inga eine Zigarette an und gab sie ihm.

Caroline schloss erschöpft die Augen und schimpfte in Gedan-

ken vor sich hin: ‚Ich glaube das einfach alles nicht mehr! Da liegt ein Mensch und klappert noch bis vor ein paar Minuten so laut mit den Zähnen, dass es bestimmt die Nachbarn gehört haben. Anschließend durchweicht er meine gesamten Schlafanzüge, sodass man sie auswringen kann. Er hustet, als ob er jeden Moment ersticken würde. Und dann liegt derselbe Mensch im Bett und raucht! Das kann nicht wahr sein! Wo bin ich nur hingeraten! Ich träume das nur!'
Doch das Klingeln an der Haustür riss sie schlagartig aus ihren Gedanken. Sie erhob sich langsam und öffnete. Dr. Schmalenbach stand mit seinem silbernen Arztkoffer vor der Tür.
„Guten Abend. Sehr freundlich von Ihnen, dass Sie noch kommen konnten, Doktor. Es handelt sich um einen Bekannten von mir. Es ging ihm plötzlich sehr schlecht. Er hat ständig wechselndes Fieber. Ich meine, es geht rauf und runter. Aber bitte, kommen Sie doch erst einmal herein!" Caroline ging voraus ins Wohnzimmer. „Wir haben ihn ins Bett gelegt. Das ist Frau Winzer, die Ehefrau. Und das ist Richard Winzer."
„Angenehm, Schmalenbach. Nun, Herr Winzer, wie geht es Ihnen?" Der Arzt ignorierte die noch glimmende Zigarette auf dem Nachttisch neben Richard. „Haben Sie in der letzten halben Stunde gemessen? Wie hoch ist die Temperatur gewesen?" Dr. Schmalenbach fühlte Richards Puls.
Richard antwortete mit fester Stimme: „Gerade war es noch 38,2 – aber im Moment habe ich den Eindruck, es steigt wieder."
„Na, dann lassen Sie mich mal messen!" Damit schob er Richard ein Thermometer in den Mund und fühlte weiter seinen Puls.
Nach kurzer Zeit nahm der Arzt das Thermometer heraus – und tatsächlich, das Fieber war wieder bei 40 Grad. „Und Sie behaupten, das geht schon die ganze Zeit so? Hoch und runter?"
„Ja, ja. Ich kenne das schon bei mir, Doktor", erwiderte Richard.
„Waren Sie in der letzten Zeit in den Tropen, Herr Winzer?", fragte der Arzt mit ernstem Gesicht.
„Wenn Hamburg in den Tropen liegt, dann schon ... Entschuldigen Sie bitte! Nein, natürlich nicht. Ich habe nur sehr viel Un-

ruhe und Arbeit in den letzten Monaten gehabt. In kurzer Folge hintereinander zwei Inszenierungen und eben viel, viel Stress – vor allem auch privat. Sie verstehen, Herr Doktor?"
Der nickte wissend.
Caroline hätte Richard würgen können. So eine unverschämte Andeutung zu machen! Das war gemein von ihm und er hatte es ganz bewusst so ausgedrückt, dessen war sie sich sicher.
Dr. Schmalenbach fuhr fort: „Ja, ja, das verstehe ich schon, aber es erklärt trotzdem ein derartiges Krankheitsbild nicht. Ich möchte noch einen Augenblick bleiben, um selbst noch einmal etwas später die Temperatur zu messen. Sie sollten auf jeden Fall im Bett bleiben! Ich werde Ihnen etwas aufschreiben, ein Antibiotikum erst einmal. Und sobald das Fieber konstant niedriger bleibt, kommen Sie bitte in meine Praxis und dann sehe ich Sie mir noch mal genauer an, Herr Winzer!"
In der folgenden halben Stunde berichtete Richard über die vielen verschiedenen Krankheiten, die ihm in den letzten Jahren zu schaffen gemacht hätten. Es war eine nicht enden wollende Auflistung von Grausamkeiten – bis hin zu einem Arzt, der ihm den Kehlkopf herausnehmen wollte. „Das muss man sich mal vorstellen!" Richard richtete sich ein wenig auf. „Einem Schauspieler den Kehlkopf herausschneiden zu wollen! Und nur, weil dieser Hals-Nasen-Ohren-Arzt sich nicht mehr zu helfen wusste, nichts mit meinen wechselnden Symptomen anzufangen wusste! Weil er sich einfach nicht zu helfen wusste, hätte der mir den Kehlkopf rausoperiert! Überhaupt habe ich bis heute noch keinen Arzt gefunden, der mich nicht gleich unters Messer legen wollte, Herr Doktor."
Dr. Schmalenbach schwieg für einen Moment und tätschelte Richard freundlich die Hand. „Wir werden, sobald Sie in meine Praxis kommen können, mal sehen, was mit Ihnen los ist. Wir werden die Ursache finden, das verspreche ich Ihnen, Herr Winzer. Aber jetzt möchte ich noch einmal messen. Bitte Mund auf!"
Diese Messung ergab wieder eine Überraschung. Das Fieber war von 40 Grad innerhalb der letzten zwanzig Minuten auf 37,8

Grad gefallen, ohne dass Richard irgendein Medikament bekommen hätte.
Dr. Schmalenbach sah ein wenig erstaunt auf das Thermometer und sagte: „Wir werden es so machen wie besprochen! Jetzt nehmen Sie bitte erst einmal das Antibiotikum, das ich Ihnen hierlasse, und dann kommen Sie in meine Praxis! Es wäre doch gelacht, wenn wir Ihr Problem nicht in den Griff bekämen!" Damit erhob er sich und reichte Richard die Hand. Dann wendete er sich den beiden Frauen mit den Worten zu: „Liebe Caroline, Frau Winzer! So leid mir das tut, aber ihr beide dürft ihn nicht aus den Augen lassen heute Nacht. Er muss unbedingt im Bett bleiben! Und wenn das Fieber wieder höher gehen sollte, müsst ihr Wadenwickel machen. Kann das jemand von euch?" Im selben Moment bemerkte er, dass er die Frauen geduzt hatte, überging es jedoch. Inga und Caroline nickten wortlos. „Dann ist es ja gut. Und falls es trotzdem schlimmer werden sollte, rufen Sie mich an! Wir werden dann entscheiden, ob er besser ins Krankenhaus eingeliefert wird." Er drehte sich noch einmal zu Richard um. „Also, alles Gute für Sie, Herr Winzer! Wir sehen uns dann in den nächsten Tagen in meiner Praxis! Bis dahin!" Damit nahm er seine Tasche und Caroline begleitete ihn zur Tür. Sie reichte ihm die Hand und bedankte sich noch einmal für seinen Besuch.

Kapitel XVII

Caroline schloss die Tür hinter Dr. Schmalenbach und ging den kleinen Flur entlang zurück ins Wohnzimmer, das gleißend hell erleuchtet war. Es war ihr vorher nicht aufgefallen, da sie zu sehr damit beschäftigt war, dem Gespräch der beiden Männer zuzuhören. Doch nun nahm sie die grelle Helligkeit wahr und sie sah wieder die Unordnung!
‚Nahezu das gleiche Bild wie bereits vor ein paar Tagen, als Inga in meinem Bett lag', dachte sie bei sich.
Überall auf dem Boden und auf den Tischen standen Tassen he-

rum. Manche nur halb ausgetrunken. Frische und benutzte Handtücher stapelten sich zu einem Turm in einer Ecke des Zimmers. Richards Kleidungsstücke lagen, unachtsam hingeworfen, über einer Sofaecke. Sein grauer Militärmantel hing wie eine schlaffe Fahne über einer Stuhllehne. Auf dem unteren Ende des Saums hatte sich das Mählein zusammengerollt und drohte, falls es sich bewegte, den Stuhl samt Mantel zum Kippen zu bringen. Doch der Hyänenhund bewegte sich nicht. Er schlief. Er hatte sich nicht einmal gerührt, als der fremde Mann mit dem Alukoffer das Zimmer betreten hatte. Er hatte nur kurz den Kopf gehoben und war gleich darauf wieder eingeschlafen. Das Mählein machte einen zufriedenen Eindruck. Dieser Hund schien sich in Carolines Wohnung ausgesprochen wohl zu fühlen.

Mit diesem Bild vor Augen lehnte Caroline im Türrahmen und betrachtete das Szenario mit einigem Unbehagen. Ihr Blick strich durch den großen quadratischen Raum, den sie vor nicht allzu langer Zeit mit viel Hingabe eingerichtet hatte. Neben der Tür, in der sie lehnte, stand eine zierliche dunkelbraune Couch mit losen, dicken Kissen darauf. Daneben eine alte indische Teekiste, die als Beistelltisch diente. Es war eine dieser Kisten, auf der mit bunten Druckbuchstaben die Teesorte, das Herkunftsland und einige Zahlen aufgebracht waren. Die äußeren Kanten waren umrandet von silbern glänzenden Reifen, die der Kiste etwas Edles verliehen. Solche Behältnisse bekam man nur noch durch gute Beziehungen zu einem Feinkosthändler in der Stadt und durch ein gewisses Maß an Überredungskunst. Sie hatte es sogar vermocht, zwei davon zu ergattern. Kostenlos. Darauf war sie stolz gewesen. Auf der Kiste stand lediglich eine Lampe mit einem hellblauen Schirm. Vor der Couch befand sich ein niedriger Tisch aus Rattan mit einem Sammelsurium an kostbaren Kleinigkeiten darauf, die sie im Laufe der Zeit zusammengetragen hatte: eine Art-déco-Schale vom Pariser Flohmarkt, zwei verschnörkelte silberne Kerzenleuchter und eine Vase aus geschliffenem Glas, gefüllt mit einer Unmenge an roten Tulpen. In der angrenzenden Nische hatte sie ihr Bett, eben jenes Bett, in dem Richard jetzt lag und rauchte. Und ne-

ben dem Kopfende stand die kleinere Teekiste. Sie diente als Nachttisch. Normalerweise befanden sich darauf nur ein paar Bücher, ein silberner Bilderrahmen mit Fotos ihrer Familie und ein winziger Aschenbecher. Niemals mehr. Normalerweise ... Heute jedoch konnte die kleine Teekiste die auf ihr abgestellte Last kaum mehr tragen. Dort türmten sich volle Aschenbecher, Gläser und mehrere Päckchen Papiertaschentücher auf – sogar ein Paar zusammengerollter dicker grauer Wollsocken.
Caroline schaute hinüber zur Badezimmertür. Diese war nur leicht angelehnt und Inga nirgendwo zu sehen. Wahrscheinlich war sie ins Bad gegangen und hatte die Tür nicht geschlossen. Direkt daneben befand sich der Eingang zur Küche und daneben wiederum ihre Frühstücksecke, wie Caroline sie nannte. Dort standen drei blaue luftige Korbstühle, eine blaue Bank sowie ein ebenfalls blau gestrichener Tisch. Links über die gesamte Länge des Wohnraumes erstreckte sich eine große Fensterfront mit einem Ausgang zur Terrasse und dem kleinen Garten. Zur Wohnung gehörte auch ein Ankleidezimmer neben der Eingangstür mit eingebauten Schränken und einem großen Spiegel. Dem Ankleidezimmer gegenüber befand sich eine Nische, die Caroline als Garderobe nutzte – und dort stand Caroline immer noch an den Türrahmen gelehnt.
„Was ist los? Du wirkst so abwesend, Caroline", ertönte Richards Stimme vom Bett her.
„Ach, ich hab gerade nachgedacht. Ist nicht so wichtig. Wie geht es dir? Dr. Schmalenbach ist wirklich ein sehr guter Arzt. Du kannst dich ihm ruhig anvertrauen", sagte sie, während sie sich erschöpft in einen der Korbsessel fallen ließ.
Die Badezimmertür quietschte leise und Inga erschien mit gewaschenen Haaren und offensichtlich geduscht, denn sie trug wieder Carolines Bademantel. „Ich habe mal schnell geduscht, mir war so kalt und ich fühlte mich so ungewaschen und schmutzig nach den vielen Stunden, die wir hier gehockt haben", sagte sie leise und fügte hinzu: „Ich habe mir mal deinen Bademantel ausgeliehen. Ich hoffe, du hast nichts dagegen ..."
Caroline schüttelte den Kopf. Ihr war schon alles egal.

„Schön. Ich wollte dich nämlich fragen, ob du vielleicht auch ein paar frische Sachen für mich hast. Meine riechen so arg nach Rauch. Die kann ich nach dem Duschen gar nicht mehr anziehen." Inga setzte sich neben sie, zog die Beine an den Körper, schlang den Bademantel, der ihr fast bis zu den Knöcheln reichte, wie eine Decke um sich und wartete auf eine Antwort.
„Klar doch. Ist kein Problem! Geh in den Schrank und such dir was Passendes aus! Nur meine Hosen sind dir sicherlich zu groß und wahrscheinlich auch zu lang. Schau einfach nach, irgendetwas findest du bestimmt!", erwiderte Caroline emotionslos und griff nach der Zigarettenschachtel. Sie war leer! Klar, wie konnte es auch anders sein? Hier waren heute wahrscheinlich Hunderte von Zigaretten geraucht worden. Sie hatte den Überblick verloren.
Wie spät war es eigentlich, fragte sie sich und sah auf ihre Armbanduhr. Es war mittlerweile Mitternacht geworden. ‚Mein Gott', dachte sie, ‚ich möchte endlich schlafen gehen! Möchte nur noch in mein Bett gehen! Doch das wird wohl heute nicht mehr möglich sein.'
In der Zwischenzeit war Inga aufgestanden und im Ankleidezimmer verschwunden. Man hörte sie dort rumoren.
„Also, Richard, wie geht es dir jetzt?", fragte Caroline ein zweites Mal.
„Ich weiß nicht so genau. Im Moment geht es. Ich habe das Gefühl, dass das Fieber immer noch unten ist. Doch eines muss ich euch beiden ganz deutlich sagen ..." Dabei richtete er sich auf. „Inga, komm bitte mal her! Es ist wichtig!", rief er laut – und noch ein zweites Mal: „Inga, jetzt komm halt mal!"
Sie steckte jedoch nur den Kopf durch die Tür. „Meine Güte, Caroline, du hast ja unglaublich viele Klamotten! Ich kann mich gar nicht entscheiden, was ich anziehen soll!"
Richard erhob sich noch ein wenig mehr aus den Kissen und mit letzter Kraft sagte er: „Inga, bitte! Es ist wichtig! Ich weiß nicht, wie lange ich noch fieberfrei bin, um euch das zu sagen!" Damit sank er auch schon zurück.
Inga erschien in einer Jeans, die sie unten mehrmals umge-

krempelt hatte, und Carolines dunkelblauem Lieblingspullover von Hugo Boss im Türrahmen. „Du wirst nicht gleich geistig wegtreten, Richard! Jetzt übertreibe bitte nicht so! Also, was ist so ungeheuer wichtig? Sag schon!" Sie setzte sich wie vorher auf den Sessel und holte aus einer Ritze ein Päckchen Zigaretten heraus, öffnete es und bot Caroline eine an. Dabei hörte sie weiter zu.

Richard setzte sich wieder auf und begann, kurzatmig zu sprechen: „Also, es ist ungeheuer wichtig, dass ihr beide wisst, dass ich niemals – und ich meine wirklich niemals, egal, was geschieht, auch wenn ich 42 Grad Fieber oder keine Luft mehr bekommen sollte, egal, wie lebensbedrohlich es euch auch erscheinen mag – in ein Krankenhaus gebracht werden will! Habt ihr das verstanden? Niemals! Ihr müsst mir das versprechen! Auch wenn ich bewusstlos sein sollte. Ich will in kein Krankenhaus!" Nach diesem Statement ließ er sich erschöpft zurückfallen und schloss die Augen.

Beide Frauen sahen sich schweigend an. Die Intensität, mit der Richard seinem Wunsch Ausdruck verliehen hatte, ließ im Prinzip keinen Widerspruch zu – und letztlich ging es um seine Gesundheit. Trotzdem hielt Caroline es nicht länger auf ihrem Stuhl aus. Sie sprang auf und schrie hysterisch: „Was glaubst du eigentlich, wer du bist? Gott? Glaubst du, du wärst Gott?! Ich könnte doch nicht, wenn ein Mensch in Lebensgefahr ist und droht zu sterben, ihm ärztliche Hilfe verweigern! Ein Mensch in einer solchen Situation kann doch keine klaren Entscheidungen mehr treffen! Woher willst du im Voraus jede Möglichkeit abschätzen, in die du geraten könntest? Und dann ist niemand berechtigt, dir zu helfen, nur weil du es einmal so festgelegt hast? Willst du lieber krepieren als gerettet werden? Wozu gibt es denn die Medizin, deiner Meinung nach?"

„Scharlatane, Halsabschneider, geldgierige Nichtskönner sind sie allesamt, diese Ärzte! Gar nichts weiter als unfähige, arrogante Quacksalber!", dröhnte Richards Stimme mit letzter Kraft. „Ich will denen nicht ausgeliefert sein! Ihr müsst das einfach so akzeptieren!"

„Er regt sich zu sehr auf, Caroline!", flüsterte Inga ihr eindringlich ins Ohr. „Lass die Diskussion jetzt einfach sein, bis es ihm wieder besser geht! Es hat jetzt wirklich keinen Zweck. Bitte!"
„Ich kann doch nicht einfach Ja und Amen dazu sagen, nur damit er sich nicht aufregt! Ich würde mir doch ewig Vorwürfe machen! So ein Versprechen kann man doch keinem Menschen ernsthaft abnehmen!", zischte Caroline ziemlich erregt zurück.
„Lass einfach gut sein jetzt! Ich glaube, das Fieber geht schon wieder hoch." Damit stand Inga von ihrem Sessel auf und setzte sich neben ihn. Sie fühlte seine Stirn – und tatsächlich, seine Temperatur stieg. „Wir müssen ihn im Auge behalten! Das Fieber ist schon wieder sehr hoch. Scheiße, was machen wir nur, Caroline, wenn es noch höher geht?"
„Wadenwickel! Hat der Arzt doch gesagt – dieser Scharlatan!", erwiderte Caroline zickig.
Im Laufe der Nacht stieg das Fieber auf über 40 Grad. Also versuchten die beiden es tatsächlich mit Wadenwickeln, doch es half nichts. Das Fieber stieg weiter! Irgendwann flüsterte Richard mit schwacher Stimme: „Badewanne! Kalte Badewanne machen!"
„Bitte, Richard, wir können dich nicht verstehen! Was hast du gesagt?", fragte Caroline erschöpft, denn in der Zwischenzeit hatten sie Schwerstarbeit geleistet: immer wieder abwechselnd gewacht, Wasser gebracht, Wadenwickel gemacht, Tee gekocht, frische Handtücher herbeigetragen, kalte Lappen gebracht, um die Stirn zu kühlen. Es wollte einfach kein Ende nehmen.
Inga hielt Richard ihr Ohr ganz nah vor seinen Mund. „Was sollen wir machen, Richard? Ich habe dich nicht verstanden."
„Mich in die kalte Badewanne legen! Fieber muss runter! Schnell!", flüsterte er.
„Wir sollen ihn in die kalte Badewanne legen, sagt er", übersetzte Inga mit ängstlichem Gesicht.
Caroline glaubte, ihren Ohren nicht trauen zu können. „Was?", schrie sie. „In die kalte Badewanne? Du bekommst einen Schock und bist tot, Richard! Ja, bist du denn völlig verrückt geworden?! Der ist im Fieberwahn!" Sie war außer sich.

„Ich weiß, aber das ist die einzige Möglichkeit, dieses beschissene Fieber schnell runter zu bekommen. Ich habe das Gefühl, mir kocht das Hirn! Mach eine eiskalte Wanne fertig, Caroline!" Richard hatte sich mit aller Kraft aufgerichtet und versuchte, aufzustehen.
„Okay. Wie du willst! Aber ich übernehme keinerlei Verantwortung, hörst du? Für gar nichts! Versteht ihr das beide? Ich nicht!" Sie rannte ins Badezimmer und innerhalb einiger Minuten war die Wanne mit eiskaltem Wasser gefüllt.
Inga hatte Richard in der Zwischenzeit in halb sitzender Position im Arm gehalten. Nun halfen sie ihm dabei, aus dem Bett aufzustehen, doch seine Beine hielten ihn nicht, er sackte immer wieder in sich zusammen. Sie konnten ihn nur mit größter Anstrengung vor dem Fallen bewahren, indem sie ihn auf jeder Seite stützten und so ins Bad schleiften. Dort zogen sie ihm den Schlafanzug aus und hievten ihn in die Wanne.
Kaum dass sein Körper mit dem kalten Wasser bedeckt war, wurde Richard ohnmächtig und sackte mit dem Kopf unter Wasser. Beide Frauen schrien wie aus einem Mund: „Neeeiiin!" Sie versuchten, ihn wieder über Wasser zu ziehen – und es gelang ihnen schließlich nach einigen Sekunden, aber nur unter Aufbietung aller Kräfte, ihn wieder in eine halbwegs sitzende Position zu bringen. „Wie lange? Wie lange?", schrie Caroline.
„Ich weiß es nicht!", schrie Inga zurück.
„Wir müssen ihn ganz aus dem Wasser ziehen! Los! Zieh den Stöpsel raus, Inga! Mach schon! Er ist gar nicht bei Bewusstsein! Oh Gott, er stirbt! Inga, was haben wir getan? Er stirbt! Er hat bestimmt einen Herzschlag bekommen!", brüllte Caroline wie von Sinnen. Sie gerieten in Panik. „Los, zieh! Wir bekommen ihn schon irgendwie raus!", befahl sie – und so zogen und zerrten die beiden Frauen an dem schweren leblosen Körper. 86 Kilo waren kaum zu bewegen.
Doch plötzlich kam wieder Leben in Richards Körper. Sie hatten es tatsächlich geschafft, ihn zu Dreivierteln aus der Wanne zu ziehen. Lediglich die Beine hingen noch über dem Wannenrand und er lag mit dem Rücken auf dem Fußboden. Inga griff nach

seinen Füßen und hob sie ebenfalls hinaus. Sie riss mit der anderen Hand ein Badehandtuch vom Haken und die beiden wickelten ihn darin ein.
Im selben Moment schlug Richard die Augen auf.
„Wo bin ich? Mir ist so kalt!", sagte er mit leiser Stimme.
„Alles gut! Du lebst! Das war knapp!" Tränen liefen über Ingas Gesicht.
Mit letzter Kraft schafften sie es, ihn wieder ins Bett zurückzubringen. Sie wickelten ihn in zwei Wolldecken, gaben ihm warmen Tee zu trinken und kurz darauf schlief er ein. Es hatte geklappt, sie konnten es nicht glauben. So einen Wahnsinn hatten sie gemacht! Ein nicht zu kalkulierendes Risiko waren sie eingegangen! Egal jetzt! Es schien ihm tatsächlich besser zu gehen. Er atmete ganz ruhig und gleichmäßig. Noch eine lange Zeit bewachten sie seinen Schlaf, hörten auf jeden Ton, den er von sich gab, um dann jedoch selbst irgendwann vor Erschöpfung einzuschlafen.
Durch ein Geräusch schreckte Caroline hoch und sah sofort, dass das Bett leer war. Sie rief: „Richard, wo bist du? Um Gottes willen, wo ist er nur?" Sie war schlagartig hellwach.
„Ich bin nur auf dem Klo gewesen", sagte eine Stimme – und da stand er in der Badezimmertür tatsächlich auf seinen eigenen Beinen. Er sah sogar recht erfrischt aus. Die roten Flecken waren ganz und gar verschwunden. „Mir geht es besser. Ich glaube, es ist überstanden, was auch immer es war!" Mit diesen Worten strich er ihr über die Wange. „Danke, Caroline!"
„Ach, komm! Ich habe das alles gegen meine Überzeugung getan, es hat sich eben so entwickelt. Und wenn, dann musst du dich bei Inga genauso bedanken. Wir haben das zusammen gemacht. Ohne sie hätte ich das nicht durchgestanden!", entgegnete Caroline und war ein wenig peinlich berührt. „Lass Inga noch schlafen! Sie ist völlig geschafft. Ich glaube, das war alles ein bisschen viel für uns beide heute Nacht. Ich werde mal Kaffee kochen und du misst bitte Fieber!" Damit verschwand sie in der Küche.
Trotz der beinahe unglaublichen Anspannung fühlte Caroline

sich an diesem Morgen erstaunlich gut. Sie hatte ein Gefühl, außerhalb der realen Welt in einer angenehm warmen Luftblase zu schweben. Die Erlebnisse der vergangenen Nacht hatten sie gemeinsam zu so etwas wie Verschwörern gemacht, die wider jede Vernunft gehandelt hatten, was ihnen ein Gefühl von Zusammengehörigkeit gab.
Die folgenden Tage verbrachten sie gemeinsam. Richard war bereits am Nachmittag wieder völlig gesund – ohne Fieber oder Hustenanfälle. Nichts deutete mehr auf eine Krankheit hin. Stundenlang fuhren sie nun zusammen im Auto kreuz und quer in der Gegend herum. Sie unterhielten sich angeregt, schauten auf die an den Autofenstern vorbeifliegenden Landschaften, betrachteten die alten Zechenanlagen oder schauten im Vorüberfahren in hell erleuchtete, jedoch verwaiste Einkaufsstraßen. Sie beobachteten die Menschen, wie sie gut gelaunt aus Kneipen kamen oder vornehm gekleidet in kleinen Gruppen ins Theater gingen. Sie sahen Penner, die an den Luftschächten der U-Bahn-Stationen kauerten, um ein wenig Wärme zu ergattern, oder sich an den Eingang einer Sparkasse hockten, neben sich die Plastiktüten, in denen sie ihr Hab und Gut verstaut hatten. Punks liefen mit ihren zahmen Ratten auf den Schultern vorüber. Sie fuhren durch die Ausländerviertel im Norden der Stadt und blickten in Fenster, die durch lila Neonröhren erhellt wurden, wie in fremde Welten. So fuhren sie stundenlang herum und unterbrachen ihre Fahrt nur, um in einer Pizzeria oder einem Steakhouse etwas zu essen. Und sogar Inga durfte zum Essen ein Glas Wein trinken. Es war nach all dem Stress einfach nur entspannend!
Beim Essen unterhielten sie sich über das Theater oder die Menschen, die sie kannten, ihre Lebenspläne, ihre Hoffnungen und Träume. Das Leben schien wie draußen zu sein, vor den Autoscheiben stattzufinden. Sie befanden sich in einem Vakuum, wie hinter einer gläsernen Wand. Die Außenwelt hatte keinen Zutritt. So vergingen die Wochen und irgendwann beschlossen sie, einen gemeinsamen Urlaub in Spanien zu wagen.

Er begann so schön ...
Nein! In Wahrheit begann der Urlaub gar nicht so schön, denn Caroline hatte, ohne dass Inga es überhaupt geahnt hätte, über die letzten Wochen hinweg von Richard täglich ein starkes Schlafmittel bekommen. Und er hatte es ihr gern gegeben. Und nun waren sie zusammen mit dem Auto auf dem Weg nach Spanien. Nach einer langen Etappe, sie waren bereits in Frankreich, sagte Caroline, dass sie nun unbedingt eine Rast einlegen müssten. Sie sei todmüde und bräuchte dringend einen Kaffee. Also hielten sie an einem Rasthof an.
Das Restaurant war weitläufig, mit unzähligen bunten Tischen und Stühlen. Richard holte Kaffee und Croissants, während Inga und Caroline in der Zwischenzeit einen Tisch auswählten. Alles schien normal. Richard kam nach kurzer Zeit mit einem Tablett zurück, stellte es auf den Tisch und sie begannen zu essen.
Als Inga von ihrer Tasse aufsah, bemerkte sie, dass Caroline so merkwürdig unruhig wirkte. Schweißperlen hatten sich auf ihrer Stirn gebildet. Nur war es hier drin nicht heiß, der Raum erschien Inga eher zu kalt klimatisiert. Und gerade als sie Caroline fragen wollte, ob es ihr nicht gut ginge, stand diese auf und sagte, sie wolle kurz auf die Toilette.
Sie ging einige Schritte vom Tisch weg, dabei schwankte sie. Dann blieb sie stehen, drehte sich um und schaute mit einem seltsam flehenden Blick zu Inga und Richard hinüber. Richard sprang auf und konnte sie gerade noch vor dem Umfallen auffangen. Er hakte sie unter und brachte sie zurück zum Tisch.
„Was ist los mit dir, Caro? Ist dir nicht gut?", fragte Inga besorgt.
Es dauerte einige Sekunden, bevor Caroline antwortete: „Ich weiß nicht. Nein, es geht schon wieder. Ich hatte nur plötzlich so große Angst, den Raum zu durchqueren. Es sind so viele Menschen da. Ich hatte plötzlich Angst. So etwas ist mir noch nie passiert! Ich weiß auch nicht, was mit mir los ist."
„Du zitterst ja am ganzen Körper!" Inga nahm ihre Hand. Sie fühlte sich feucht an. „He, was ist los mit dir?", fragte sie mit ernster Stimme.

„Ich ... ich weiß es nicht. So einen Zustand hatte ich noch nie! Wirklich!", stotterte Caroline. Schweiß lief ihr den Hals entlang und sie fühlte sich elend.
„Komm, trink einen Schluck Kaffee, der wird dir helfen! Es ist wahrscheinlich nur dein Kreislauf. Du bist einfach sehr gestresst", beruhigte Richard sie. „Wir werden uns von den ganzen Strapazen der letzten Zeit jetzt erst einmal richtig erholen! Caroline, denk an das schöne Haus, das auf uns wartet! Das Meer, die Sonne, Spanien! Denk einfach nur daran, in ein paar Stunden sind wir am Meer!" Er nahm Caroline in den Arm und zu Inga gewandt sagte er: „Bitte, Ingakind, sei so lieb und hol für Caroline eine Jacke aus dem Auto!"
„Ja, klar! Natürlich! Ich bin sofort zurück!"
Richard gab ihr die Autoschlüssel und bedeutete Inga mit einem leichten Augenzwinkern, dass sie sich keine Sorgen machen müsse. Nachdem Inga fort war, zog Richard schnell eine längliche Tablettenschachtel aus seiner Hosentasche, nahm einen Strip heraus, drückte eine der kleinen weißen Pillen in seine Handfläche und zerteilte die Tablette an der dafür vorgesehenen Markierung. Er hielt Caroline immer noch im Arm und flüsterte ihr ins Ohr: „Du musst jetzt dringend eine Halbe nehmen! Ich glaube, dein Spiegel ist zu weit gesunken! Hast du denn die letzten Abende keine genommen?"
Caroline schüttelte hilflos den Kopf.
„Ach, Gott! Diese Zustände kenne ich gut. Bitte, hier! Nimm die halbe Tablette, bevor Inga zurückkommt! Sie würde das nicht verstehen. Du wolltest ja immer eine haben, abends, wenn Inga und ich nach Hause gefahren sind, weil du doch nicht schlafen konntest so allein", flüsterte er.
„Ich habe aber schon seit zwei Abenden keine genommen. Weil ich mich doch so auf den Urlaub gefreut habe, hatte ich abends auch gar keine Angst, allein zu schlafen. Und auch die Telefonanrufe, diese beschissenen Anrufe jede Nacht, die hatten doch auch plötzlich aufgehört!" Ihr traten Tränen in die Augen.
„Das konntest du natürlich nicht wissen, aber man sollte nicht so von einem Tag zum anderen damit aufhören, sondern ganz

langsam die Dosis reduzieren, vor allem nach der relativ langen Zeit. Es waren doch beinahe zwei Monate, oder?" Richard drückte sie fest an sich. *"Warum machst du so etwas, ohne mir was davon zu sagen? Ich weiß doch genau, wie man damit umzugehen hat, so als alter Rohypnoliker!"* Richard grinste. *"Also, wir gehen die Sache jetzt systematisch an! Ich teile dir die richtige Menge ein – am besten, ohne dass Inga was davon mitbekommt. Und in spätestens drei oder vier Tagen ist alles ausgestanden. Okay? Alles klar?",* fragte er Caroline eindringlich.
"Ja, alles klar. Ich habe das doch nicht gewusst. Ich wusste einfach nicht, dass diese Dinger einen so schnell abhängig machen können. Ich habe sie ja auch nur genommen wegen der Angst, die ich in der letzten Zeit nachts immer hatte. Und dann diese Anrufe und der Stress im Theater! Die Proben waren so anstrengend! Und Inga! Aber vor allem, immer mit diesen Heimlichkeiten leben zu müssen! Das war einfach zu viel für mich. Du weißt das doch, Richard. Du weißt doch, warum ich die Dinger genommen habe, oder?" Ihre Stimme nahm einen flehenden Ton an.
Richard ignorierte das und reichte ihr eine halbe Tablette und ein Glas Wasser. "So, du wirst sehen, es geht dir gleich besser. Jetzt isst du noch etwas und dann fahren wir weiter, ja? Auf in den Süden! Freust du dich?" Er küsste sie auf die Stirn und legte seinen Arm ganz fest um ihre Schultern. So saßen sie da, als Inga kurze Zeit später mit einer Jacke über dem Arm zurückkam.
Ab diesem Zeitpunkt sprachen sie nicht mehr davon. Doch Caroline merkte bereits nach kurzer Zeit, wie sich ihr Zustand besserte. "Ich geh jetzt endlich mal auf die Toilette!", meinte sie.
"Wir sollten alle noch mal gehen. Es gibt nämlich jetzt keinen Stopp mehr, bevor wir nicht am Meer sind!", sagte Richard in gespielt strengem Ton. Damit erhob er sich und marschierte den beiden Frauen wie ein Reiseführer mit erhobenem Arm, so, als hielte er eine Fahne in der Hand, voran. "Alle Mädels fertig machen zum Abmarsch aufs Klo! Zwei, drei!" Die Welt war wieder in Ordnung und der Urlaub konnte beginnen.
Es hätte wirklich ein wunderbarer Urlaub werden können, wäre

da nicht wieder und wieder diese beißende, alles Schöne zerstörende Eifersucht zwischen Inga und Caroline gewesen. An manchen Tagen schien es, als gäbe es keine Eifersucht zwischen ihnen, als hätte sich wirklich alles zum Guten gewendet, um dann jedoch völlig unvermittelt bei irgendeiner Gelegenheit mit neuer Kraft hervorzubrechen. Es konnte durch einen zu langen Blick Richards auf die sich im Sand räkelnde Caroline sein oder Richard streichelte Ingas Hand ein wenig zu liebevoll für Carolines Empfinden. Dann war sie wieder da – mit unglaublicher Grausamkeit. Die Eifersucht nahm wieder Besitz von Inga und Caroline. Es war eine unerträgliche Situation, die ihren skurrilen Höhepunkt darin fand, dass Richard in einem genau festgelegten Takt mit beiden Frauen zu sprechen begann. Zum Beispiel konnte es beim Abendessen in einem Lokal so sein, dass Richard erst zu Inga sprach, dann den Kopf drehte und exakt genauso lange zu Caroline. Es musste grotesk ausgesehen haben. Richards Kopf bewegte sich wie ein Metronom. Er musste den Takt mitgezählt haben, denn es war auf die Sekunde die gleiche Zeit, die er Inga wie auch Caroline zumaß. Bei den Fotos verhielt es sich ähnlich. Es wurden die gleichen Motive immer zwei Mal fotografiert: Richard mit Inga vor der Stierkampfarena. Danach Richard und Caroline vor demselben Hintergrund. Er bestand darauf, wegen des Gleichheitsprinzips! Doch weder Inga noch Caroline wollten dieses Prinzip. Sie waren eben nicht gleich! Irgendwann waren sie alle mit den Nerven am Ende. Da halfen auch die schönsten Landschaften oder die angenehmsten Lokale nichts mehr. Aber Richard, der Gleichmacher, trieb dieses zerstörende Spiel bis zum Exzess weiter. Er musste gewinnen! Er musste der Sieger sein – und das um jeden Preis! Auch, um vielleicht alles zu verlieren ...

Endlich gingen diese drei Wochen zu Ende! Aber Richard konnte mit dem Ergebnis ganz und gar nicht zufrieden sein, denn Inga und Caroline begannen sich zu hassen, das spürte er deutlich. Die kleinen gemeinen Sticheleien wollten und wollten kein Ende nehmen und bald war die Feindschaft unübersehbar geworden. Was konnte er nur tun?

Einen Tag bevor sie die Heimfahrt antraten, fuhr er allein ins Hinterland, eine endlos lange Strecke in die Berge hinauf. Er wollte ungestört nachdenken können, in sich gehen. Er brauchte den freien Blick. Er musste sich entscheiden. Aufgeben oder weiterkämpfen? Mit allen Mitteln oder endgültig die Waffen strecken? Nur darum ging es ihm jetzt noch.

Kapitel XVIII

Doch hätten sie vorher nur ahnen können, wie absurd sich die Dinge nach ihrem gemeinsamen Urlaub entwickeln würden, dann hätten sie die einzig richtige Konsequenz gezogen: Sie hätten sich schleunigst voneinander getrennt. Aber so einfach ging das natürlich nicht mehr. Richard hatte die Zeit genutzt, sich auf das Schlimmste vorzubereiten, die Weichen zu stellen. Er wollte beide Frauen, das stand für ihn felsenfest – und dafür hatte er sich etwas einfallen lassen, einen Plan geschmiedet. Und er würde sich keine Entscheidung aufzwingen lassen. Das Prinzip, nach dem er nun vorgehen würde, war einfach, aber wirkungsvoll. Die Formel lautete schlicht **Angst**. *Hervorgerufen durch Übersinnlichkeit und die alles überwachenden „Geister". Waren sie etwa der Grund, warum Inga manchmal glaubte, verrückt werden zu müssen?*
Die erste gemeinsame Wohnung fand Richard geschwind. Eine geräumige Hochhauswohnung mit eigenem Garten. In diesem Haus lebten kaum „normale" Leute. Vorwiegend waren es Studenten und Familien mit Wohnberechtigungsscheinen. Dank Carolines Geld bekamen sie die Wohnung jedoch ohne einen solchen Schein, denn noch hatte sie genug. So zahlte sie die Kaution und sie konnten einziehen.
Bald aber musste Caroline sparsamer mit ihrem Geld umgehen, denn das Leben mit Richard war kostspielig. Seine Stelle bei einer sozialdemokratischen Kultureinrichtung reichte gerade für den Lebensunterhalt und um einen Teil seiner Schulden abzuzahlen. Ein Gutes jedoch hatte diese Arbeitsstelle: Richard

musste so gut wie nie anwesend sein – außer von Zeit zu Zeit vielleicht einen Theaterworkshop leiten oder vor interessierten Rentnern über seine Regiearbeit sprechen. Manchmal kam es auch vor, dass er ein Theaterstück mit engagierten Laien einstudierte. Sein Arbeitsaufwand hielt sich also in überschaubaren Grenzen und er hatte genügend Zeit, Inga und Caroline auf seinen Kurs zu bringen. Dabei vollführte er einen Spagat, der zwischen Wahnsinn und Realität hin und her pendelte und alle Beteiligten viel Substanz kostete – letztlich auch seine eigene, was ihm wohl zu dieser Zeit nicht wichtig war, denn er verfolgte seinen Plan konsequent.

So vergingen die Jahre. Die Wohnungen wechselten, wurden mit der Zeit auch komfortabler und befanden sich vor allem in besseren Vierteln der Stadt. Doch am meisten veränderten sich ihre Lebensumstände durch die Geburt von Franziska. Sie war Carolines und Richards Tochter.

Caroline hatte sich immer ein Kind gewünscht. Und nun hatte sie ihre Franziska bekommen, dieses wunderbar süße Geschöpf. Caroline hatte sie in ihrem Bett zu Hause zur Welt gebracht, eben nicht in einem sterilen Kreißsaal. Sie bekam ihre Tochter mit Hilfe einer Hebamme und natürlich mit Ingas und Richards Unterstützung. Zwischendurch erschien sogar eine kleine Gesandtschaft des Theaterensembles, das sie in der Zwischenzeit gegründet hatten, um sich nach Carolines Befinden zu erkundigen. Mit diesem Ensemble hatten sie seit geraumer Zeit erfolgreiches experimentelles Theater in der „Burg" gemacht.

Und nach und nach, sicherlich beeinflusst durch die Geburt von Franziska, klärten sich auch die Verhältnisse bei ihnen zu Hause. Wie hätte Richard auch in Ruhe arbeiten können, wäre ihre Beziehung nicht irgendwann einmal geklärt gewesen. Beide Frauen vereint in Harmonie! Und diese Harmonie wurde tatkräftig unterstützt durch die beinahe tägliche Anwesenheit des Übersinnlichen, dessen Richard sich in seiner Not immer wieder bediente. Sie nannten sie die „Geister"! Sie waren immer da, wenn Richard etwas zu sagen hatte, was er Inga und Caroline nicht direkt sagen wollte. Dann wurde ihm von einer Minute auf die andere übel und er bekam einen schrecklichen Hustenanfall. Manchmal erbrach er sich auch, um danach einfach umzufallen. Plumps! Gefällt wie eine Eiche! Er wurde sozusagen ohnmächtig und lag, wo immer es ihn gerade erwischt hatte, auf dem Boden oder sonst wo. Und er verfiel in eine Art Trance. Dann beschrieb er unendlich viel Papier. Er schrieb mit der rechten, der linken oder gelegentlich sogar mit beiden Händen gleichzeitig. Er schrieb vorwärts oder rückwärts, in Spiegelschrift oder ganz normal. Das Geschriebene enthielt Anweisungen, wie sie sich zu verhalten hatten, um das zu erreichen, was man sich vorgenommen hatte. Meistens jedoch enthielten die Nachrichten eindringliche Warnungen vor Feinden und nahenden Gefahren, die dieses zerbrechliche Gebilde von außen bedrohten. Es waren häufig Nachrichten, die nur schwierig zu deuten waren. Und allein das Szenario hatte etwas Beängstigendes, etwas Zwanghaftes. Ob man nun daran glaubte oder nicht, man fühlte sich ausgeliefert, in die Ecke gedrängt, vor Ultimaten gestellt, die meist lebensbedrohlichen Charakter hatten.

In diesen Trancezuständen geschahen unheimliche Dinge. Caroline versuchte sich meist ein wenig entfernt vom Geschehen, aber vor allem von Richard zu halten. Sie hatte Angst, obwohl sie nicht an übersinnliche Dinge glaubte. Dennoch saß sie entsetzlich frierend irgendwo in einer Ecke des Zimmers.

Inga trat all den Herausforderungen tapferer entgegen, doch es geschah auch, wenn sie Richard einmal berührte, dass sie blitzschnell von ihm gepackt wurde und sich in der anderen Ecke des Raumes auf dem Fußboden wiederfand. Diese Trancen dauerten quälend lange Stunden, oft bis tief in die Nächte hinein. Inga und Caroline ließen einander selbstverständlich in diesen Situationen, mit diesem Horror nicht allein. Und wenn diese Zustände dann vorüber waren, wachte Richard auf, als wäre nichts gewesen. Er erinnerte sich angeblich auch an nichts mehr. Nur Inga und Caroline waren mit ihren Nerven am Ende, dennoch gestanden sie sich nicht ein, Richard mit den Geschehnissen in direkten Zusammenhang zu bringen. Sie hassten diese Nächte, blieben aber dennoch bei ihm. Die Angst, es könnte ihm in die-

sem Zustand etwas Schlimmes passieren, ließ die beiden bei ihm ausharren.
Selbstverständlich fragten sie sich, warum sie den Wahnsinn immer weiter mitmachten, warum sie nicht einfach gingen und Richard allein ließen. Blieben sie nur aus Angst um ihn? Oder doch aus Liebe? Oder eher, weil es eben so war, wie es war, weil sie sich nicht eingestehen konnten, Richard als den eigentlichen Verursacher all dieser schrecklichen Zustände verantwortlich zu machen? Oder blieben sie aus Gewohnheit? Der Angst, nicht pflichtbewusst zu handeln? Zu kneifen, wenn es einmal hart würde?
Inga und Caroline waren in Laufe der Zeit zu einem perfekt eingespielten Team geworden. Immer einsatzbereit – ohne Rücksicht auf die eigene Befindlichkeit. Jenseits jeglicher Vernunft!
So ging es beinahe zwei Jahre lang. Nahezu jede Nacht das Gleiche! Ihr Schlafdefizit war kaum mehr aufzuholen, da der Tag sehr früh begann und am Abend Theater gespielt wurde. Das Leben glich einem nicht enden wollenden Horrortrip, der die Frauen jedoch auf eine seltsame Weise zusammenschweißte. Und das war natürlich Richards Ziel gewesen! Ungetrübte Einigkeit zwischen Inga und Caroline. Und vor allem waren sie derart beschäftigt, dass kein Platz mehr für Eifersuchtsszene untereinander blieb!
Und dann, ganz plötzlich, wie aus dem Nichts, hörten die Trancen schlagartig auf. Inga und Caroline konnten es nicht fassen. Sie waren überglücklich! Endlich war es möglich, zu „normalen" Zeiten schlafen zu gehen oder wie andere Menschen abends bei einem Glas Wein ein belangloses Gespräch zu führen! Was war also geschehen?
Richtig! Mona war wie aus dem Nichts in ihr Leben getreten! Richard bezeichnete sie als seine Muse und nun waren die Abende nach den Vorstellungen mit anderen Dingen als mit kräftezehrendem Spiritismus angefüllt.
Richard versuchte langsam, aber stetig, Mona in die Familie einzugliedern. So nahm er sie immer häufiger nach den Vorstellungen einfach mit nach Hause, um dann noch ein bisschen zusammenzusitzen, zu reden oder eine Kleinigkeit zu essen.

Aber auch dieser Zustand konnte nicht sehr lange andauern, denn mit Mona tauchten neue Probleme für Richard auf. Mona wurde von Inga und Caroline natürlich eifersüchtig beäugt. Sie lehnten diese Frau unverhohlen ab. Aber auch dieses Mal konnte Richard nicht verzichten. Nicht auf Inga, nicht auf Caroline und eben auch nicht auf Mona. Also holte er sie wieder aus der Mottenkiste, die altbewährten „Geister", die wieder einmal die Aufgabe hatten, eindringlich klarzumachen, wohin die Reise nun zu gehen hatte.
Und neben dem Wunsch, Mona nicht zu verlieren, stand auf Richards Wunschliste nun ganz oben, doch einmal die Welt bereisen zu wollen. Nur würde er gewiss nicht allein hinauswollen. Er würde mit Mona reisen wollen, das stand für ihn fest. Doch wie sollte er das bewerkstelligen? Wie würde er nun erzwingen, dass Inga und Caroline auch dieses Spiel noch mitspielten?
Ganz einfach! Er ersann die Suche nach den „Orten" – natürlich sieben an der Zahl. Die magische Sieben! Die Ursprünge sollten gefunden werden! Die Wiege der Kulturen, der Menschheit schlechthin. Länder wie Ägypten, Indien, Kenia, China oder Mexiko wurden ausgewählt. Dazwischen sollten aber auch Inseln wie Barbados bereist werden, denn ein wenig Jetset-Feeling in der Karibik, das musste schon sein. Als Gegensatz dazu plante er noch einen Abstecher in die Vierte Welt ein – nach Haiti. Des Nervenkitzels und der Schwarzen Magie wegen. Um sich den Gefahren tapfer entgegenzustellen, auch wenn man womöglich ein einheimisches Zauberpulver ins Gesicht geblasen bekommen würde, um dann für den Rest des Lebens als Zombie umherzuwandeln. All das musste gründlich erforscht und ohne Rücksicht auf die eigene Gesundheit tapfer bekämpft werden von diesen unerschrockenen weißen Rittern aus Deutschland! Also, was bedeuteten die „Orte" nun? Wie sollte Richard sein wagemutiges Streiten für die gute Sache seinen arglosen Schäfchen schmackhaft machen?
Er erklärte es ihnen folgendermaßen: Die sieben „Orte" wären irgendwann im Laufe der Menschheitsgeschichte verloren gegangen und sie müssten innerhalb kürzester Zeit wiederge-

funden werden. Falls dies nicht gelänge, würde die Welt bald im Chaos versinken und elend zugrunde gehen. Ein Ganzes wäre irgendwann einmal verloren gegangen und nur ein kleines Team von „Eingeweihten" hätte nun die mühevolle und gefährliche Aufgabe, die einzelnen Teile wiederzufinden und erneut zusammenzuführen. Die Erklärung erinnerte nicht von ungefähr an die Gralssuche …
Für Idealisten und Fantasten, wie sie es sicherlich waren, wäre es ein ehrenwerter Auftrag gewesen, wenn nicht allein die primitive Geilheit eines Mannes auf eine Frau die eigentliche Triebfeder gewesen wäre. Die böswillige Lüge, einzig geboren aus dem Gefühl unbändiger Begierde! Alles hätte viel weniger schmerzhaft ablaufen können, nur Richard war eben kein aufrichtiger Mensch. Die schnellen Ficks mit Mona in irgendwelchen Ecken oder die unbequemen Verstecke, in die er sich mit ihr zurückziehen musste, um ungestört ein wenig Sex haben zu können, kotzten ihn wohl mittlerweile auch an. Dazu ständig der Gefahr ausgeliefert zu sein, dass sein Verhältnis entdeckt werden könnte. Das war ihm allemal zu gefährlich geworden. Aber er konnte sich auch nicht offenbaren, einfach gestehen, dass er ein Verhältnis hatte, dass er kaum an etwas anderes denken konnte als an Mona. Dazu fehlte ihm wie immer der Mut! Auf der anderen Seite drängte es ihn heraus aus der Normalität seiner Familien- und Theaterwelt, die er aber unter gar keinen Umständen aufgeben wollte. Denn das waren schließlich seine Trophäen, für die er nicht umsonst so lange und so schwer gekämpft hatte. Die würde er freiwillig niemals aufgeben, auch nicht für Mona. Er würde auf nichts im Leben verzichten. Dennoch wollte er seine Freiheit und er wollte Mona, dazu noch ein wenig die Welt bereisen – und ganz öffentlich mit ihr. Deshalb mussten die Reisen, die er nun plante, auch eine unzweideutige Mission haben. Zum einen natürlich zur Beruhigung seines eigenen schlechten Gewissens und zum anderen, um sie überhaupt glaubhaft rechtfertigen zu können, zumal diese Reisen viel Geld verschlingen würden – und das musste erst einmal aufgebracht werden, wie auch immer …

Inga und Caroline standen zunächst noch hinter ihm, ermutigten ihn sogar, seine schwere Aufgabe in Angriff zu nehmen – zusammen mit dem „Engel Mona", wie Richard sie bezeichnete. Dieser Engel wäre ihm einzig und allein zur Erfüllung dieser Mission geschickt worden. Caroline und Inga fragten sich aber oft, von wem Mona eigentlich geschickt worden war? Von oben etwa? Das konnte nicht sein. So schlecht konnte das Oben doch nun wirklich nicht sein ...

Kapitel XIX

Die erste Reise unternahm Richard – der Glaubwürdigkeit wegen – erst einmal allein. Ägypten war sein Ziel, das Land der Mystik schlechthin. Die Pyramiden, Kairo, all das war für Richard, der niemals weiter als bis nach Spanien gereist war, so fremd und vor allem gefährlich – auf mystischer Ebene natürlich, so sagte er. Doch für die gute Sache würde er eben alle Wagnisse und Gefahren mutig auf sich nehmen, selbstverständlich ausgestattet mit ausreichend Geld, einem Flugticket der Lufthansa und einer erstklassigen Unterbringung im „Club Med".
Damit begann das Reisefieber des Richard Winzer.
Dieser ersten Reise vorausgegangen waren wieder die nächtlichen Geisterbesuche. Dabei zog Richard alle Register, sodass das Team, bestehend aus Inga, Caroline, der stets anwesenden Mona und Ulla Maybach, die inzwischen ebenfalls in den inneren Kreis aufgenommenen wurde, sehr beeindruckt war. Ulla steuerte einen nicht unerheblichen Teil der finanziellen Mittel bei, die die Reise überhaupt erst möglich machten. Eine Reise in die Ungewissheit, wie Richard betonte. Sie schlugen sich also wieder einmal die Nächte um die Ohren und schmiedeten Pläne, wie man Richard, den tapferen Frontkämpfer gegen die Mächte des Bösen, nach Kräften unterstützen konnte. Was eigentlich nicht viel mehr bedeutete als: Woher kommen die Mittel für seine Mission und wie beschäftigt man die Daheimgebliebenen nach seiner Abreise möglichst sinnvoll? Also:

Wie schmiedet man wieder einmal Menschen zusammen, die eigentlich gar nicht zusammen sein wollen?
Richard ernannte die zu Hause gebliebenen Frauen zu seiner „Basisstation", seinem Sicherheitsgurt sozusagen, in seinem Kampf so weit weg von daheim! Und diese „Basisstation" müsse immer eng zusammen sein. Falls dies nicht funktioniere, geriete er womöglich in extreme Lebensgefahr. Wodurch eigentlich? Das fragte man sich schon. War es Isis, Osiris oder gar Anubis? Sollten sie seine Gegner sein?
Das hört sich im Nachhinein einfach nur irrsinnig an, doch in der konkreten Situation war es für alle wohl ein Stück Realität. Verrückte, angeführt von einem Superirren? Waren sie wirklich so umnachtet gewesen? Vielleicht. Doch auch wieder nicht ... Auf irgendeine absonderliche Weise waren sie alle wohl Gefangene eines hinterhältigen Spiels. Dumm waren sie allemal. Klar! Das wird jeder sagen. Doch im Innenverhältnis hatte eben jeder seinen zugewiesenen Platz. Ein kleiner funktionierender Mikrokosmos.
Und dann endlich war es so weit: Der große Tag seiner Abreise rückte unaufhaltsam näher. Ein riesengroßer Reisekoffer wurde gekauft. Er wurde unter seiner Aufsicht aufs Penibelste mit Tropenhosen und dazu passenden Jacken – natürlich in doppelter Ausführung – gepackt. Schwarze Seidenhemden mit kurzen und langen Ärmeln und die jeweils passenden Sakkos für den Flug wurden erstanden. Taschenlampen und unzählige Batterien für die Filmkamera und den Fotoapparat wurden gekauft, Schuhe und Socken in unterschiedlichen Ausführungen eingepackt und, und, und ...
Der gleiche Aufwand wurde im Vorfeld jeder späteren Reise beinahe rituell immer wiederholt. Doch nun sollte es erst einmal nach Ägypten gehen. Richard war ja noch am Anfang. Er war sozusagen ein Reise-Greenhorn. Alles war noch so spannend und neu.
Später wurde zwar immer noch der gleiche Aufwand betrieben, doch wesentlich entspannter. Und viel später dann packte er seine im Laufe der Zeit auf drei angewachsene Koffersamm-

lung allein, verlud sie danach auf ein kleines Rollwägelchen – und so beladen ging es dann los.

Doch Richard schaffte es allein gerade bis nach Kairo in den „Club Med", denn bereits nach zwei Tagen erkrankte er schwer. Er bekam 40 Grad Fieber und eine Helferin musste ihm auf dem schnellsten Wege zur Seite eilen. Er wollte aber nicht Mona. Ihrer Hilfe bedurfte es anscheinend bei dieser Reise noch nicht. Jetzt wollte er Caroline oder Ulla. Und Caroline entschied, dass doch Ulla fahren sollte, um dem kranken Meister Beistand zu leisten. Caroline wollte Franziska und Inga nicht allein lassen und im Grunde hatte sie wenig Lust, mal wieder einen kranken Richard pflegen zu müssen.

Die weitere Vorgehensweise wurde telefonisch mit dem unpässlichen Ritter abgestimmt. Ulla hätte sich auf jeden Fall, bevor sie nach Kairo käme, ihre blonden Haare zu färben, so lautete die Anweisung. Inga und Caroline konnten sich ein Grinsen nicht verkneifen, denn zur Not hätte es ein Tuch auch getan.

Nun ja, Ulla tat, wie ihr gesagt wurde, und sie setzte sich dunkel gefärbt ins nächste Flugzeug – mit weniger guter Ausrüstung, versteht sich. So flog sie dem Meister zu Hilfe und siehe da, irgendwie schaffte sie es, Richard wieder auf die Beine zu bringen – wahrscheinlich durch eine ausreichend große Spritze Erotik, denn bereits einen Tag nachdem sie in Kairo angekommen war, erhielt die besorgte „Basisstation" zu Hause die frohe Kunde der rasch fortschreitenden Genesung Richards. Ein Einzelzimmer hätte Ulla angeblich wegen der übereilten Buchung leider nicht mehr bekommen können. Dies führte selbstverständlich zu einer gewissen Verunsicherung der Frauen zu Hause. Sie fühlten sich unbehaglich, doch die aufkeimenden Zweifel wurden durch lange Telefonate mit Richard schnell zerstreut. Ulla sei doch wie seine kleine, hässliche Schwester! Für was man ihn denn hielte?! Die Maybach? Also bitte! Er leide doch nicht an Geschmacksverirrung!

Die „Basisstation" akzeptierte zähneknirschend. Irgendwie hatte er ja Recht. Ulla war wirklich keine Schönheit – und überhaupt ...

Die beeindruckenden Besuche der Pyramiden wurden begeistert an die zu Haus Gebliebenen telefonisch weitergegeben und der Flug nach Luxor war schon für den nächsten Tag gebucht. Später wurde bekannt, dass Ulla und Richard einen erlebnisreichen Aufenthalt in Luxor gehabt hatten. Sie besichtigten die Königsgräber in Westtheben per Esel, den Luxortempel und selbstverständlich den Karnak-Tempel mit nächtlicher Licht- und Ton-Vorführung. Freundschaften wurden geschlossen und das nächtliche Leben im „Club Med" genossen. Richard hatte begonnen, den anregenden Duft der Welt zu schnuppern – und nun konnte er für lange Zeit nicht mehr darauf verzichten! Und dafür waren die „Orte", die es zu finden galt, genau die richtige Taktik.

Kaum zurück in Deutschland, wurden die Ergebnisse dieser ersten Ortsuche ausgewertet. Richard war mit dem Ergebnis zufrieden, doch nun galt es, das Angenehme mit dem Nützlichen zu verbinden. Richard beabsichtigte nun, in Ägypten ein Theaterstück zu entwickeln. Ebenso hielt er es in der Anfangsphase der Ortsuche für erforderlich, dass Caroline und Inga gemeinsam mit ihm den ersten gefundenen „Ort" in Luxor besuchten, um ihn sozusagen zu bestätigen, wie er es ausdrückte. Er wollte den beiden das Gefühl geben, so etwas wie die Gralshüterinnen zu sein, die höchste Instanz dieser Mission überhaupt. Und das funktionierte bis dahin auch recht gut.

Zwei Monate später machte sich also das siebenköpfige Ensemble – bestehend aus Fabian Heller, Johannes Maus, Ulla Maybach, Mona Gunwald, Inga und Richard Winzer sowie Caroline Maria Fränkel – auf den Weg nach Ägypten, um einerseits das Projekt in Angriff zu nehmen und andererseits den ersten „Ort" zu bestätigen. Das war allerdings nur Richard, Inga und Caroline bekannt.

Der „Club Med" in Kairo, ein ehemaliger Sultanspalast, lag gut geschützt und von meist jungen ägyptischen Soldaten bewacht hinter meterhohen, dicken Mauern unweit der lärmenden Innenstadt. Durch eine riesige hölzerne Eingangspforte gelangten sie in einen weitläufigen Park. Dort befanden sich die klei-

nen Häuschen, die man über schmale, von Palmen gesäumte Sandwege erreichte. Das weitläufige Areal hatte etwas von einer tropischen Insel inmitten dieser lauten, fast im Autoverkehr zu ersticken drohenden und schmutzigen Millionenstadt Kairo.

Kapitel XX

Vier Tage waren für den Besuch in Kairo eingeplant. Danach standen zehn Tage Luxor und vier Tage Assuan auf dem Programm. Am Ende der Reise dann nochmals ein paar Tage Luxor zum Ausklingen. Der Rückflug würde direkt von Luxor über Kairo und weiter nach Frankfurt gehen.
Der Tag begann gegen 7.30 Uhr mit dem gemeinsamen Frühstück und danach ging es mit einem gemieteten Kleinbus los in Richtung Pyramiden. Hinein in die Cheops-Pyramide! Hinaus in die Wüste zur Pyramide von Djoser! In sengend heißer Sonne stand die kleine Gruppe und lauschte Richards Ausführungen zum Thema des „rituellen Rundlaufs", den ein Pharao alljährlich zum Zeichen seiner niemals schwindenden Kräfte zu absolvieren hatte. Der Pharao hatte ein fußballfeldgroßes Areal, das sich innerhalb der inneren Begrenzungsmauer seines Grabmals befand, mindestens ein Mal zu umrunden. Unsere Aufgabe bestand nun darin, diese Erfahrung möglichst hautnah nachzuempfinden. Wir taten unser Bestes – mit hängender Zunge und bei 30 Grad Hitze! Ohne Gnade ging es weiter. Kleinere Pyramiden, die besseren Steinhaufen glichen und deren Namen jeder gleich wieder vergaß, wurden besichtigt. Meist von außen, da ins Innere kein Weg mehr führte.
Hineingezwängt in den eiskalt klimatisierten Kleinbus ging es weiter zur nächsten Sehenswürdigkeit. Dort angekommen, wieder hinaus in die Gluthitze, in diese erbarmungslos brennende Sonne! Dann hinuntersteigen in die dunkle, kühle Grabstätte der heiligen Apisstiere, vorbei an riesigen schwarzen Granit-Sarkophagen, in denen die Stiere mumifiziert seit Tausenden von Jahren begraben waren.

Mystische Stille. Schweigend bewegten wir uns voran. Am Ausgang angekommen, schmerzten die Augen vom grellen Sonnenlicht. Wie auf ein unsichtbares Zeichen hin wurden die Sonnenbrillen aufgesetzt. Jeder hatte jetzt nur einen Gedanken: Trinken! Etwas Kaltes! Nur etwas trinken! Hauptsache, Flüssigkeit zu sich nehmen und endlich ein wenig ausruhen! Eine kurze Weile unter Schatten spendenden Strohdächern sitzen dürfen und die Beine von sich strecken können! Welch eine Wohltat! Endlich sitzen!
Doch nach einer kurzen halben Stunde des Verschnaufens standen schon für einige aus der Gruppe die Pferde bereit zum Ritt zurück zu den Pyramiden. Für die heiß es nun: Flugs hinauf auf diese kleinen, pfeilschnellen Araberpferdchen!
Doch von englischer Reitweise keine Spur. Einhändig wurden sie geritten. Und sie hatten es mächtig eilig, wieder zurück zu ihrem Stall zu kommen. Manche der Pferde tänzelten nervös auf der Stelle und als der Führer den Zügel seines Schimmels herumriss, ging es ohne Vorwarnung im gestreckten Galopp die Sandhügel hoch und auf der anderen Seite im gleichen Tempo wieder hinunter. Einige ließen die Zügel einfach lang und vertrauten sich ihrem Pferd furchtlos an. Einige andere – weniger Mutige – hielten die Zügel kurz in der Hoffnung, das Tempo auf diese Weise ein wenig drosseln zu können. Manchem gelang es, einem anderen weniger und sein Pferd preschte einfach mit ihm auf dem Rücken davon. Der Führer versuchte, die Reitenden einzukreisen, um das Tempo zu verringern, und nach kurzer Zeit stand die Gruppe im Kreis zusammen und war erleichtert, dass ihr Leader eine Verschnaufpause organisiert hatte. Nur Johannes, dessen Pferd mit ihm auf und davon gestürmt war, erschien als ganz kleiner, weiß schimmernder Punkt am Horizont.
Der Führer lachte und sagte in schlechtem Englisch, dass man sich keine Sorgen machen müsse, das Pferd kenne seinen Weg nach Hause. Es würde den Herrn schon sicher zu den Pyramiden zurückbringen. „Don't worry, be happy!" – mit diesen Worten lenkte er sein Pferd um und diesmal ritt die kleine Grup-

pe in gemäßigtem Trab hintereinander her, so wie eine wohlorganisierte englische Reisegruppe.

Nach einer Stunde kamen alle mit hochroten Köpfen, verschwitzt, aber glücklich, dieses Abenteuer heil überstanden zu haben, am Sammelpunkt an. Auch Johannes erwartete sie – etwas abseits von den anderen stehend. Er sah ein wenig bleich aus, aber ansonsten schien er unversehrt zu sein. In seinem nach wie vor blütenweißen, tadellos gebügelten Hemd und den hellblauen Jeanshosen erinnerte er Caroline, die nicht mitgeritten, sondern im Bus zum Treffpunkt gekommen war, an einen englischen Kolonialherrn, dem lediglich das obligate dünne Rohrstöckchen, das zackig unter den Arm geklemmt gehörte, fehlte.

Die Reiter stiegen von ihren Pferden, lösten noch schnell die Sattelgurte – und schon waren kleine Jungen da, die die Pferde zu den bereitstehenden Wassereimern führten. Andere Jungen reichten heißen Tee.

Heißer Tee in dieser Gluthitze? Doch er erfrischte und löschte den Durst weitaus besser als kalte Cola.

Richard und der Rest der Gruppe, die mit dem Bus gefahren waren, erwarteten die Reiter schon ungeduldig. „So, alle in den Bus gestiegen, Mädels und Jungen! Es geht zurück zum Hotel!", rief er kurz und bestieg natürlich als Erster das Gefährt. Jeder, ob Reiter oder Nichtreiter, schleppte sich mit allerletzten Kräften zum Bus. Nachdem der Letzte gerade noch rechtzeitig seine Gliedmaßen vor der krachend ins Schloss fallenden Schiebetür in Sicherheit hatte bringen können, setzte der Bus sich holpernd in Bewegung. Der Weg führte über eine Schotterpiste bis zur Pyramide des Cheops. Im Vorbeifahren erhaschten wir einen letzten flüchtigen Blick auf das berühmte Grabräuberloch in der Mitte der Pyramide – und weiter ging die Fahrt bis zur schnurgeraden Asphaltstraße in Richtung Kairo. Eine vierspurige Stadtautobahn führte mitten hinein in die Innenstadt.

Mittlerweile rutschten einige unruhig auf den roten Plastiksitzen herum, die trotz der Eiseskälte im Bus unangenehm klebrig waren. Die Fahrt ging vorbei an Männern in hellblauen oder auch braunen Kaftanen, die ohne Hast die Gehwege bevölkerten. Manche standen in kleinen Gruppen am Straßenrand zusammen, andere zerrten Ziegen oder kleine dünne Esel an Stricken hinter sich her. Sie fuhren vorbei an Kindern in zerlumpten T-Shirts, auf denen man noch schemenhaft „Coca Cola", „Puma" oder den Rest von „Hardrock Café" entziffern konnte. Sie sahen Frauen in schwarzen Gewändern, die tief verschleiert und meist zu zweit oder zu dritt vom Einkaufen kamen. Beladen mit schweren Weidenkörben drückten sie sich eng an den Häuserfassaden entlang. Schwankende zweirädrige Eselskarren drängten sich durch den in Richtung Innenstadt dichter werdenden Autoverkehr. Und immer wieder sahen sie dürre Kamele, die hoch beladen waren mit Schilfbündeln auf ihren Buckeln und die mit langen Stöcken von ihren Hirten zum Weitergehen genötigt wurden. Schwarz glänzende Wasserbüffel, die von kleinen Jungen an dicken Stricken geführt wurden, verließen die Hauptstraße, um in einer der unzähligen Gassen rechts und links wie im Nichts zu verschwinden. Diese Gassen waren schmutzig und dunkel. Eng an eng standen die verwahrlosten Häuser wie verlassen da, doch wenn man genauer hineinsah, konnte man erkennen, dass sie bewohnt waren. Manche der Gebäude hatten schmale, wahrscheinlich nicht einmal einen Meter breite Balkone, auf denen sich allerlei Hausrat, Tierkäfige, Wäscheständer und Gerümpel in schwindelerregende Höhen stapelte.

Trotz des dichten Verkehrs fuhr unser Chauffeur in halsbrecherischem Tempo, um unvermittelt eine Vollbremsung zu vollführen, da eine plötzlich auf die Fahrbahn drängende Ziegenherde ihm den Weg versperrte. Der Fahrer, er hieß Abdul, versuchte unter größter Anstrengung, das Seitenfenster herunterzukurbeln, aber es klemmte. Deshalb öffnete er die Fahrertür und ein nicht enden wollender Redeschwall prasselte auf den armen Ziegenhirten hernieder. Dieser versuchte sein Bestes, die Herde wieder in eine gewisse Ordnung zu bringen, doch das dauerte unserem Fahrer alles schon viel zu lange. Er stieg aus und beförderte einige der Ziegen mit unsanften Fußtritten aus dem

Weg, woraufhin der Hirte laut schimpfend und seinen Stock schwingend auf ihn zulief. Eine lautstarke Diskussion entbrannte zwischen den beiden – doch so rasch sie eben erst entflammt war, so schnell war sie auch beendet und die Herde hatte sich wieder zu einem Knäuel formiert. Welche Magie, dachten wir.
Doch ungerügt ob dieser grausamen Behandlung von Tieren kam Abdul uns nicht davon. Ulla sagte ihm in klaren Worten, dass sie, falls er so etwas auch nur noch ein Mal in unserer Gegenwart tun würde, sofort einen anderen Fahrer nehmen würde. Er hatte den Rest der Fahrt große Schwierigkeiten, Ulla davon zu überzeugen, dass dies nur ein hilfloser Ausrutscher gewesen sei. Er liebe doch alle Kreaturen und er hätte uns doch nur schnell ins Hotel bringen wollen. „Allah ist mächtig und gütig!"
„Wanzen! Flöhe! Hilfe, mich beißt irgendetwas in den Oberschenkel!", rief plötzlich jemand.
„Ich für meinen Teil will einfach nur noch unter die Dusche!", maulte ein anderer.
Der Gedanke an eine erfrischende Dusche war nun wohl der vorherrschende. Und frische Sachen anziehen der zweite. Überall war Staub. In den Augen, in der Nase, selbst im Mund knirschte der Sand zwischen den Zähnen. Es musste sich mit Sicherheit eine Unmenge an Ungeziefer in den Satteldecken befunden haben, denn gerade diejenigen, die den Ritt gemacht hatten, begannen sich nun überall zu kratzen. Natürlich! Diese Satteldecken wurden bestimmt niemals gewaschen.
Der Fahrer hielt die kleine Gruppe jedoch mit riskanten Überholmanövern auf dem Punkt der höchsten Konzentration, um dann jedoch unvermittelt und ruckartig vor dem Holzportal des „Club Méditeranée" mit quietschenden Reifen zu bremsen. Die müden Köpfe wurden bei diesem Bremsmanöver nach vorn und wieder zurück geschleudert, Rucksäcke polterten krachend zu Boden. Jemand, der sich vielleicht ein wenig zu voreilig von seinem klebrigen Sitz erhoben hatte, wurde unsanft in diesen zurückgeschmettert. Egal! Jetzt waren sie erst einmal einigermaßen unversehrt am Hotel angekommen!
Sofort öffnete ein livrierter Diener die Schiebetür des Busses

und heiße, nach Abgasen riechende Luft schlug ihnen wie ein Hammer entgegen. Alle drängten hinaus aus diesem Wagen und in Richtung Eingangstor des „Club Med", das bis auf ein winzig kleines, niedriges Türchen gänzlich geschlossen war. Ein mürrischer Wachmann ließ, nachdem er jeden Hotelausweis eingehend geprüft hatte, einen nach dem anderen hinein. Erleichterung machte sich breit. Endlich wieder in Sicherheit! Diese Stadt war ein Martyrium! Doch nun wollte ein jeder erst einmal auf sein Zimmer und duschen!

Jeder – bis auf Richard natürlich! Denn der wollte Kaffee und die unverfälschten Eindrücke seiner Truppe in sich aufnehmen! Also setzte sich der Tross der so gemarterten Entdecker mürrisch dreinblickend erst einmal wieder in Bewegung Richtung Kaffeebar. Doch Gott sei Dank, im „Club Med" ging alles seinen geregelten Gang! Es war erst 18 Uhr und Kaffee gab es in der Bar erst wieder nach dem Abendessen, also nicht vor 21 Uhr!

Doch Richard gab nicht auf. Die Bar am Pool fiel ihm ein, dort würde es sicher Kaffee geben! Er marschierte also in seinem grünen Tropenanzug wie ein General, gefolgt von einer Meute maulender Menschen, geradewegs in Richtung Poolbar, die einige hundert Meter Fußweg weit entfernt lag.

Dort angekommen, stellte sich heraus, dass auch sie erst ab 19 Uhr geöffnet hatte. Notgedrungen musste Richard nachgeben und endlich wurden alle in Ehren für eine kurze Stunde auf die Zimmer entlassen. Die wohlverdiente Dusche rückte in greifbare Nähe!

Doch noch im Gehen ertönte Richards mahnende Stimme: „Aber nicht vergessen, Leute, in einer Stunde am Pool! Wir sind ja schließlich nicht zum Vergnügen hier!"

Jeder hastete also, so schnell er nur eben konnte, die verschlungenen Sandwege entlang in Richtung der Zimmer. Keine Sekunde durfte verloren gehen! Nicht einmal einen Blick an die wundervollen Pflanzen in dieser Parklandschaft wollte man verschenken. Auch die imposanten meterhohen, uralten Palmen oder gar ein Hilfe suchend umherirrender Kollege, der sich nicht so schnell wie man selbst im Labyrinth der schmalen Wege und

Häuser zurechtfand, wurden ignoriert. Diese armen Menschen verloren durch ihre Orientierungslosigkeit wichtige Minuten! Minuten des Alleinseins und der Entspannung bis zum unausweichlichen Termin in schon einer Stunde am Pool mit Richard. An diesem Nachmittag war sich jeder selbst der Nächste. Man kannte weder Freund noch Feind.

Die Poolbesprechungen waren nach einem anstrengenden Tag wie diesem äußerst quälend und vor allem zu lang. Irgendwie musste die Zeit bis zum Abendessen, das nach französischer Art erst um 21 Uhr begann, ja sinnvoll überbrückt werden. Man war eben nicht zur Entspannung hier, sondern um sich ausführlich auf ein Theaterprojekt vorzubereiten, das sich mit dem Land und der Kultur auseinandersetzen sollte.

Um der Besprechung einen äußerlich offiziellen Touch zu verleihen, wurden zu diesem Zweck zwei Tische nebeneinander aufgestellt, an denen das Leitungsteam Platz nahm. Der Rest der Gruppe platzierte sich mit seinen Stühlen in einem Halbkreis davor.

Das Leitungsteam bestand aus Richard und Caroline. Inga fungierte als künstlerische Beraterin, also gehörte sie quasi ebenfalls zum Leitungsteam. Und Mona natürlich auch. Die Sitzordnung war immer die gleiche. Richard thronte in der Mitte, rechts neben ihm Inga, links neben ihm Caroline – und ein klein wenig versetzt hinter Richard auf seiner rechten Seite hatte Mona Platz genommen. Ihr hatte Richard vor Beginn der Reise die Anweisung gegeben, sich stets unmittelbar in seiner Nähe aufzuhalten. Er hatte ihr auch gesagt, sie solle stets eine Art Tropenkleidung tragen. Diese bestand aus einer olivfarbenen Hose und passender ebenfalls khakifarbener Bluse. Ihre blauschwarzen schulterlangen Haare hatte sie tagsüber immer zu einem strengen Pferdeschwanz hochgebunden. Am Abend jedoch trug sie ihre Haare offen, nur durch ein dünnes gelbes Seidentuch aus der Stirn zurückgehalten. Caroline erinnerte diese Art der Aufmachung an israelische Soldatinnen im Sechs-Tage-Krieg. Richard dagegen gefiel, wie sie aussah, und er sagte es ihr auch bei verschiedenen Gelegenheiten.

Caroline hatte es immer gewundert, wieso Mona sich derart reglementieren ließ, doch es musste ihr auch Freude bereitet haben, denn die anderen Frauen kleideten sich, wie es die Erfordernisse gerade verlangten. Schon hier spürte Caroline ein irgendwie geartetes Spiel, das Richard und Mona spielten. „Die gehorsame Kämpferin und ihr General" hätte das Spiel heißen können und ihr Unbehagen über das Ganze konnte sie oft kaum unter Kontrolle bekommen und so lag ständig eine gewisse Gereiztheit in der Luft.

An diesem Abend sollte jeder über seine Empfindungen sprechen, die er tagsüber gehabt hatte. Und während Richard sich die Ausführungen der Gruppenmitglieder anhörte, hob er mehrfach lediglich seinen Zeige- und Mittelfinger, so, als ob er Papier zerschneiden wolle, und nur ein paar Sekunden später reichte Mona ihm eine angezündete Zigarette. Als er sich einen Kaffee bestellte, rührte sie ihm den Zucker hinein und reichte ihm die Tasse. Caroline musste sich unglaublich zusammenreißen, um sich nicht abfällig darüber zu äußern. Überhaupt ging ihr Mona ziemlich auf die Nerven. Und zu allem Überfluss teilten sie sich auch noch ein Doppelzimmer! Caroline fand allein das schon ungeheuerlich und hatte ihr Missfallen darüber im Vorfeld der Reise auch mehrfach so geäußert. Aber mit Rücksicht auf die ohnehin schon hohen Kosten für diese Reise bestand sie dann doch nicht auf einem Einzelzimmer – und schon gar nicht darauf, mit Richard das Zimmer teilen zu können. Dies war nun einmal stillschweigend schon immer das Privileg von Inga, seiner Ehefrau, gewesen. Es sollte nach außen, dem Ensemble gegenüber, ja der schöne Schein gewahrt bleiben. Und damit beruhigte Caroline meist ihren geheimen Groll über diese Tatsache. In Grunde ihres Herzens jedoch war sie tief gekränkt – aber sie schwieg dazu, so wie zu zahlreichen anderen Dingen, die sie eigentlich mehr als verabscheut haben musste. Sie machte ihre Arbeit und schwieg. So vergingen die Tage in Kairo.

Nach einer knappen Woche brach der Tross auf nach Luxor. Dort sollten sie für einige Tage bleiben, Gräber und Tempel

besichtigen und etwas über die Kultur lernen. Doch auch hier war der ganze Tag angefüllt mit Anstrengungen – und zwar von morgens 6 Uhr bis abends spät. Entweder kamen sie völlig erschöpft und verdreckt von Besichtigungen zurück, dann freuten sie sich auf eine Dusche und das Abendessen im Club, oder sie hatten mit Durchfall zu kämpfen. Aber auch der schlimmste Durchfall konnte niemanden davor bewahren, gesellschaftliche Verpflichtungen wahrnehmen zu müssen, so wie an einem Abend, als drei Mitglieder der Truppe – und diesmal zählte Caroline dazu – schlimmste Magenkrämpfe, Erbrechen und Durchfall hatten. Trotzdem konnten sie Richard nicht dazu überreden, im Hotel bleiben zu dürfen, sondern sie mussten an einem Abendessen teilnehmen, zu dem eine der wichtigsten Familien aus Luxor eingeladen hatte. Alle mussten dort erscheinen, sonst wäre es eine nicht wieder gutzumachende Beleidigung gewesen. Also schleppten sich die Unglücklichen ebenfalls dorthin. Sie hatten schon geglaubt, die Fahrt mit der Pferdekutsche nicht zu überleben, doch das war ein Spaziergang im Gegensatz zu dem, was dann auf sie zukam ...
Vor dem Haus der Familie Moussa angekommen, wartete der gesamte Clan bereits auf die Gäste aus Deutschland, um sie dann nach einer ausführlichen Begrüßung unter den neugierigen Blicken der gesamten Nachbarschaft in ihr Haus zu geleiten. Sie wurden in einen Raum geführt, der ausschließlich, so erklärte man ihnen, für besondere Anlässe benutzt wurde. In diesem Raum, der nicht größer als gerade einmal 14 Quadratmeter war, stand nichts weiter als ein großer Tisch und an den langen Seiten jeweils ein ebenso langes Sofa. Darauf wurden sie nun platziert. Zu fünft saßen sie so eng aneinandergepresst wie auf einer Hühnerleiter. Dankesreden von unglaublicher Länge wurden wechselseitig von Richard oder den Gastgebern gehalten. Diese hatten sich an den kurzen Seiten des Tisches aufgestellt und keine Anstalten gemacht, sich zu setzen. Nur ein alter, blinder Mann, der Patriarch der Familie Moussa, hatte mit am Tisch Platz genommen – direkt neben der kranken Caroline. Aus toten Augenhöhlen schien er seine Gäste zu fixieren.

Es dauerte endlos lange, bis kalte Getränke gereicht wurden. Caroline war speiübel. Lediglich aus diesem einen Grund war sie fast froh, so beengt sitzen zu müssen, sonst wäre sie wahrscheinlich auf die Seite gesunken, so schlecht ging es ihr. Doch vor die Wahl gestellt, auf den blinden Mann oder auf den neben ihr kauernden Johannes, dem es im Übrigen genauso schlecht ging wie ihr, sinken zu müssen, wäre ihre Wahl ganz eindeutig auf Johannes gefallen. Der Blinde war nämlich nicht nur blind, sondern er stank wie ein alter Iltis aus seinem grau-blauen Kaftan. Der dicke braune Wollschal, den er sich um den Hals geschlungen hatte, stammte sicherlich noch aus seiner Jugendzeit.
Caroline schwitzte. Ihre dünne Baumwollhose hing wie eine gerade angeleckte Briefmarke an ihren feuchten Beinen und die Bluse klebte ihr durchgeweicht am Rücken fest. Wie also hielt der Mann neben ihr diese Hitze aus mit einem Wollschal um den Hals, fragte sie sich immer wieder. Es war Winter in Ägypten, sicherlich, aber trotzdem war ein Wollschal eigentlich unnötig bei den Temperaturen, die noch um die 25 Grad lagen. Vielleicht lag es ja daran, dass der Mann mindestens hundert gewesen sein musste …
Endlich gab es also etwas zu trinken und der Deckenventilator wurde angestellt. Er bewegte sich in gefährlich ellipsenförmigen Drehungen und unter Ächzen derart laut, dass man sein eigenes Wort kaum verstehen konnte, deshalb wurde er in immer kürzer werdenden Abständen an- und dann wieder ausgeschaltet. Dann wurde es jedoch sofort wieder unerträglich heiß in diesem kleinen Zimmer.
‚Oh Gott, sicherlich wird gleich das Abendessen aufgetragen', dachte Caroline. Sie durfte gar nicht daran denken, denn ihr wurde nun wieder übel. Einen Gedanken wurde sie ebenfalls nicht mehr los: Was wäre, wenn sie sich übergeben müsste? Wohin denn? Auf den Tisch? In ihren Schoß? Auf den Blinden oder links auf Johannes? Wie käme sie aus dieser eingeklemmten Lage überhaupt auf die Toilette? Und gab es überhaupt eine in dieser Wohnung?

Plötzlich bemerkte sie, dass ihr immer schwindliger wurde. ‚Nur nicht zur Seite auf den Blinden fallen', dachte sie. ‚Dann doch lieber auf Johannes, der hat bestimmt heute ausgiebig geduscht. Der ist sowieso immer so adrett. Immer ein blütenweißes Hemd, auch in der größten Mittagshitze sieht er aus wie aus dem Ei gepellt. Blitzblank, der Junge, egal, wie staubig die Wüste auch ist.'
Jetzt war er ihr richtig lieb und sie merkte, wie sie immer näher an Johannes heranrückte. Als sie dann zu ihm hinübersah, bemerkte sie, dass sein Gesicht die Farbe eines Frischkäses angenommen hatte. Doch wie konnte sie überhaupt in dieser Situation an Käse denken? Wieder ging eine Welle von Hitze und Übelkeit durch ihren Körper – von den Zehen bis zu den Haarwurzeln.
In diesem Moment sah sie, wie Richard sich mit einem seiner Stofftücher, die er stets bei sich trug, den Schweiß von der Stirn und aus dem Nacken wischte. Und sie hörte seine letzten Sätze, die für sie klangen wie: „So let me thank you a lot for your kind and friendly welcome and let us have a never ending friendship! We all love your country and your culture so much. Thanks to you, my dear friend Gamil and to your whole family."
Freundliches Nicken allüberall. Gamil klatschte in die Hände und im Türrahmen erschienen drei Frauen. Jede hielt ein großes, mit Gold verziertes Tablett in den Händen. Der blinde Mann neben Caroline begann mit seinem zahnlosen Mund Schmatzgeräusche zu machen. Die Tabletts wurden auf den Tisch gestellt, Suppenteller wurden verteilt und Besteck herumgereicht.
Gamil erklärte, dass dies eine traditionelle Begrüßungssuppe aus vielerlei Gemüse, Hammelfleisch und Nudeln sei, sehr kräftigend, wir sollten reichlich zugreifen.
Jedem wurde aufgefüllt. Caroline zählte mit: Drei große Kellen für jeden! Sie sah auf ihren randvoll gefüllten Teller. Oben auf der Suppe, die sicherlich kräftigend war, schwammen zu ihrem Entsetzen bläulich schimmernde Fettaugen gemütlich im Kreis herum. Und Caroline konnte nicht genau sagen, ob sie sich drehte oder doch eher die Augen auf der Suppe.

Sie griff zitternd nach ihrem Löffel, dabei sah sie neben sich. Johannes blickte starr und kerzengerade sitzend wie eine ägyptische Statue über seinen Teller hinweg zu Richard, der ihm gegenübersaß und mit Appetit seine Suppe schlurfte. Johannes schien, als sei er zur Salzsäule erstarrt. Auf der anderen Seite löffelte der Blinde mit einer solchen Zielsicherheit seine Suppe, dass Caroline sich beinahe schämte, ihn für blind gehalten zu haben. Was sollte sie um Gottes willen nur mit diesem Teller voller fetter Suppe machen? Sie konnte beim besten Willen nichts davon essen.

„Du musst wenigstens zwei, drei Anstandslöffel nehmen!", hörte sie Richard zischeln.

„Ich kotze gleich in meinen Teller! Mir ist so fürchterlich schlecht! Ich habe es dir vorher gesagt, dass du mich hättest entschuldigen sollen. Aber du wolltest ja unbedingt, dass ich mitkomme!", erwiderte sie gereizt.

Der Blinde drehte seinen Kopf zu ihr herum, nickte aufmunternd und machte eine Handbewegung, dass sie nun aber mal ihre Suppe aufessen solle. Caroline versuchte es mit einem Lächeln, aber was sollte es helfen? Der Alte konnte es ja nicht sehen. In diesem Moment bekam sie von ihm einen leichten Stoß in die Rippen – als Aufmunterung, nun doch endlich mit dem Essen zu beginnen. Wie konnte er denn überhaupt wissen, dass sie noch gar nichts gegessen hatte? ‚Der ist bestimmt gar nicht blind', dachte sie wütend und hob den ersten Löffel Richtung Mund. ‚Ich kann nicht!', dachte sie immer wieder. ‚Ich kann einfach nicht! Was mache ich nur?' Irgendwie hatte sie das Gefühl, von jedem beobachtet zu werden.

Johannes hatte seine starre Körperhaltung aufgegeben und Caroline glaubte, gesehen zu haben, dass er mindestens zwei Löffel Suppe gegessen hatte. Nun aber nahm er sehr würdevoll die auf seinem Schoß liegende Serviette, tupfte mit einer Ecke erst den rechten, dann den linken Mundwinkel ab und sagte mit leiser, aber fester Stimme in die Runde: „This soup was delicious. Thank you very much! But because I have a little problem with my stomach I have to stop eating it now!" Er unterstrich das Gesagte, indem er die flache Hand auf seinen Magen legte, im Oberkörper leicht nach vorn abknickte und den Kopf ebenfalls nach vorn fallen ließ. Es entbehrte nicht eines gewissen Pathos. In dieser Stellung verharrte Johannes eine geraume Zeit – und hatte natürlich erreicht, keine weiteren Speisen angeboten zu bekommen. Lediglich mitleidige Blicke wurden ihm zuteil. Das war es. Ansonsten wurde er in Ruhe gelassen. Wie Caroline ihn um diesen genialen Schachzug beneidete, denn weder sie noch der genauso kranke Fabian hatten nun noch die Möglichkeit, sich auch zu ihrem Leiden zu bekennen. Es hätte doch wie ein lächerliches Plagiat gewirkt. Also mussten sie durch das Jammertal der unmittelbar auf die Suppe folgenden riesig großen Nilgans hindurch. Die Gans war großzügig garniert mit Gemüse, Couscous und bekränzt mit einer Unmenge an Wachteln. Danach folgte die klebrig zuckersüße Nachspeise und ein ebensolcher Mokka als Abschluss.

Caroline war überzeugt, die Speisen waren sicherlich köstlich, aber für Menschen mit krampfendem Magen schlichtweg eine nicht enden wollende Quälerei. Fabian hatte Glück, dass er an den äußeren Rand des Sofas platziert worden war. So umging er einen Teil des Hauptganges, indem er eine ziemlich lange Zeit auf der Toilette verbrachte, die es zu Carolines Entzücken offensichtlich doch in erreichbarer Nähe gab.

Caroline versuchte durch schnelles Wegziehen ihres Tellers, die Portion möglichst klein zu halten, doch um eine Wachtel kam sie nicht herum. Sie ließ sich ihren aufkommenden Ekel vor den kleinen, zierlichen Tierchen nicht anmerken. Brav knabberte sie mit spitzen Zähnen das wenige zarte Fleisch von den winzigen Knöchelchen. Die Hälfte der ihr zugedachten Portion knusprig gebratener Gans verstaute sie unauffällig unter dem Couscous.

Nachdem endlich die Teller abgeräumt waren, zwängte sie sich an ihrem blinden Nachbarn vorbei auf die Toilette. Dort verharrte sie – am offenen Fenster nach Luft schnappend – für eine ganze Weile.

„Kommst du bitte, Caroline? Die warten schon mit dem Nach-

tisch auf dich!", flüsterte Ulla und klopfte vorsichtig an die Tür.
"Ich komme gleich, verdammt noch mal!", antwortete Caroline und kurz darauf zwängte sie sich wieder vorbei an dem Blinden auf ihren Platz.
Vor ihr stand eine babyrosafarbene, zuckrig schaumige Nachspeise. ‚Ist egal', dachte sie bei sich. ‚Ich bringe es jetzt einfach hinter mich – und wenn ich mich übergeben muss, dann ist es eben, wie es ist.'
Sie schaffte ein Viertel der Portion, die süßer als Zuckerrübensirup und türkischer Honig zusammen war, legte ihren Löffel ordentlich auf den Teller und schob ihn einfach ein Stück von sich fort. Dann lehnte sie sich so weit es möglich war nach hinten und versuchte, den Gesprächen am Tisch zu folgen.
Kein Protest erklang von Seiten des Blinden ob ihres nicht leer gegessenen Tellers. Sie hatte die Tortur tatsächlich überstanden! Nun konnte es bis zum Aufbruch nicht mehr lange dauern und sie würde die letzte Strecke mit Haltung hinter sich bringen.
Caroline blickte sich um. Fabian lehnte kreidebleich, den Kopf leicht zur Seite geneigt, am Ende des Sofas und wurde so recht von niemandem beachtet. Daneben saß Ulla, die – wie immer bei derartigen Anlässen – bester Stimmung war. Sie scherzte mit unserem Gastgeber, der emsig damit beschäftigt war, ihr zu erläutern, wie aus einem ungefähr eineinhalb Meter langen, schmalen weißen Tuch ein ordentlicher Turban gebunden wurde. Und innerhalb kürzester Zeit saß die gesamte Truppe, selbst der nicht mehr wirklich auf dieser Welt weilende Fabian, mit einem weißen Turban auf dem Kopf da, den wir auch bis zum Hotel tragen müssten, meinte unser Gastgeber lachend.
Alle machten gute Miene zum bösen Spiel und die Verabschiedungszeremonie begann. Nach endlosen gegenseitigen Danksagungen und blumig ausgeschmückten Wünschen trafen endlich die bestellten Pferdekutschen vor dem Haus ein.
Schwankend setzte sich der kleine Tross in Bewegung. Die Fahrt führte am Karnak-Tempel vorbei, die Niluferstraße entlang in Richtung Luxor-Tempel. Es war kühl geworden und die Luft glasklar. Ein nachtblauer Sternenhimmel wölbte sich über

Luxor – beinahe so wundervoll wie bei den Gräbern Westthebens drüben auf der anderen Nilseite.
Caroline fühlte sich schon entschieden besser. Die frische Luft tat ihr gut. Sie schaute hinüber nach Westen, hinüber ins Totenreich. Die winzigen Dörfer auf der anderen Seite, deren Häuser seit jeher aus ungebrannten Lehmziegeln gebaut waren, lagen friedlich da. Keine Menschenseele war mehr zu sehen. Lediglich schwache, dünne weiße Rauchfäden der fast erloschenen Feuerstellen stiegen vor den Hütten geradewegs in den Sternenhimmel auf. Die Bewohner waren, nachdem die Feuer beinahe heruntergebrannt waren und nur noch wenig Wärme spendeten, zum Schlafen auf ihre geflochtenen Bastmatten gegangen, ebenso wie es die Bauern und Handwerker schon vor Tausenden von Jahren dort drüben getan hatten. Nur in Kurna, dem berühmten Dorf der Grabräuber oberhalb der armseligen Lehmhütten, direkt am Eingang zum Tal der Könige, brannte in einigen Häusern elektrisches Licht. Während die Kutsche, in der Caroline Platz genommen hatte, in langsamem Tempo die Uferstraße Richtung Hotel fuhr, versuchte sie sich vorzustellen, wie bei Anbruch der Nacht eine rege Betriebsamkeit in den Kellern der Häuser in Kurna begann. Mit Schaufeln und Hacken ging man seit Jahrhunderten in diesem Dorf auf die Suche nach Grabschätzen, die noch immer in großen Mengen unter dem Sand verborgen sein mussten.
Immer weiter ging es am Nil entlang. Carolines Kutscher, ein junger dunkelhäutiger Nubier, der sich zum Schutz vor der Kälte der Nacht in eine dunkelbraune zerschlissene Wolldecke eingewickelt hatte, erinnerte sie an den Sensenmann, wie er hoch oben dunkel und kerzengerade auf seinem Kutschbock saß. Caroline betrachtete Johannes, der sich ihr gegenüber teilnahmslos in eine Ecke gedrückt hatte. Neben ihm saßen Fabian und Ulla eng aneinandergekuschelt. Ihr fiel auf, dass sie eine Bank für sich allein hatte. Richard befand sich mit den Übrigen in der vorausfahrenden Kutsche.
Caroline fröstelte. Keiner sprach ein Wort und es war angenehm still. Nur das Klappern der Pferdehufe und das Knirschen

der Kutsche waren zu hören. Wieder sah sie hinüber auf die andere Nilseite. Sie erinnerte sich an die Begegnung mit einem alten, hochgewachsenen Mann. Er wurde ihnen vor ein paar Tagen von einem Vertreter der Altertümerverwaltung im einzigen Hotel Kurnas vorgestellt. Sie erfuhren, dass jener alte Mann bei der Entdeckung des Grabes von Tutanchamun eine entscheidende Rolle gespielt hatte. Er war damals noch ein kleiner Junge von etwa zehn Jahren gewesen. Er war klein und schmächtig und deshalb gerade groß genug, um in das Loch kriechen zu können, das Howard Carter in die versiegelte Vorkammer des Grabes hatte schlagen lassen. Jener kleine Junge war also der erste Mensch gewesen, der nach der Beisetzung Tutanchamuns das bis dahin unversehrte Grab hatte betreten dürfen. Unvorstellbar! Wie spannend musste es für den Jungen gewesen sein! Er wurde mit einem Schlag weltberühmt. Er wurde in allen Zeitungsberichten abgebildet, die über die Graböffnung Carters erschienen: ein kleiner ägyptischer Junge, der ein prunkvolles Pektoral aus purem Gold, das über und über mit Edelsteinen besetzt war, stolz um seinen Hals trug.

Diesem Mann zu begegnen, war für Caroline, als begegnete sie einem Menschen aus der Vorzeit. Sie malte sich aus, dass der Junge, als er sich durch die winzige Öffnung der Grabwand gezwängt hatte, dieselbe Luft geatmet haben musste wie die Priester, die Tutanchamun vor mehr als 3000 Jahren in diesem Grab zur letzten Ruhe gebettet hatten. Dieser Gedanke faszinierte sie.

Ein vorsichtiges Zupfen an ihrer Jacke riss Caroline plötzlich aus ihren Gedanken. Der Kutscher hatte sich umgedreht und reichte ihr seine Wolldecke.

„Oh, no! Thank you. It is not too cold for me!", log sie. Caroline fror lieber, als seiner freundlichen Geste zu folgen, denn die Decke sah ziemlich unappetitlich aus. Der Kutscher lächelte freundlich und schlang sich schnell die Decke wieder um seine Schultern. Er trieb die Pferde an und bald konnte man die Leuchtbuchstaben und den blauen Neptun-Dreizack des „Club Med" erkennen.

‚Endlich!', dachte Caroline erleichtert und sie sah ihr Bett in erreichbare Nähe kommen.
„Ich habe nicht gedacht, dass ich lebend wieder ins Hotel kommen würde", hörte sie Fabians leise Stimme. „Ich hatte während des Essens so was wie Halluzinationen. Ich habe Dinge gesehen, Caroline, davon machst du dir keine Vorstellung. Ich hatte das Gefühl, ich stehe völlig neben mir. Oder besser gesagt, ich schwebte über mir. Grausam war das!"
„Warum hast du denn nichts gesagt? Du hättest dir ja ein Taxi kommen lassen können!", erwiderte Ulla und schüttelte den Kopf.
„Ich konnte nicht. Ich hatte Schwierigkeiten, zu unterscheiden, ob ich schlafe und das alles nur träume oder ob ich tatsächlich wach bin. Ist ja auch egal jetzt! Ich will nur noch ins Bett! Meinst du, ich bekomme noch einen Kamillentee?" Fabian sah Caroline mit fiebrigen Augen an.
„Na klar!", beruhigte sie ihn. „Sobald wir da sind, werde ich mich darum kümmern. Leg du dich erst einmal ins Bett! Ulla, du schaust am besten, ob die Krankenschwester noch irgendwo aufzutreiben ist! Fabian scheint hohes Fieber zu haben."
„Kein Problem, ich mach das sofort!", gab Ulla zur Antwort und die Kutsche hielt mit einem Ruck.
„He, Johannes! Aufwachen! Wir sind da!" Ulla rüttelte an Johannes' Schulter. „Dem geht es auch miserabel, was, Caroline?" Aber Johannes rührte sich nicht. „Johannes?! Hallo, aufwachen!" Ulla rüttelte noch fester an ihm, bis er endlich verwirrt zu ihr aufblickte.
„Ich muss wohl eingeschlafen sein ...", erwiderte er ein wenig erschrocken.
„Du musst Fabian mit hoch auf euer Zimmer nehmen, dem geht es wirklich ganz schlecht!" Mit diesen Worten war Ulla aus der Kutsche gesprungen und verschwand in der Eingangstür des Hotels. Johannes folgte ein wenig unsicher auf den Beinen, reichte jedoch Fabian die Hand und beide liefen einander stützend in Richtung Eingang.
Caroline dachte bei sich: ‚Klasse, Jungs! Mir geht es auch ver-

dammt schlecht! Ich könnte ebenfalls ein wenig Unterstützung brauchen!' Sie erhob sich von ihrem Platz. Auch sie fühlte sich wackelig auf den Beinen und sie war froh, als der Kutscher ihr seine Hand entgegenstreckte und ihr beim Aussteigen behilflich war. Caroline bedankte sich, zahlte ein wenig mehr für die Fahrt als vorher vereinbart, verabschiedete sich bis zum nächsten Mal und ging ebenfalls ins Hotel. An der Eingangstür drehte sie sich noch einmal um und sah, wie der Tod und seine Kutsche unter metallischem Hufgeklapper in der dunklen Nacht verschwanden.

Kapitel XXI

Am nächsten Morgen trafen sich alle gegen 6 Uhr beim Frühstück. Nur Fabian fehlte. Johannes hingegen sah wieder entschieden besser aus als am Abend zuvor. Auch Caroline ging es unerwartet gut. Sie hatte sogar ein wenig Hunger, das war sicher ein gutes Zeichen.
Der Frühstücksraum war nahezu leer und trotz der frühen Stunde begrüßten gut gelaunte und anscheinend ausgeschlafene Club-Med-Animateure die wenigen Gäste mit einem freundlichen „Bonjour". Der überwiegende Teil der Truppe bekam um diese Uhrzeit kaum die Augen richtig auf, geschweige denn den Mund, um den Morgengruß zu erwidern. Da Caroline aber ein wohlerzogener Mensch war, grüßte sie wenigstens freundlich zurück und nahm Platz an einem der Tische im hinteren Teil des Speisesaals, an dessen Längsseite ein herrliches Frühstücksbuffet aufgebaut worden war.
Man frühstückte ausführlich, aber wortkarg, schlürfte tassenweise Milchkaffee, aß warme Croissants, dazu Eier mit knusprigem Speck. Und man probierte den eigens aus Frankreich importierten Käse. Diverse Fruchtsäfte wurden gereicht, genauso wie herrlich duftende, frisch zubereitete Pfannkuchen mit Räucherlachs oder Marmelade. Für alle war das Frühstück eine gute Grundlage für den langen Tag, der vor der Truppe lag.

Es würde mit dem Bus nach Assuan gehen. Drei Tage waren für den Aufenthalt dort eingeplant. Eine Fahrt von mindestens sechs Stunden, lediglich unterbrochen von einigen zu besichtigenden Tempeln wie Edfu oder Kom Ombo.
Richard beendete das Frühstück nach einiger Zeit mit den Worten: „Leute, in einer halben Stunde steht der Bus bereit! Seht zu, dass ihr euch pünktlich vor dem Hotel einfindet! Wir haben keine Zeit zu verschenken. Die Fahrt ist lang und es wird heiß werden!" Und im Gehen: „Wo ist eigentlich der Heller schon wieder? Der lässt sich wohl gar nicht mehr blicken?" Richard sah sich fragend um. Er erhielt jedoch keine Antwort. Der Einzige, der wusste, dass Fabian Heller immer noch wie im Delirium in seinem Bett lag, war Johannes – und der hatte bereits mit einer Kanne heißem Kamillentee und Zwieback den Frühstücksraum verlassen.
Leise öffnete er die Tür zu seinem Zimmer, das er sich mit Fabian teilte. „Fabian?", flüsterte er. „Du musst jetzt aufstehen! Wir fahren gleich los! Richard hat auch schon nach dir gefragt." Er zupfte vorsichtig an Fabians T-Shirt und bemerkte im selben Moment, dass es sich feucht anfühlte.
„Ich kann nicht. Mir ist so elend! Mein Bauch tut entsetzlich weh!", stöhnte Fabian.
„Soll ich Richard sagen, dass du zu krank bist, um mitzufahren? Dann bleibst du eben die Tage hier im Hotel und erholst dich."
Fabian schüttelte den Kopf und versuchte, aufzustehen. „Auf gar keinen Fall gebe ich Richard diese Genugtuung!", flüsterte er mit gepresster Stimme. „Der wartet doch nur darauf, dass ich einen Fehler mache! Und dann spiele ich wieder den dritten Trottel! Nein, ich schaffe das schon irgendwie, wenn du mir nur ein wenig hilfst, Johannes." Damit ließ er sich zurück in sein Kissen sinken.
„Na klar, Junge! Ich lass dich doch nicht hängen. Also, versuch mal einen Schluck Tee! Das wird dir guttun. Ich packe inzwischen deine Klamotten zusammen." Johannes sammelte Fabians Sachen ein, die kreuz und quer im Zimmer verstreut lagen, und verstaute sie in Fabians großer Reisetasche. „Ich bringe

unser Gepäck schon mal runter zum Bus. Mach du dich in der Zwischenzeit fertig! Ich komme dann wieder hoch und hole dich ab, ja, Fabian? Nicht wieder einschlafen, hörst du?" Johannes warf Fabian einen besorgten Blick zu. Er sah tatsächlich jämmerlich aus. Sobald sie in Assuan wären, würde er einen Arzt besorgen, der sich Fabian ansah, das nahm Johannes sich ganz fest vor. Und mit Richard würde er ganz sicher auch ernsthaft sprechen müssen.

Vor dem Hotel wartete bereits ein Kleinbus mit einem Fahrer, der die Gruppe nach Assuan bringen sollte. Richard lehnte neben dem Bus und unterhielt sich angeregt mit dem Hotelmanager. Wie immer trug er seine khakifarbene Tropenhose und ein passendes kurzärmeliges Hemd, darüber eine sandfarbene Weste mit unzähligen Taschen, in denen er alles zu verstauen pflegte, was ihm wichtig war, und die sich nun unter der Last ausbeulten. Seine gesamte Erscheinung wirkte auf Johannes militärisch und Richard empfand sich wohl auch selbst als Offizier, der seine Truppe zu führen hatte.

Kaum hatte er Johannes entdeckt, rief er mit Ungeduld in der Stimme: „Johannes, wo sind die anderen? Wir müssen los! Sieh mal zu, dass du die endlich zusammenholst!" Er ließ den Hotelmanager einfach stehen, nahm Johannes das Gepäck aus der Hand und sagte: „Der Fahrer verstaut das Gepäck schon. Das musst du nicht selber machen. Kümmere du dich jetzt nur um die anderen!"

Johannes hätte ihm am liebsten gesagt: Du Blödmann, sieh doch selber zu, dass deine Leute zusammenkommen! Immer dieser Kommandoton! Ich bin doch nicht dein Dienstbote! Aber er nickte nur stumm und verschwand wieder im Hotel. In der Halle traf er auf den Rest der Truppe, der offensichtlich keine Eile hatte, nach draußen in die bereits beginnende Hitze zu gehen. Er sagte ihnen, dass Richard draußen beim Bus auf sie warte und ziemlich genervt sei. Er müsse aber noch einmal schnell auf sein Zimmer und Fabian holen. Damit war er auch schon in Richtung Aufzug verschwunden.

„Fabian! Los, der Bus wartet! Wir müssen jetzt schnellstens ge-

hen!" Er half Fabian auf und der schleppte sich, gestützt von Johannes, zum Fahrstuhl.
Als sie schließlich aus der Eingangstür traten, saßen alle bereits im Bus. Die seitliche Schiebetür stand offen und der Motor lief. Richards Stimme ertönte aus dem Inneren: „Wird aber auch Zeit! Wir können nicht immer auf jeden Einzelnen warten! Wie siehst du denn aus, Fabian?", fügte er mit hochgezogenen Mundwinkel hinzu, als Fabian an seinem Sitzplatz vorbeiging.
„Geht schon, Richard. Aber danke der Nachfrage", gab dieser kurz zur Antwort und ließ sich in der letzten Reihe, die frei geblieben war, niederfallen.
Der Bus fuhr mit einem unsanften Ruck an. Stundenlang ging es in rasantem Tempo auf staubigen Pisten Richtung Assuan. Der Fahrer hatte die Klimaanlage auf die höchste Stufe eingestellt und alle froren wie die Schneider. „Ich habe schon Halsschmerzen!", krähte Ulla von ihrem Platz in der vorletzten Reihe.
„Ja, ich finde die Kälte auch äußerst unangenehm", fügte Mona, die direkt hinter Richard und Inga saß, mit dunkler Stimme hinzu.
„Besser, wir öffnen die Fenster und machen die Klimaanlage ganz aus!", sagte Inga und schaute nach hinten in den Bus. Einhelliges Kopfnicken der Kollegen kam als Bestätigung für ihren Vorschlag zurück.
So rumpelte der Bus ohne Klimaanlage den Nil entlang und die Temperaturen stiegen stetig. Ein schwülheißer Wind wehte durch die geöffneten Fenster hinein.
Fabian hatte sich in der Zwischenzeit auf der Rückbank lang hingelegt und schlief. Kleine Schweißperlen standen ihm bläulich schimmernd auf der Stirn. Seine Lider zuckten in unregelmäßigen Abständen.
„Seht euch nur diese gigantische Landschaft an! Schaut mal, wie nah die Wüste doch an das fruchtbare, grüne Land heranzukriechen scheint, so, als wollte sie es fressen! Aber das scheint für Herrn Heller nicht weiter von Bedeutung zu sein. Der pennt lieber die ganze Fahrt über. Nun ja, Ägypten ist eben nicht das Land der Diskotheken", spottete Richard mit etwas gedämpfter Stimme. „Dann sollte man sich später aber auch

nicht wundern, wenn die Rolle dementsprechend unbedeutend ausfällt. Wer nichts mitbekommt von Land und Leuten und der Kultur, der kann auch nicht viel erwarten!" Damit drehte Richard sich zu Inga und flüsterte ihr etwas ins Ohr.

„Fabian geht es wirklich nicht gut", sagte Ulla leise, indem sie sich über Richards Schulter beugte.

„Wir sollten später im Hotel mal einen Arzt kommen lassen, Richard, wirklich!", fügte Caroline von ihrem Sitzplatz aus ernst hinzu.

„Dann hätte er eben zu Hause bleiben sollen! Solche Reisen sind nichts für Weicheier!", gab Richard mit einem Grinsen zur Antwort.

Eine etwas dumpfe Stimmung breitete sich im Bus aus, denn eigentlich wussten alle, dass es jeden erwischen konnte. Inga war inzwischen aufgestanden und zu Fabian gegangen. Sie fühlte seinen Puls und redete leise mit ihm. Dann kam sie zurück und berichtete Richard, dass Fabians Zustand wirklich nicht gerade gut sei. Sie sagte ihm, dass er wohl hohes Fieber hätte und dass man wirklich einen Arzt holen müsse, sobald man im Hotel in Assuan angekommen sei.

„Ist ja in Ordnung! Dann soll sich Johannes gleich darum kümmern, wenn wir ankommen sind!" Richard beendete mit einer bestimmenden Geste dieses Thema. „Jetzt sind wir aber erst einmal in Kom Ombo. Der Tempel ist sehr interessant, obwohl er nur 1500 Jahre alt ist, also sozusagen ein antiker Neubau! Macht euch schon mal fertig für die Besichtigung! Alles Weitere erkläre ich euch dann vor Ort." Und nach hinten gerichtet: „Fabian bleibt eben solange im Bus!" Damit erhob sich Richard und der Bus stoppte auf einem Parkplatz.

Die kleine Truppe machte sich auf den Weg – angeführt von Richard, der mit kräftigem, ausladendem Schritt ein forsches Tempo vorgab. Nach eineinhalb Stunden kehrte man zum Bus zurück – mit geröteten Gesichtern und schweißverklebter Kleidung. Auch Richard kam schweren Schrittes zurück. In der Hand hielt er ein Gästehandtuch, mit dem er sich den Schweiß, der in Strömen sein Gesicht hinablief, unablässig abwischte.

Nur Richard wäre nicht Richard, wenn er daraus nichts gemacht hätte. „Also, Leute, ihr seht, trotz dass ich so dick und unförmig geworden bin, dazu noch schwitze wie ein Schwein, bin ich trotzdem topfit! Und ich hoffe, ihr habt ein bisschen was für die Arbeit mitgenommen von dem, was ich euch erzählt habe!" Damit zog er sich an der Beifahrertür hoch und schwang sich gelenkig in den Bus. Dort ließ er sich auf seinen Sitz fallen und wies den Fahrer an, die Klimaanlage wieder einzuschalten.

Am späten Nachmittag erreichten sie Assuan. Das altehrwürdige „Old Katarakt Hotel", in dem sie nun die nächsten Tage leben würden, lag imposant oberhalb des Nils. Dieses weltberühmte Hotel hatte alles, was Rang und Namen hatte, schon beherbergt. In Agatha Christies „Tod auf dem Nil" spielen einige Szenen auf der prächtigen Hotelterrasse, die zum Nil hin liegt und bis heute nichts von ihrem Jahrhundertwende-Charme eingebüßt hat. Nur, dass sie zu dieser Jahreszeit kaum von den Hotelgästen besucht wurde, der unmenschlichen Hitze wegen – außer eben von jener kleinen Truppe Schauspieler, die kurzatmig und schwitzend dort saß, um den Ausblick auf die Insel Elefantine und den dahinfließenden Nil zu genießen, die dabei aber Unmengen kalter Getränke fortwährend in sich hineinschüttete und sich von Zeit zu Zeit mit allem, was irgendwie greifbar war, Luft zufächelte. Lediglich Mona saß kerzengerade wie eine Statue allein an einem Tisch, blickte mit ernstem Gesicht in Richtung Nil und fächelte sich die Luft mit einem fein gearbeiteten schwarzen Fächer zu.

Richard und Inga hatten in der Zwischenzeit eine Suite bezogen, die mit azurblauem Teppichboden ausgelegt war und über einen großen Balkon zur Nilseite hin verfügte. Von ihrem riesigen Doppelbett aus konnten sie das weiß leuchtende Grabmal Aga Khans in der Ferne auf einem Berg thronen sehen. Die übrigen Schauspieler bewohnten zwar geräumige, aber eben nur normale Doppelzimmer ohne Klimaanlage oder Balkon. Caroline teilte sich ihres wieder – wie bereits in Kairo und später dann in Luxor – mit Mona. Richard hatte es aus gruppendynamischen Gründen als gut empfunden, da Mona und sie die

größten Parts zusammen würden spielen müssen und sie sich, so sein Argument, enger zusammentun sollten.
Caroline hatte sich von Anfang an allerdings dagegen ausgesprochen. Und nun, nachdem sie schon vor Wut beinahe geplatzt wäre, weil Richard mit Inga in dieser grandiosen Suite residierte, deren Badezimmer allein schon so groß wie ihr Doppelzimmer war, verlangte sie ein Zimmer für sich allein.
Richard kämpfte auf verlorenem Posten, als er versuchte, sie davon zu überzeugen, dass es unter den Hauptdarstellern keine Sonderstellungen geben dürfe. Das wäre wichtig, zumal Caroline seine Lebensgefährtin sei und es den anderen gegenüber besonders bedeutend wäre, keinerlei Bevorzugung zuzulassen.
Caroline machte das aber nicht mit. „Inga genießt schon den Luxus, immer mit dir in den besten Zimmern zu wohnen, da sag ich ja schon nichts. Aber das geht mir nun endgültig zu weit! Ich will ein Zimmer für mich allein – und zwar eines mit Balkon und Klimaanlage! Und vor allem will ich nicht wieder mit Mona in einem Zimmer leben müssen! Merk dir das für die Zukunft! Ich will ab jetzt immer mein eigenes Zimmer, verstanden? Sonst kannst du dir eine neue Schauspielerin suchen!" Damit knallte sie die Tür seiner Suite hinter sich zu und setzte sich demonstrativ in die Halle.
Nach kurzer Zeit erschien Richard und setzte sich zu ihr. „Caroline, bitte fange jetzt keinen Streit an! Wir haben so für das Projekt gekämpft! Und du weißt am besten, wie schwer es ist, diesen Haufen bei Laune zu halten. Jeder ist doch im Grunde gegen jeden. Jeder kommt zu mir mit irgendeinem Problem. Dies passt dem nicht oder da will die, was eine andere gerade wollte. Ich habe doch den schwersten Part zu erfüllen. Du kennst das doch nun lange genug!" Richards Stimme bekam einen beschwörenden Unterton. „Wir wollen doch ein außergewöhnliches Stück erarbeiten – und dafür ist die gute Stimmung der Leute entscheidend wichtig!"
„Ich bin doch wohl die Letzte, die sich nicht der Arbeit unterordnet, diejenige, die die wenigsten Extrawürste gebraten haben will! Das bin doch wohl ich, oder? Aber hier ist eine Grenze!

Ich will mein Zimmer! Aus! Basta! Und übrigens, was ist mit Mona? Räumst du ihr etwa keine Sonderstellung ein? In Luxor zum Beispiel, da hat sie dich doch immer in deinem Zimmer besucht. Und Inga war stinksauer, weil sie über Stunden nicht hineinkommen durfte. Meinst du, die anderen hätten das nicht bemerkt und hätten nicht getuschelt? Glaubst du das wirklich?", antwortete Caroline schnippisch.
„Caroline, bitte! Du weißt doch, dass es wichtig ist, mit den Hauptdarstellern viel Zeit zu verbringen, ganz konzentrierte Gespräche zu führen, Eindrücke zu sammeln. Die Totentexte sind nicht irgendein Text, den man so sprechen kann. Mona braucht einfach sehr viel mehr Aufmerksamkeit und Ansprache, um so eine Aufgabe zu bewältigen, als du zum Beispiel!"
„Ach, ja? Toll!", konterte sie, doch noch bevor sie weiterreden konnte, sagte Richard in sanftem Ton: *„Ja, sie ist doch so schnell verunsichert – und dann wird sie eben nicht das leisten können, wozu sie eigentlich fähig ist. Sie braucht ein hohes Maß an Training, um zu verstehen, worum es geht. Caro, du kennst sie doch! Sie ist halt manchmal langsamer im Denken. Also, jetzt schau nicht so sauer! Du bekommst dein Zimmer – und zwar ein ganz schönes. Mit Klimaanlage und Balkon. Auf meinem Flur. Ganz in der Nähe. Ulla hat schon alles geregelt. Deine Sachen sind auch schon dort und hier ist dein Schlüssel. Du bist doch für mich und für alle hier die wichtigste Vertrauensperson, das weißt du doch ganz genau. Und deshalb habe ich gesagt, damit du auch mal ein bisschen zur Ruhe kommst, dass du eben ein eigenes Zimmer brauchst. Das haben alle verstanden. So, und nun lass uns mal hochgehen, ein wenig ausbammeln – und dann treffen wir uns alle bei mir in einer Stunde zur Besprechung!"* Damit legte Richard seinen Arm um sie.
Auf dem Weg zum Fahrstuhl versuchte Caroline, seinen Arm abzuschütteln, doch er hielt sie fest und drückte sie an sich. „Ich liebe dich!", flüsterte er ihr ins Ohr, *doch sie war ganz und gar nicht empfänglich für derartige Liebesbekenntnisse und zischte ihn an: „Das ist schon wirklich klasse, dass du das mit allen hinter meinem Rücken besprechen musst! Danke! Ach, im Grunde*

ist es mir auch scheißegal! Ich will einfach nur meine Ruhe, verstehst du?" Die Fahrstuhltür öffnete sich und als sie sich wieder schloss, fragte sie: *„Du hast doch was mit Mona! Ich habe so seltsame Geräusche gehört, wenn sie in deinem Zimmer im Club war."*
„Bitte? Caroline, ich bitte dich! Was für Geräusche denn? Lauschst du neuerdings an Hoteltüren?" Er sah sie spöttisch an.
„Werde jetzt bloß nicht sarkastisch, das fehlt mir gerade noch!" Sie nahm endgültig seinen Arm von ihrer Schulter. *„Ich weiß doch im Grunde Bescheid über Mona und dich. Denkst du, ich bin blöde? Und Inga kannst du auch bald nichts mehr vormachen. Warum ist sie denn am vorletzten Tag in Luxor so ausgeflippt, hat verrückt gespielt und geheult wie ein Schlosshund? Und nur, weil du mit ihr dann allein den Abend verbracht hast, hast du sie überhaupt wieder beruhigen können. Ich weiß doch Bescheid! Und diese irre Suite zu mieten, das dient doch auch nur als Ablenkungsmanöver und zu ihrer Besänftigung!"*
Richard blickte Caroline an und sie glaubte, eine gewisse Wut in seinen Augen aufblitzen zu sehen. „Du wirst jetzt nicht die Arbeit von Monaten durch deine unmögliche Eifersucht zerstören, die durch nichts, aber auch gar nichts gerechtfertigt ist, Caroline! Und du wirst aufhören, mir Inga ganz verrückt zu machen mit deinen unhaltbaren Verdächtigungen! Sie ist wieder auf Kurs und du solltest endlich auch Ruhe geben und dich auf deine Arbeit konzentrieren!" Seine Stimme klang beinahe bedrohlich. Caroline sah ihm wortlos direkt ins Gesicht und fühlte in diesem Augenblick nicht die geringste Zuneigung mehr für ihn. Plötzlich hielt der Lift und die Fahrstuhltür öffnete sich. Davor stand Mona. Sie trug – wie jeden Tag – ihre beigefarbene Tropenuniform. Die Haare hatte sie streng nach hinten zu einem Pferdeschwanz gebunden und sich ein breites hellgelbes Band um den Kopf gewickelt. Da stand sie nun: Richards kleine Soldatin.
„Ich wollte noch einmal hinunter auf die Terrasse", sagte sie mit einem breiten Lächeln.
„Wir fahren aber nach oben. Du hättest dann vielleicht besser

auf den Knopf mit dem Pfeil nach unten drücken sollen, Monalein!", erwiderte Caroline patzig und drückte auf den Knopf. Die Tür schloss sich und der Fahrstuhl setzte sich wieder in Bewegung nach oben.
„War das jetzt unbedingt nötig, sie so unfreundlich anzuraunzen? Sie hat dir nichts getan", sagte Richard, als der Lift auf ihrer Etage hielt. „Was ist nur los mit dir? So kenne ich dich nicht! Du gefährdest mit deiner Patzigkeit unsere gesamte Arbeit. Das geht so nicht! Caro, bitte reiß dich ein wenig zusammen und beruhige dich jetzt endlich wieder! Genieße einfach dein schönes Zimmer, ruhe dich ein wenig aus und später kommst du rüber zu mir zur Besprechung, ja?"
Doch sie drehte sich einfach wortlos um und ging in die andere Richtung zu ihrem Zimmer. Caroline war sich sicher, dass Richard nicht in seine Suite ging, sondern er würde wieder hinunterfahren, um sich für ihr Verhalten bei Mona zu entschuldigen. So lief es nämlich immer, wenn jemand es tatsächlich einmal gewagt hatte, Mona zu nahe zu treten.
Caroline war das in diesem Moment jedoch gleichgültig und sie hatte keine große Lust, ihrer Vermutung nachzugehen. Sie wollte nur noch unter die Dusche und ein wenig schlafen. Später hätte sie sicher noch Gelegenheit, herauszufinden, ob sie Recht gehabt hatte oder nicht.

„Ich will hier weg, Richard! Igittigitt!", hörte Caroline plötzlich Ingas Stimme, die sich zu überschlagen drohte, bis auf den Hotelflur hinaus, den sie im selben Augenblick entlangkam, um pünktlich zur Besprechung in Richards Suite zu sein. Sie blieb einen Moment lang vor der Tür stehen und gerade als sie den Türklopfer betätigen wollte, flog die Tür auf und Inga rannte mit hochrotem Kopf an ihr vorbei.
„Was ist denn hier los?", fragte sie Richard, der mit hängenden Schultern und nur mit einem T-Shirt und Bermudashorts bekleidet in der Tür zum Badezimmer stand.
„Inga spinnt! Wir haben eine Ameisenstraße in unserem Badezimmer. Das ist doch nichts, weswegen man derart ausflippen

muss, oder? Jetzt sag doch mal: Ist das ein Grund, Caro?" Dabei sah Richard sie beinahe flehend an.
„Na ja, in so einer Suite finde ich das schon ziemlich unangebracht", erwiderte sie und konnte sich ein Grinsen nicht verkneifen. „Lass mich mal sehen!"
Richard trat beiseite und ließ Caroline vorbei ins Badezimmer. Tatsächlich liefen dort gerade sicherlich eine Million geschäftiger Ameisen in entgegengesetzten Richtungen über den Marmorfußboden. Sie stand im Türrahmen und beobachtete ihre Laufrichtung und nach einiger Zeit bemerkte sie, dass sie aus einer Ecke kamen, die an Richards und Ingas Kleiderkammer grenzte. „Sind die auch in eurem begehbaren Kleiderschrank?", fragte sie.
„Bitte?", antwortete Richard ungläubig. Er öffnete die Tür, ging hinein und schob einige Kleidungsstücke zur Seite. Und wirklich – dort war ebenfalls eine Ameisenstraße! In einer der hinteren Ecken befand sich ein kleines Loch in der Wand und von dort führte die Straße an der Wand entlang und direkt durch einen kleinen Spalt ins Winzer'sche Badezimmer. „Um Gottes willen! Wenn Inga das sieht, rastet sie völlig aus!", hauchte Richard nur noch und ließ sich an den Türpfosten sinken.
Plötzlich klopfte es an der Tür. „Come in!", rief Richard gequält.
„Wir sind es!" Ulla steckte vorsichtig den Kopf durch die Tür und betrat zögernd das Zimmer, gefolgt von Johannes, Mona und dem kreidebleichen Fabian.
„Ulla, kümmere dich sofort darum, dass jemand diese widerlichen Viecher hier wegmacht! Das kann ja wohl nicht wahr sein! So etwas in einem Fünf-Sterne-Hotel! Nun geh schon! Rede mit dem Manager! Heute Abend will ich hier keine einzige Ameise mehr sehen!"
Ulla sah verdutzt drein. „Ich verstehe nicht. Was ist denn?"
Richard zog sie ins Bad. „Schau dir das an! Kannst du dir vorstellen, wie Inga drauf ist? Ein Badezimmer voller Ameisen! Das dauert keine halbe Stunde und die sind auch im Bett! Also, lass dir was einfallen! Die müssen weg hier, aber schleunigst!"
Mittlerweile hatten sich auch die anderen hinter Ulla versam-

melt und schauten wie gebannt in dieses luxuriöse Marmorbadezimmer mit seinen verschnörkelten Wasserhähnen aus verchromtem Stahl, in dessen Mitte sich eine emsige Ameisenhorde munter vergnügte.
„Ist gut, Richard. Ich werde versuchen, das zu regeln, okay?" Mit diesen Worten drehte Ulla sich um und war im nächsten Augenblick auch schon verschwunden.
„Gut, Leute! In der Zwischenzeit können wir uns dann mal mit dem Stück beschäftigen, das wir eigentlich hier vorbereiten wollen. Nur Stress den lieben langen Tag!", schimpfte Richard und begab sich auf den Balkon.
Die anderen folgten schweigend. Sie fühlten sich irgendwie schuldig, dass sie Zimmer hatten, in denen es zwar brütend heiß, aber jedenfalls ameisenfrei war.
Nach einer Stunde erschien auch Inga wieder, sah angewidert ins Badezimmer und ließ sich wortlos auf ihrem mit hellblauem Stoff bezogenen Doppelbett nieder. Caroline saß mit den anderen schwitzend auf diesem Balkon und hatte sich vorgenommen, weder etwas zum Stück beizutragen noch sich um die Ameisen zu kümmern. Ihr war es schlicht egal, ob Inga und Richard diese Nacht ruhig schlafen konnten oder nicht. Ihr stank diese Reise derart, dass sie ernsthaft mit dem Gedanken spielte, sich ein Flugticket zu kaufen und einfach nach Hause zu fliegen, Ägypten-Projekt hin oder her. Sie hatte einfach die Nase gestrichen voll! Ständig diese endlosen Besprechungen, die sie langweilten und die eigentlich nur dazu dienten, die Leute zu beschäftigen und Richard zu unterhalten! Dazwischen noch von einem Tempel zum nächsten Grab rennen – und das alles bei dieser Gluthitze! Ständig Menschen um sie herum, die genauso unzufrieden waren wie sie selbst. Sie konnte den Tag kaum erwarten, an dem es endlich wieder nach Hause ging.
Doch bis dahin waren es noch drei lange Tage in Assuan, zwei weitere für den Abschlussbesuch im Tal der Könige in Luxor und am Ende zwei Tage in Kairo. Caroline zählte die Stunden bis zur Abreise.

Kapitel XXII

„NEIN!", schrie Inga laut. Tränen liefen ihr über das Gesicht. „Ich kann das alles nicht mehr ertragen! Ich hätte das nicht lesen sollen! Verdammt! Was soll das heute noch? Warum schreibt sie das nach so langer Zeit? Warum lässt sie es denn nicht einfach ruhen?" Inga war bleich, als wäre kein Tropfen Blut mehr in ihr. Sie saß kerzengerade da und zitterte.

Adrian schreckte hoch. Er tastete neben sich. Das Bett neben ihm war leer. Er hatte doch einen Schrei gehört! *Inga*, schoss es ihm in den Kopf. Er sprang aus dem Bett und öffnete die Schlafzimmertür. Ein schwacher Lichtschein erhellte den kleinen Flur.

Adrian betrat das Wohnzimmer und sagte leise: „Was ist? Warum schreist du so? Inga? Was hast du?"

Doch seine Stimme drang wie aus einer anderen, einer fernen Welt an ihr Ohr.

„Entschuldige, mein Liebster! Hab ich dich geweckt? Es tut mir leid. Aber ich habe zu lange in dieser Mappe gelesen. Alles hat sie geschrieben! Alles! Ich konnte einfach nicht mehr aufhören zu lesen, Adrian. Wie kann sie mir das nur antun? Über unser Leben zu schreiben! Das geht doch niemanden etwas an! Wen interessiert dieser Mann? Oder was er gemacht hat? Wen interessiert das?" Sie ließ die Blätter auf den Boden fallen. „Wo hast du die Mappe her, Adrian? Ach, egal! Ich will von dem ganzen Quatsch nichts mehr wissen!" Ihre Stimme klang beinahe wütend und Adrian trat auf sie zu. „Ich will das alles nicht mehr wissen! Es ist vorbei! Vorbei! Und das ist auch gut so, hörst du? Ich wollte es einfach vergessen!" Damit stand sie auf und ließ sich in seine Arme fallen. „Es war so schrecklich, das alles noch einmal vor Augen geführt zu bekommen! Es fühlte sich so verdammt lebendig an und ich habe schreckliche Angst bekommen, dass unser Leben nur ein schöner Traum ist! Aber ich lebe mit dir. Das andere ist Vergangenheit! Vorbei! Aus! Schluss! Ich hasse diese Jahre, diese verlorene Zeit! Ich hasse alles, was damit zu tun hat! Ich fühle mich so betrogen, um so viele Jahre betrogen und hintergangen! Ich will nichts mehr damit zu tun haben!"

Adrian spürte Ingas Panik. Er nahm sie fest in seine Arme und versuchte, sie zu beruhigen. „Komm, beruhige dich! Es ist doch nur beschriebenes Papier. Nichts weiter. Nur Worte. Nichts als Worte. Weiter nichts. Du brauchst keine Angst zu haben! Ich werde dich auch nicht mehr mit Fragen belästigen, das verspreche ich! Und die Mappe? Vergiss sie einfach! Ich lege sie morgen wieder zurück. Vergiss sie einfach! Es war blöd von mir, sie überhaupt an mich zu nehmen. Ich konnte ja nicht wissen ..." Er unterbrach sich, denn Inga schien wieder unruhiger zu werden. „Komm, Liebes, lass uns zurück ins Bett gehen! Und du versuchst jetzt, ein wenig zu schlafen. Ich liebe dich, hörst du? Ich liebe dich! Und nur wir beide zählen. Du und ich!" Er streichelte sanft über ihren Kopf.

„Wo ist Caro?", fragte Inga mit glasklarer Stimme.

Adrian schwieg und hielt Inga fest in seinem Arm. Er hätte sich ohrfeigen können, die Mappe einfach so herumliegen lassen zu haben. Nun, es war passiert. Aber welche Erklärung sollte er ihr geben. Die Wahrheit?

„Wo ist Caroline, Adrian?" Ingas Stimme nahm einen beinahe bedrohlichen Ton an.

„Inga, bitte! Lass uns morgen darüber sprechen. Es ist schon sehr spät. Du solltest wirklich erst einmal schlafen. Morgen sieht alles anders aus."

„Ja, morgen wird alles besser, morgen wird alles fein! Bleibt da nur die Frage, ob es überhaupt ein Morgen geben wird!" Sie stieß ihn beiseite.

„Inga, bitte! Beruhige dich!"

Inga raffte wie wild die überall auf dem Boden verstreut liegenden Blätter zusammen. Dann kniete sie sich auf den Boden und schaukelte den Stapel beschriebener Seiten wie ein Baby in ihren Armen. Sie summte erst leise, dann immer lauter: *„Eiapopeia, schlag's Gigaggel tot! Es legt keine Eier und frisst mir mein Brot. Eiapopeia, schlag's Gigaggel tot! Es legt keine Eier und frisst mir mein Brot!"*

Nach kurzer Zeit ging das Summen in ein Schreien und dann in hysterisches Weinen über. Und an diesem Punkt wusste sich Adrian nicht anders zu helfen, als Inga eine Ohrfeige zu geben.
Sie verstummte auf der Stelle, sprang auf und rannte ins Badezimmer. Dort knallte sie die Tür hinter sich zu und Adrian vernahm nur noch ein leises Wimmern. „Hilf mir, Adrian! Ich will nicht wieder so verrückt werden! Bitte, hilf mir!", hörte er ihre Stimme aus dem Bad.
Adrian öffnete behutsam die Tür. Inga saß zusammengekauert neben der Toilette. „Du kannst gar nicht ermessen, was diese Worte in mir ausgelöst haben! Die ganze schreckliche Vergangenheit war plötzlich wieder so lebendig!", sagte sie leise und streckte ihre Hand nach ihm aus.
Adrian hockte sich ganz nah zu ihr und legte seinen Arm um sie. „Ist es jetzt besser?", fragte er vorsichtig.
„Ja", antwortete Inga knapp. „Ich will jetzt einfach nur an deiner Seite einschlafen und morgen werde ich ins Krankenhaus zu Caroline fahren. Ich werde ihre Hand halten und ihr sagen: He, Caro, du hast alles nur geschrieben, alles nur aufgeschrieben, damit es nicht vergessen wird! Ich werde ihr sagen, dass sie keine Angst davor haben muss, wieder wach zu werden, weil nicht alles unausweichlich von vorn beginnt. Niemals! Nicht in zehn und nicht in hundert Jahren! Es wird nicht für immer heißen: Richard, Inga und Caroline – das ewig wiederkehrende Dreieck! So etwas gibt es nicht. Es war nur ein einmaliger Versuch. Er ist gescheitert wie so viele Utopien vorher. Was soll's? Es werden neue ersonnen werden. Wahrscheinlich bessere. Aber das ist ein anderes Thema, Adrian."

Die Autorin

Fee Sachse wurde in Dresden geboren und lebt heute in Hattingen. Nach ihrem Studium der Geschichte, der Anglistik und der Kunst an der Universität Essen begann sie 1981 eine Schauspielausbildung.
Danach war sie als Schauspielerin am *Theater Institut* und als Gast am Schauspielhaus Essen tätig sowie bis 1995 als stellvertretende Leiterin des *Theater Instituts* für das Welt-Theater-Projekt der UNESCO.
Ihre schriftstellerische Arbeit begann schon früh mit der Übersetzung von Theaterstücken vom Deutschen ins Englische, später folgten Kurzgeschichten und Gedichte und 2010 nun ihr erster Roman.
Derzeit arbeitet sie am Schauspielhaus Bochum.

*Die Handlung des Buches ist frei erfunden.
Eventuelle Ähnlichkeiten mit real existierenden Personen
sind rein zufällig und
nicht gewollt.*